闲思录

杨自沿 著

合肥工业大学出版社

学习的人生（代序）

我离开校园快三十年，其间工作领域几经变换，职务级别不断调整，始终不变的是干一行、爱一行、学一行、专一行，持之以恒的是把学习作为一种政治责任、一种生活方式、一种追求、一种常态。姑且称之为：学习的人生。

坚持学习习惯。“书卷多情似故人，晨昏忧乐每相亲，眼前直下三千字，胸次全无一点尘。”这是明朝诗人于谦在《观书》一诗中对读书美好情景的描绘。“学者非必为仕，而仕者必为学。”习近平总书记指出，领导干部如果不加强读书学习，知识就会老化，思想就会僵化，能力就会退化，就难以做好领导工作，就会贻误党和人民的事业。领导干部要加强读书学习，就必须善于减少应酬，给自己留一点读书学习的时间、留一点思考的空间。每个人的时间和精力都是有限的，要减少应酬，就必须敢于撕下脸皮破除陈规陋习，善于大胆改革，精简繁文缛节，耐得住寂寞静心攻读。我曾先后供职于对外经贸、文化文物、政策研究、宣传思想等行业和部门，彼此之间知识结构跨度大，工作相关性小。我深知，要做好工作，必须有锲而不舍的精神，必须牢固树立终身学习的理念，培育浓厚的学习兴趣，坚持干中学、学中干，边干边学、边学边干，坚持有事做事、无事读书，努力做到工作学习化、学习工作化。正是靠着坚持不懈的学习，自己才有勇气跨行履职尽责，不敢说成为行行的里手，倒也能做到履职尽忠、问心无愧。

坚持问题导向。《论语》云：“学而不思则罔，思而不学则殆。”恩格斯在《自然辩证法》中说：地球上最美丽的花朵，是人类的智慧，是独立思考的精神。国学大师胡适先生在致毕业生的三点建议中告诫：每个人总得时时寻一两个值得研究的问题，问题是知识学问的老祖宗，如果没有一两个值得解答的问题在脑子里盘旋，就很难保持求学问的热心。习近平总书记深刻指出：“当前，全党面临的一个重要课题，就是如何正确认识和妥善处理我国发展起来后不断出现的新情况新问题。”在全面深化改革、开创事业发展新局面的形势下，领导干部必须有发现问题的敏锐、正视问题的清醒、解决问题的自觉。如果没有强烈的问题意识，不能破解前进中的难题，工作就难以进展，发展就难以打开新的局面。在实际工作中，我始终坚持问题导向，强化问题意识，带着问题学习，围绕问题思考；坚持主动而为，超前谋划，工学相宜，努力养成向书本学习、向实践学习、向群众学习和善于发现问题、敢于直面问题、认真解决问题的良好习惯，力求在破解重点问题中增强能力，不断提高自己的综合素质。在政研室工作期间，我先后向省委提出《充分认识青海发展的阶段性特征》《借鉴重庆经验发展青海内陆开放型经济的几点思考》《继续实施西部大开发战略的若干政策建议》《关于推进"兰宁格"经济区建设的建议》《关于建立国家级康巴文化生态保护区的建议》《青海特色文化的分类与冠名》《青海藏区经济社会发展若干问题思考》《"三大区"引领新青海——浅谈青海在全国的地位和作用》等十余篇决策建言和政研要情，为推动全省经济社会发展提供了政策咨询和决策参考，深深感到"我们的工作是有价值的"。在《青海日报》上发表的《领导干部要树立强烈的问题意识》一文，被收入天津市的《党课》杂志，作为党员教育的课件加以推广。

坚持勤于积累。《老子》云："合抱之木，生于毫末；九层之台，起于累土；千里之行，始于足下。"海不辞水，故能成其大；山不辞土，故能成其高。人类社会发展的历程，从来都是一个知识文化积累的过程。学习的本质就是知识的不断积累，不积跬步，无以致千里；不积小流，无以成江海。对于我而言，学习不是一次短暂的行动，而是一次长途的跋涉，点滴的积累，从少到多，从小到大，足够的"量"的积累产生"质"的飞跃，知识就在勤于积累中产生。古今中外凡是有所建树的人，总是十分注重积累的，正如贾兰坡对于做学问的看法，"搞学问就像滚雪球，越滚越大，不滚就化"。如果放弃了学习，放弃了积累，人迟早会像无源的水流一样枯竭。人的一生充满了机遇和变化，不可能一成不变。在知识"折旧"不断加快的今天，只有不断学习积累，成就学习化人生，才不会落伍，不会被时代淘汰。我的方法就是坚持不懈地积累各种资料，读书看报、听别人发言，在火车上、飞机上，总要记些要点，做些笔记，与工作相关的图书，尽量收藏齐全；报刊资料剪报用废纸粘贴，分类装订成册，不时翻阅，翻着翻着，就有思维火花，就能发现值得重视的问题，就能写出一篇篇有感悟、有见地的文章。比如《战略通道——青海在丝绸之路经济带中的定位》一文，资料的积累始于20世纪90年代，当时我在外经贸部门工作，参与了西北地区向西开放国际研讨，到文化部门工作后又分管丝绸之路申报世界文化遗产工作。2013年9月习近平总书记一提出建设丝绸之路经济带的倡议，国内外积极响应，尤其是西北五省区纷纷研究各自的定位，于是本人依据几十年积累的资料撰写了这篇文章。值得欣慰的是文中的主要观点被相关部门采纳。集腋成裘，积微成著。也有人觉得，现代资讯如此发达，需要什么到网上一搜就能查到，这种收集资料的方法太土太笨。我却不以为然，网上得来终觉浅，躬身日积月累，不时翻阅，得出的感悟终究不一样，所以我一直坚持着剪报这一土笨办法。鞋子合脚不合脚只有自己知道，一种学习方法合不合适只有自己最清楚。

坚持笔耕不辍。《荀子·儒效》说道："知之而不行，虽敦必困。"司马光在《答孔文仲司户书》有言："学者贵于行之，而不贵于知之。"习近平总书记指出："读书是学习，使用也是学习，并且是更重要的学习。"在现实社会中，"知"很重要，无"知"就没有人类文明，但"知"并不是目的，"知"而不"用"，不能变成行动，再丰富的知识也无用，而且也注定会在实践中遇到重重困难。这就要求我们坚持一切从实际出发，把掌握的各种科学知识运用于经济社会发展的各项工作之中，转化为谋划工作的思路、促进发展的举措和改进工作方法的本领。"性痴则其志凝"。我坚持学以致用、用以促学、学用相长、笔耕不辍、以文资政，努力将学习成果转化为服务于省委省政府的决策部署和工作安排。在政研室工作期间，我先后组织或参与起草省委省政府一些重要的政策性文件，坚持按照领导的新要求，适应新变化，主动跟进服务，力求文稿能够准确体现中央方针政策、表达领导意图，先后参与组织起草省委省政府主要领导的讲话材料，较好地发挥了文稿服务贴近领导、贴近工作、贴近实际的作用。在完成职务"作业"的同时，我坚持笔耕不辍，在报纸杂志上发表了20余篇涉及政治、经济、社会、文化、生态等领域的文章；到宣传部工作的9个月时间里，发表了6篇有一定影响的文章，其中《玉树的前世今生》发表在人民日报，《试论青海精神》得到了社科理论界的广泛关注。一分耕耘，一分收获，为此我感到无比充实和幸福。

坚持经常讲课。"士兵的生命在战场，教师的生命在课堂"。作为师范院校的毕业生，我深谙"师者传道授业解惑"的重要意义。讲课，是点燃求知欲和理想信念火把的第一颗火星，我愿执着地"众里寻他千百度"。本人在完成本职工作之余，应邀兼任省委讲师团特聘教授、省委党校特聘教授和特约研究员、青海经济研究院客座研究员、青海大学三江源研究院特约研究员、青海省高校政治理论课特聘教授；此外，还不时接受社会各方面的邀请，去讲课、作报告。通过讲课、作报告这种形式，能够将自己的所学、所思、所做和大家进行沟通交流，这不仅是对我人生的一种丰富、历练，更能体现出我的价值所在。用自己的学识、阅历、经验点燃人们对于理想、真善美的向往，用自己的行动宣传党的大政方针，倡导社会主义核心价值观。"士不可以不弘毅，任重而道远。仁以为己任，不亦重乎。"站在讲台上，我也深知自己所担当的重任，要想给别人一杯水，自己得有一桶水，这促使我加强理论和业务的学习，广泛涉猎不同学科的知识，不断给自己“充电”，以期不辜负台下的每一个人。作为一名官员，坚持讲课、作报告，不仅能够“教学相长”，提升自我，而且能够锻炼思维，锻炼口才。因为深奥的理论原理，在讲课作报告时总要深思如何通俗、易懂地进行讲解，如何用生动、形象的语言进行表述。我愿登上讲台，讲课带给我的是一种陶冶、一种境界、一种激励、一种追求、一种享受，真是赠人玫瑰，手有余香。

坚持学以修身。“立身百行，以学为基。”学习是一种习惯，是一种自我修养的行动方式，也是一种实现自我、提升境界的途径。刘向有言：书犹药也，善读者可以医愚。书籍是人类智慧的结晶，是人类进步的阶梯。中外传统文化莫不重视读书学习。我国古人言：“士大夫三日不读书，则义理不交于胸中，对镜觉面目可憎，向人亦语言无味。”说的是读书学习与个人修养的关系。阅读，在人类文化史上的作用，是社会发展的客观需要。因为“人不光靠他生来就拥有的一切，而是靠他从学习中得到的一切来造就自己”（歌德《生活与性格》）。因为，如果“没有对知识的渴求，就不可能有完美的精神生活，从而也就不会有创造性的劳动生活”（苏霍姆林斯基《给教师的建议》）。“大红大紫非我有，满床满架复何求。人生百样各有得，一世读书抵封侯。”这是中国人民大学陈先达教授就读书问题写的一首诗。“一世读书抵封侯”，在一些大富大贵者看来也许属于酸葡萄心理。不过，与“朝为骄子暮为囚”欲以读书终老而不可待者相比，一个人终生有书可读，而且能自由阅读，难道不是一种幸福吗？人各有所求，读书人应以读书为乐。著名学者张中行先生说得好：“我主张多读书，念的书多了，脑子里装了孔子、老子、孟子、庄子，甚至西方的康德、爱因斯坦等等，一般的几张票子是看不起的。”多读书，对防止染上铜臭，避免犯罪，也有一定意义哩！我自己的经验和体会是，“达时”读书固然重要，“穷时”读书尤为必需。记得，在20世纪90年代末，那时我在企业短暂工作，就改制的路径和方法上，为维护大家的利益，维护国有资产不流失，我与主管部门产生了分歧，我择善固守，坚持己见，惨遭免职。在决定工作去向时，我选择“休息”一段时间，在家“待业”的日子里，闭门谢客，如饥似渴地读了三十几本书，美美地充了一把电，是书籍陪伴我度过了人生比较昏暗的一段时光。学以修身，学以养德，学以养性。

好学才能上进，要活到老、学到老、改造到老。让阅读点亮人生，让书籍陪伴终身，让自己共享人生出彩的机会，让自己共享梦想成真的机会。

（刊载于2015年第一期《党的生活》）

目　　录

建　言

考察报告

访　谈

散文

爱上青海的四个理由

青海地处青藏高原东北部，总面积72万平方公里，因境内有中国最大的内陆咸水湖——青海湖而得名。青海湖是青海的一张“金名片”，曾先后两次被评为中国最美的湖泊之首：一次是评选五大湖，即青海湖、喀纳斯湖、纳木错湖、长白山天池、西湖；一次是评选十大湖，即青海湖、西湖、千岛湖、纳木错湖、泸沽湖（四川云南交界处）、镜泊湖（黑龙江牡丹江）、喀纳斯湖、运城盐湖、武汉东湖、太平湖（安徽黄山）。最新的卫星遥感监测显示，青海湖的面积是4389.31平方公里，创近15年同期的最高值，相当于4个香港的面积。青海湖流域在阻挡西部荒漠化向东蔓延方面发挥着天然屏障作用。祁连山草原是“中国最美六大草原”之一。

谈到青海的省情，我们曾用4个字来概括，即：“大、小、富、穷”。“大”就是面积大省，全国第四，前三位分别是新疆、西藏、内蒙古。“小”就是人口小省，我们去年年底的人口仅583万，在全国31个省、自治区、直辖市中，仅多于西藏。“富”就是资源富省，在已探明储量的125种矿产资源中，有54种的储量居全国同类储量的前十位，9种居全国首位。特别是黄河上游的水能资源、柴达木盆地的盐湖资源、石油天然气资源及广泛分布在全省各地的有色金属资源、非金属矿产资源，品种齐全，储量可观，分布集中，资源间关联配套性强、融合度高，有很高的开采价值，是国家重要的战略资源储备接替地区之一。20世纪90年代，我们的资源潜在价值是17.8万亿元，约占全国的五分之一，现在应该远远不止这些。“穷”就是经济穷省，2014年我们的GDP仅2301亿元，在全国排名，仅高于西藏。既然如此，那么也许有人要问，你爱青海吗？理由何在？回答是肯定的——爱，理由当然有。

爱上青海的第一个理由是“三气”。青海气候属于高原大陆性气候，是我国东部季风气候的最西端，东部季风气候、西北干旱气候、青藏高原气候在这里交汇，多种气候造就多种地形地貌，全省平均海拔3000米以上，大自然的鬼斧神工造就了大美青海的无限风光。对内地来说青海是边疆，对边疆来

说青海是内地，西藏有的景色青海有，新疆有的景色青海也有，甘肃、陕西有的景色青海还是有，乃至江南的景色我们青海仍然有。因此我们着力打造“大美青海”地域旅游品牌，该品牌于2013年在国家工商局成功注册。这对推动青海的旅游发展有极其重要的意义。

爱上青海的第二个理由是“三地”。青海是中华文明的发祥地之一，是中华文化的保护地，是中华多元一体文化的缩影地。青海的史前文明非常发达，有“彩陶的王国——柳湾遗址”，有“东方的庞贝古城——喇家遗址”，有“人群聚集的地方——宗日遗址”，有“羌人的栖息地——沈那遗址”。2015年5月15日，《青海日报》用整版篇幅刊载本人的文章《青海史前文明的四幅辉煌画卷——柳湾、喇家、宗日、沈那》，旨在增强文化自觉和文化自信，从而实现文化自强。青海是中华文化的保护地，拥有全国第三个国家文化生态保护区：黄南国家热贡文化生态保护区；2014年7月，果洛格萨尔国家文化生态保护区获批。其实我们还有不少保存得非常好的文化生态，如康巴文化、土族文化、撒拉族文化等。青海是中华多元一体文化的缩影地，青海地面和地下文物非常丰富，就文化线路而言，“唐蕃古道”青海段占有半壁江山，在丝绸之路经济带中青海的定位是战略通道，在北方草原丝绸之路和河西走廊丝绸之路因战争而中断后，丝绸之路青海道兴盛了几百年，成为主要通道。就出土文物而言，全国到目前为止共出土了四件舞蹈纹盆，其中两件出自青海，一件出自甘肃武威，还有一件出土地不明，但流失到日本。这两件舞蹈纹盆都是国宝级的文物，其中五人舞蹈纹盆收藏在国家博物馆，另外一件在省博物馆。迄今为止，我国考古出土最早的（4000多年前）铜镜、冷兵器时代最大的武器——长矛均出自青海。西海郡出土的“虎符石匮”是全国首次发现的大型铭文石雕。“高原故宫”瞿昙寺、藏传佛教圣地隆务寺和塔尔寺都矗立在青海这块土地上。

爱上青海的第三个理由是“三多”。青海多民族聚居、多宗教并存、多元文化荟萃。全国有56个民族，从第6次人口普查得知，青海有54个民族，世居民族为汉族、藏族、回族、蒙古族、土族、撒拉族，其中土族和撒拉族为我省独有的少数民族。少数民族人口占总人口的47%，据省卫计委预计，到2020年我省的少数民族人口要超过汉族。少数民族人口占比仅次于西藏、新疆，高于广西、内蒙古、宁夏等三个自治区。全省辖两市六州，西藏之外全国有十个藏族自治州，其中六个在青海，青海的藏族人口占总人口的24%。青海藏传佛教、伊斯兰教、汉传佛教、道教、基督教五教俱全，在黄南同仁老街，这五教一字排开，和谐共处，呈现独有的宗教现象。多元文化荟萃，中原文化与边塞文化在青海交融，农业文明与牧业文明在青海交汇，中华文明与南亚及西方文明在青海交流。

爱上青海的第四个理由是“三区”。青海的经济总量、人口规模在全国来说微不足道，仅仅分别占千分之零点几，但在生态上、资源上、稳定上具有重要地位。依据自身的定位和比较优势，我们全省上下正在全力打造全国生态文明先行示范区、全国循环经济先行区、民族团结进步先进区。前二者是国家战略，后一个正由省上战略向国家战略迈进。从稳定上来讲，自古以来就有“治藏必先安青”之说；从生态上来讲，青海是三江之源、“中华水塔”，长江2%的水量、黄河49%的水量、澜沧江16%的水量、黑河40%的水量都出自青海。青海水资源量约有630亿立方米，其中98%流出青海，泽被中华大地、东南亚国家。青海省委书记在谈到青海水情时用了这么几句话来概括：“天上缺水，地上有水，贡献了水，用不上水。”三江源作为我国重要的生态安全屏障，其生态环境关系到中国乃至亚洲的生态安全。三江源生态保护工程一期已实施完毕，二期已正式启动。青海的生态保护具有很强的外部性，全省限制开发、禁止开发的区域占国土面积的89%，青海人民为保护三江清流做出了极大的贡献和牺牲。

“走遍万水千山，还是青海最美。”百闻不如一见。博大而丰厚的大美青海正敞开怀抱欢迎四海宾朋的到来。

“有朋自远方来，不亦乐乎”！

（刊载于2015年第6期《党的生活》）

玉树的前世今生

我到青海工作已近30年，而今，这里的一草一木、一山一水，都已经深深地融入我的生命当中，再也离不开了。如果说，青海是我心灵深处盛开的花丛，那么玉树就是其中最美的那一朵花。

2006年的金秋，高原的一切都在悄悄地成熟当中。沿着214国道从西宁出发，路越走越高，人越来越少，风景越来越纯粹。过了湟源峡，大片大片待黄收割的麦子和油菜，正伏下头享受着清风的抚摸。再往西南方向前行，过了共和盆地，一望无际的草原开始在眼前出现，阳光温暖，牛羊懒散。翻过姜路岭，草原的金黄色更加浓郁了，远处的山头上已出现雪的颜色。路上少有车辆，在博大、空旷的原野之上，我们感觉车就像大海上的一叶小舟，在奋力地向前靠岸。行走在巴颜喀拉山上，地平线一望无边，无论如何让人不敢相信这是海拔4300多米的高度。夕阳西下的时候，我们终于到了玉树，这个青藏腹地藏语意为“遗址”的地方。

是夜，一切归于平静。酒楼瓦肆欢快的歌声渐渐淡去，伴之而来的是忽高忽低、此起彼伏的犬吠声，让玉树这个有月之夜显得更加安静起来。我由此而生出一种莫名的感觉，玉树，是世俗之中的神圣之地。

占青海总面积三分之一之多的玉树，长江、黄河和东南亚第一巨川湄公河（即澜沧江）均发源于此，而巍巍唐古拉、茫茫昆仑山、绵绵巴颜喀拉，也在这片神奇的土地上横空出世，留下无数动人的传说和神话。

世界上最长的史诗、跨越千年的《格萨尔王传》说唱，生动再现了青藏高原古老藏族文化和古代藏族社会的生活风俗习惯。这里的畜产品产量占全省的四分之一之多，盛产的牦牛无愧于“雪域之舟”的称号，它不仅适应高寒缺氧的环境，而且忍耐性极强；不仅具有较强的运输能力，而且可以犁地耕田，成为藏民族不可或缺的生产工具。同样，这里也有“会说话就会唱歌，会走路就会跳舞”的说法，那独树一帜、别具风采、豪迈奔放而甲天下的歌舞，常常会令人们叹为观止、激情飞扬。每年传统的玉树康巴文化艺术节举办之时，不仅有省内外的藏族同胞和国内游客前来观光，还有境外的游客不远万里来一睹为快。

翻阅玉树的历史，我们还会发现，这里的时光可以穿越几千年，早在新石器时代通天河畔就有人家，从古代的羌人之地到魏晋南北朝时的苏毗王国，从隋的“女国”到唐、宋的吐蕃属地，再到后来元明清时期归中央政权统辖，玉树的文化发展既与中华文明一脉相承，又始终保持着自己独特的个性和魅力。从唐蕃古道走来的玉树，我们依稀看见了16岁的文成公主，逗留在玉树那段时日的青春芳华，看到勒巴沟里拜佛冥思的文成公主，是怎样用个人的幸福换来汉藏百姓的安居乐业。我相信，也许这正是文成公主在勒巴沟的山上、石头上命人镌刻六字真言和佛像的真实意愿。她只希望用一个人的牺牲能够换来天下的和平。从历史深处走来的玉树，让我们真切地感知，这是一片热爱和平、追求人与自然和谐相处的土地。

这里的人们追求简单而纯洁的生活，他们每天诵经祈祷，只为洗脱今生的罪孽，只为换得来世的福报。也因此，我们看到了由结古寺一世嘉那活佛兴建的新寨嘉那嘛呢石堆，在200年的时间里竟然达到25亿块之多，从而闯入吉尼斯世界纪录。这里有印度大学者弥底在通天河畔修建的藏娘佛塔及桑周寺，远离尘世的喧嚣，静静地矗在蓝天白云之间任千年时光悄然流逝。这里有塑有文成公主像的贝大日如来石窟寺及勒巴沟摩崖，在经幡猎猎中，无声地讲述着心静人自安的道理。而这里的结古寺、竹节寺、岭国寺、当卡寺等十多处宗教文化场所让我们相信，宗教不仅渗透在这里的每一片草地，也渗透在每一个藏族人民心中。更重要的是让我们理解了藏文化传统中寺院既是宗教场所，也是讲述人生道理的学校，是展示一个民族灿若星河的文化博物馆，以厚重、多元、包容、开放为特征的康巴文化，成为中华文化大观园中的一朵奇葩。

玉树州是我国文化遗产和非物质文化遗产最集中的地区之一，全州共有国家级非物质文化遗产名录项目10项——康巴拉伊、陶器烧制技艺（藏族黑陶烧制技艺）、锅庄舞（囊谦卓干玛）、锅庄舞（玉树卓舞）、藏族民歌（玉树民歌）、赛马会（玉树赛马会）、藏族金属锻造技艺（藏刀锻制技艺）、藏族服饰、弦子舞（玉树依舞）、锅庄舞（称多白龙卓舞）；国家级代表性传承人6人，省级非物质文化遗产名录项目11项，省级代表性传承人23人。全国重点文物保护单位7处——藏娘佛塔及桑周寺、格萨尔三十大将军灵塔和达那寺、贝大日如来佛石窟寺和勒巴沟摩崖、新寨嘉那嘛呢、贡萨寺旧址与宗喀巴大殿、杂涅墓群、玉树古墓群；省级文物保护单位22处。尤为值得一提的是世代相传、年代久远、囊括有佛教教义和几乎所有藏学学科内容的东仓《大藏经》，俗称“东仓五百部”，在藏区享有盛誉，它的主人是位于唐蕃古道上的东仓家族。东仓是从藏族四大姓氏“塞、木、东、冬”中的“东”演变而来的姓氏，在唐代属于强大的“苏毗”部落。专家认为，东仓家族的先祖是藏族英雄格萨尔王手下的大将东·白日尼玛江才，《大藏经》就是由白日尼玛江才收藏，距今已有一千多年历史，相当珍贵。藏语意为“遗址”的玉树，看来是名副其实、实至名归。

说到玉树，就不能不说结古。这颗镶嵌在玉树大地上的明珠，藏语意为“货物集散的地方”。古代它是西藏和中原联通的必经之地。一定意义上讲，因为结古，才有了唐蕃古道这千年的传奇。据说历史上川西雅州每年要发出9万驮茶叶至结古，然后由结古发5万驮至西藏拉萨，4万驮在青海省南部各蒙藏族聚居地区销售。可以说，这里古来就是青、川、藏三地的重要贸易集散地和交通枢纽。特殊的地理环境造就了玉树人精明的商业头脑，他们既尊重传统，也敢于创新；他们既富有康巴儿女勤劳、豪爽和不屈不挠的品格，也有着聪明、果敢和抢抓机遇的精明。他们和汉、回等民族一起，创造着财富，也创造着民族团结的佳话。当你看到他们一手捻着佛珠，一手按着计算器；一边用藏语通手机，一边用不太流利的汉话讨价还价时，你就会深深地明白，康巴人的自信和骄傲，不仅仅来自马背。

是的，我还得说，康巴人是执着的。2006年，因为东仓家族的《大藏经》，我第一次去玉树，而多年后，守护了《大藏经》40多年的次成文青和他的女儿更松代忠，在地震中罹难。为了保护《大藏经》，次成文青在年近60岁的时候开始整理那些久不见天日的经文，并修复了300多卷。但因为地震，那些耗费时日和金钱，甚至让次成文青一家入不敷出的经书，又一次遭到损坏。好在，这一切都已成为过去，《大藏经》有了它最好的栖居之所。

玉树大地震转眼过去了三年。我依然记得地震十天后那个大地呜咽、山川含悲的景象。但是，一顶顶蓝色的帐篷，帐篷上面轻轻上扬的青烟，又似乎让人看到一份豁达与从容正在玉树的土地上生长。格萨尔广场边上的帐篷里，一盏盏长明酥油灯闪烁着吉祥的光芒，把人们的哀思与祈祷送给渐行渐远的逝者，似乎一切的开始与结束，都是这样安详和宁静。鲜红的旗帜，插在废墟之上，见证着来自全国各地各行各业的救灾援建者，用自己的生命和热血，从死神手中夺回一个又一个鲜活的生命。

参加完玉树重建公共文化设施和游客服务设施布展的论证会，我漫步在结古街头。冬日的结古依然有着别样的美丽。远山盖雪，近处炊烟升起，温暖的阳光照耀着新生的玉树。在格萨尔广场，工人们还在忙碌着清扫，巴塘河边的文化娱乐休闲走廊河水清澈，曲径幽回，州博物馆主体已经完成，康巴艺术中心正在进行装修……而更令人欣慰的是，在中央和省委省政府的关心下，玉树民俗展示、民间工艺研发展示、民族非遗艺术培训等文化产业重点项目都已经或正在落实当中。一些在地震中受损的文物单位，也得到了妥善的修缮和维护。我发现，“苦干三年，跨越二十年”不仅仅是一个口号，更是党和政府庄严的承诺。玉树的前世固然辉煌，玉树的今生也毫不逊色。

玉树重建涉及1400多个项目，投资440多亿元。其中重建后的新玉树十大标志性工程：玉树州博物馆（含牦牛广场）、康巴艺术中心（含图书馆）、玉树州游客服务中心、格萨尔广场、玉树州地震遗址纪念馆、玉树地震灾后重建展览馆、玉树州行政办公中心、文成公主纪念馆、嘛呢石经城（石经城申遗核心）、结古镇两河景观和湿地公园的设计者不乏我国一流的设计大师，如中国科学院院士何镜堂，中国工程院院士、中国建筑设计研究院总建筑师崔恺。这使得新生的玉树，宛若一座康巴文化和民族建筑艺术融为一体的博物馆。

特殊的地理区位、生态环境和民族文化，决定了玉树重建堪称迄今为止人类历史上海拔最高、难度最大、条件最苦的一次大规模重建。三年里，我们看到的是攻克一系列难以想象困难的智慧和勇气，是“大爱同心、坚韧不拔、挑战极限、感恩奋进”的抗震救灾精神。我相信，在这片高天厚土上，玉树不倒，青海常青。

说不尽的玉树。虽然我不知道你的前世如何开始，你的梦想伸向何方，又有多少让世人留恋向往的故事，但我知道，你在今生凤凰涅槃的传奇里，已经走进了春天，并以一棵开花的饱满的姿态，在青藏高原继续着你的传说和神话，吸引着八方来客、四海宾朋。

（刊载于2014年8月2日《人民日报》；8月15日《中国社会报》全文转载；8月22日《青海日报》文字有增减，配图加以刊发）

环西宁旅游圈文化之旅

亲爱的朋友，无论你是前往西藏，还是敦煌，西宁是你必经之地。

中等的海拔、环绕四周的群山，为西宁造就了天然空调，形成了独具特色的气候优势，这里夏无酷暑，冬无严寒，是天然的避暑胜地。

西宁 2200～2500 米的海拔，是入藏适度的阶梯，人们入藏前在西宁短暂停留，可以减缓入藏后的高原反应。

西宁周边风景优美，有中国最大的湖泊青海湖、鸟岛，坎布拉国家地质、森林公园，互助北山国家森林公园，青藏高原的西双版纳——孟达天池，农牧分界区——日月山。西宁呈现出雪域高原及黄土高原相结合的独特的自然景观。

西宁自古就是“唐蕃古道”“丝绸之路”的枢纽，中原文化与周边文化、域内文明与域外文明双向交流扩散、荟萃传播的桥梁，素有“天河锁钥”“海藏咽喉”“金城屏障”“西域之冲”“玉塞咽喉”之称。

今天的西宁市，作为兰青铁路终点、青藏铁路和青藏公路起点，依然是通往青藏高原腹地的交通要冲。

亲爱的朋友，如果你是第一次来西宁，不妨以西宁为圆心，以 200 公里为半径，做一次深度的环西宁旅游圈文化之旅，一定获得意想不到的收获和乐趣。

多姿多彩的民族歌舞

青海是一个多民族地区，在 72 万平方公里辽阔、神秘的高原大地上，世代生息繁衍着汉、藏、回、土、撒拉、蒙古等 20 多个民族。古朴壮丽的大自然塑造了青海各族人民宽厚、勤劳而又豪放的性格，在长期的生产与生活中，青海各族人民创造着自己的历史、自己的文化、自己的现实与梦想，形成并保持了独特的、丰富多彩的风情和习俗。了解他们的风土人情，对每一个旅游者来说，是一次难忘的经历。

青海是歌舞的海洋、花儿的故乡，居住在这里的汉、藏、回、土、撒拉等各族群众，无论是在田间耕作、山野放牧，还是外出打工或路途赶车，只要有闲暇时间，都要漫上几句悠扬的“花儿”。可以说，人人都有一副唱“花儿”、漫“少年”的金嗓子。花儿对青海人来说像每天的饮食一样普通。

青海花儿会更是青海各族人民的狂欢节。辛勤耕作了一年的人们都喜欢在六月六这个固定的日子里欢聚一起，放开歌喉，不拘小节地以歌传情、以歌会友。“花儿”会上，往往民间歌手一人演唱，万人相和；一人提问，万人回答。一连几天，漫山遍野，人山人海，歌声如潮，震撼山川，昼夜不息，歌声、笑声、掌声、欢呼声、喝彩声汇成了欢乐的海洋。

“会说话就会唱歌，会走路就会跳舞”，这是人们对青海藏族人能歌善舞的褒奖。在青海藏区，歌舞活动十分普遍，不仅在节假日您可以欣赏到优美的藏族歌舞表演，而且在平时您也可以在广场上、在草原上、在人们经常聚集的地方看到群众自发组织的跳藏舞、唱藏歌的场面。

青海藏族舞蹈主要有“卓（锅庄）”“依”“热巴”“则柔”“拉什则（神舞）”“莫合则（军舞）”“跳欠”（寺院僧人舞）等十余种。每种舞蹈都自成体系，风格各异。

“锅庄”是人们最喜爱的一种舞蹈形式，这种舞蹈男女老少均可参加，十几人、几十人皆可，常常是男女各半，无时间、地点限制，围成圆圈一起跳唱。歌的内容主要是赞颂山水人情，歌唱友谊理想。藏族歌舞的特点是歌舞一体，有歌必有舞，舞蹈动作丰富多彩，舞姿舒展洒脱、情绪热烈、气势粗犷，从中表现出藏族人民豪放、刚强、坚毅的性格和情怀。每到夜晚，西宁新宁广场、中心广场、“太阳部落”藏族歌舞演艺厅、格萨尔厅、格桑朗玛厅、桑吉卓玛厅、贡嘎尔厅、苏姬尼玛藏餐风情宫、唐东杰布演艺厅等，都有藏族歌舞和格萨尔说唱的精彩演出活动。

土族和撒拉族是青海省独有的两个少数民族。距离西宁30公里的互助土族自治县是土族主要的聚居区之一。土族人民在喜庆时跳的舞蹈安召舞，主要是在春节等节日和婚礼上表演。有一首《春节祝福》这样唱道：“新年新月新时光，男女老少喜洋洋，庆贺五谷大丰收，六畜兴旺人安康，转个安召索罗罗，盼望明年更吉祥。”歌词把庄稼人淳朴美好的愿望表达得完美贴切。每逢春节或男女成婚之时，男女老少就身着艳丽的民族服装，聚集在一起，男人在前女人在后，围成大圆圈，跳安召，直到把节日喜庆推向高潮。

跳安召时，舞者向前弯腰，两手前后左右摆动，起伏转身后退，半蹲旋转，秀丽温柔的女性动作和粗犷豪放的男性动作形成鲜明而又和谐的对比。他们在领唱者的带动下，边唱边舞，曲调高昂嘹亮，舞姿优美明快。特别是女性舞者的五彩花袖，舞起来时，就像无数条彩虹在空中飘动，绚丽动人。劳苦一年的土族人民就这样兴趣盎然地翩翩起舞，忘却了所有的烦恼忧愁。

从西宁坐车，沿途经过平安，翻过青沙山，再行80多公里，车驶过伊麻木黄河大桥，就到了美丽的循化撒拉族自治县。撒拉族是一个能歌善舞的民族，600年前从遥远的中亚迁居到这里。在撒拉族生活中，广泛流行着唱“玉儿”（情歌）的习俗。“玉儿”多取材于现实生活，反映撒拉族青年男女追求纯洁自由的爱情和幸福生活的愿望及理想。《巴西古溜溜》（圆圆的头）是小伙子们利用妇女们在田间锄草的难得机会，来到田间地头，向姑娘们尽情吐露内心爱慕的情歌。他们用比兴的手法，赞美姑娘的可爱和动人容颜：“巴西古溜溜，圆帽来陪衬；腰儿细溜溜，绸带来陪衬；腿儿细溜溜，裹腿来陪衬；我这个阿哥呀，尕妹来陪衬。”

年轻的姑娘这时就会回道：“高高的山巅上，山丹花儿红；年轻的阿哥呀，瞧你多眼馋。发热的六月天，烈日晒一晒；阿哥你看啊，哪有她枯蔫？……五月里的阴雨天，毛毛雨滴几点；阿哥你再看啊，哪有她鲜艳……”

就这样，大家越唱歌越多，越唱兴越浓，在绿色的田间地头，伴着布谷鸟动听的歌唱，把撒拉族青年男女真挚、热烈的情感，一同带入一个浪漫的世界里。

神奇瑰丽的三寺一阁

青海自古就是中原与周边政治、经济、文化力量伸缩进退、相互消长的中间地带，在青海，你会发现不同的地域民族风俗不同，同样呈现出不一样的建筑面孔，那古老的村落堡寨，或依山傍水，结为村庄，或川区大邑，聚居成寨，与周围事物那般和谐，粗犷的无比粗犷，细腻的以为到了江南水乡。

塔尔寺——全国重点文物保护单位，始建于明洪武十二年（1379年），被誉为佛教的“第二蓝毗尼园”。600多年来，塔尔寺经不断增建、重建、扩建、维修，形成一座占地600余亩、殿宇巍峨、亭楼峙耸、佛塔林立、僧舍栉比、布局自由、依山就势、错落有致、结构严谨、色彩华丽的古刹建筑群。

传说，藏传佛教格鲁派创始人宗喀巴大师就诞生在十善地方（今大金瓦殿处），因剪脐带时殷红的甘露滴入土中，后长出一株白旃檀树（菩提树），枝繁叶茂，叶上还显现出狮子吼佛像及文殊七字心咒。若干年后，大师之母按儿子的嘱托，以菩提树和狮子吼佛像作为塔心胎藏建成一座莲聚宝塔。后来，旁边又建成许多寺院殿宇。故塔尔寺是先有塔而后有寺，始有塔尔寺之称。

塔尔寺作为中华民族的珍贵文化遗产，它不仅以瑰丽壮观的建筑艺术闻名于世，而且是藏族文化艺术荟萃的宝库。琳琅满目的雕刻艺术和各种造型精美的佛像、法物圣器，或鎏金饰珠，或浑朴无华，不少是稀世珍宝。皇帝御赐和名人敬献的匾额亦为重要文物，浩瀚的藏文古籍藏书是研究藏学的珍贵文献；被誉为塔尔寺“艺术三绝”的酥油花、壁画、堆绣已有300余年的历史。

瞿昙寺被国内建筑界誉为“小故宫”，也是全国重点文物保护单位，它坐落在青海省乐都县瞿昙乡新联村，距西宁88公里。“瞿昙”一词是佛教创始人释迦牟尼的姓氏。该寺是我国西北地区保存最完整的明代初期的建筑群。瞿昙寺系藏传佛教格鲁派（黄教）寺院，完全采用汉族官式建筑形制，历经600余年至今仍保存完整，尤其难能可贵。

瞿昙寺院内最宏伟的建筑是隆国殿和两侧的抄手斜廊，它们是依照故宫太和殿之前身即明朝的奉天殿为蓝本而建，隆国殿前面左右对称的大钟楼、大鼓楼则模仿奉天殿两边的文楼和武楼（弘义阁）而建。其建筑无论是大木结构、斗拱形制，还是细部隔扇“簇六雪花纹”、枋头“霸王拳”，垂脊截兽小跑、平座滴珠板、鼓镜柱础，均与故宫建筑毫无二致。抄手斜廊本为唐宋时期宫殿寺庙建筑遗规，屡见于文献中，而隆国殿两侧的抄手斜廊是国内现存的唯一实物，所以极为珍贵。抄手斜廊以烘云托月之势把主体建筑隆国殿衬托得格外雄伟壮丽，使之呈现出一派皇家殿宇风范。

全国重点文物保护单位隆务寺及吾屯上下寺位于青海省黄南藏族自治州首府同仁县的所在地隆务镇。隆务镇地处隆务河中游河畔，依山傍水，环境宜人。隆务寺规模在安多地区仅次于甘肃的拉卜楞寺和青海的塔尔寺。隆务地区是重要的藏传佛教后弘期的发祥地之一，隆务寺是安多地区藏族佛教艺术的中心。该寺始建于1301年，寺内有佛殿、经堂31座，活佛囊谦院43处，僧舍303院，为汉藏合璧式建筑。经堂、佛殿建筑宏伟庄严，装饰华丽，房顶皆为琉璃瓦。中脊有镀金的高瓶。寺院中央的大经堂建筑是隆务寺的标志性建筑。寺内有宗喀巴大师像高11米，座底周长26米，上下周围满嵌金玉宝石，通体镀金，更显得金碧辉煌。吾屯上下寺的雕塑、壁画、刺绣、堆绣组成了驰名遐迩的吾屯艺术。

全国重点文物保护单位玉皇阁古建筑群位于青海省贵德县河阴镇，始建于明万历二十年（1592年），玉皇阁由万寿观、文庙、大佛寺、关岳庙、城隍庙、民众教育馆（现为图书馆）六个院落和贵德古城组成。玉皇阁是国内非常独特的一座集儒、道、佛于一体的古建筑群。玉皇阁万寿观为整个建筑群之首，建于高12米、边长14.95米的方形砖铺面夯土台基上。台基高3丈6尺，寓意一年360天，底面24根立柱，寓意二十四节气。中间4根通柱，寓意一年有四季。万寿观通高26米，顶层奉“天”，立玉皇神位；中间奉“地”，立土地神位；下层奉“人”，立皇帝牌位。“天地人”三才是道教的根本。老子在《道德经》中写道：“人法地，地法天，天法道，道法自然。”整个建筑造型古朴壮观，被誉为“仙阁插云”，有凌空出世之感。春夏之交人们登临此观，凭栏远眺，黄河水清，梨花放白，群山微赤，田畴覆绿，令人心旷神怡。

承前启后的历史殿堂

青海地处江河源头，历史悠久。地上、地下蕴藏丰富的文化宝藏，是中华古代文明的重要组成部分。已出土的文物逾20万件，其中不少珍品，是举世瞩目的国之瑰宝。为数众多的博物馆就成了珍贵文物珍藏的重要场所。

青海省博物馆位于西宁市城西区美丽广阔的新宁广场东端，为现代化大型博物馆。其建筑形式采用我国传统的中轴对称手法，由须弥座、重檐庑殿顶和回廊、角楼等古建筑要素组合而成，古朴庄重、气势壮观，具有很浓厚的民族、地方特色，散发着强烈的时代气息。博物馆南北跨度为149.5米，东西跨度为82.9米，檐高为25.2米，主体三层，其他建筑五层。博物馆总建筑面积为20800平方米，其中一楼为文物库房、办公区，库房面积为4000多平方米；二楼以上为展览区，有各类展厅11个。馆藏的各类文物已达47000余件，其中国家一级文物150余件。青海省博物馆先后举办许多大型展览，目前推出的展览有“青海史话——历史文物展”“唐卡艺术展”“造像艺术展”“‘七彩经纬’藏毯工艺展”“环青海湖国际公路自行车赛展”。青海省博物馆与占地面积11万平方米的新宁广场构成了古城一道靓丽的风景线，是省会西宁标志性建筑和景观，是西宁的“客厅”。

青海省民俗博物馆（馨庐）位于西宁市城东区共和路，占地面积约3万平方米，为马步芳家族私邸。“馨庐”二字，系国民党元老林森于1943年所题。馨庐名称来自《陋室铭》中的“惟吾德馨”和“南阳诸葛庐”。因为公馆的许多墙面均镶有玉石，故人们称之为“玉石公馆”。馨庐旧时是青海省最为富丽的建筑，馨庐花园是青海省最为壮观的花园。馨庐外有高大的土墙围绕，整个建筑群大都沿相应空间的四周排列连接，形成了几个既独立又互相联系的院落。2006 年 4 月 28 日，在原馆址上成立了青海省民俗博物馆。博物馆通过立体文物和典型场景的恢复再现，生动地展示了青海民俗文化内容，特别是青海藏、土、回、撒拉、蒙古等民族民俗展馆，把民族产品、民族艺术品、民族家居生活状况尽揽于一个屋檐之下。为帮助参观者直观了解展览内容，景区内还增设了老片子电影放映、“花儿”随意演唱、皮影戏表演等让广大游客参与的娱乐节目。

青海柳湾彩陶博物馆位于乐都高庙镇柳湾村，是我国乃至世界上最大的彩陶专题省级博物馆，也是西北地区一处重要的史前文化艺术宝库。远远望去，柳湾彩陶博物馆就像是平地上放置的一件精美的彩陶。该馆馆体为黄褐色，周围绿树环抱，显得非常雅致。这里收藏着柳湾原始社会晚期新石器时代原始氏族社会公共墓地出土的文物近 4 万件，彩陶占了多半，博物馆内所藏的裸体人像彩陶壶、人头像彩陶壶、彩陶靴、桶形彩陶、方形彩陶、鸮面罐及骨制刀、叉、勺等文物为馆藏之精品。博物馆基本陈列《青海柳湾墓地》，从先民的埋葬习俗，丰富的物质生活及充实的精神世界，全方位展示了柳湾彩陶多样的造型、繁缛的纹饰、奇妙的构图，其中彩陶钻孔修补术、制作工艺流程、陶器符号等知识，对于人们加深对文物历史和先民生活状态的了解有很好的帮助。

青海还有不少很有特色的民营博物馆。中国藏医药文化博物馆位于西宁高新生物园区，是全球唯一的藏医药博物馆。博物馆共 3 层，开设药物标本、藏医医史、医学唐卡、医疗器械、古籍文献、天文历算、彩绘大观等七个展厅，共展出动植物、矿物标本 2000 多种，30 多位历代著名藏医药学家、80 幅藏医学挂图和 1300 年前的 180 多件传统藏医外科器械及 1000 多部古典籍文献。另外，馆内将永久性展出由当代藏族著名唐卡工艺美术大师宗者拉杰历时 20 年设计策划，400 余位藏、蒙、汉、土族顶尖工艺美术师耗时 4 年精心创作完成的、载入吉尼斯世界纪录的《中国藏族文化艺术彩绘大观》长卷。该卷长 618 米、宽 2.5 米，以藏族传统绘画技艺用金粉、玉石、珊瑚等珍宝颜料精心绘制而成，《彩绘大观》汇集了雪域高原的民族文化精髓，展现了高原民族伟大的文化艺术成就，是载入吉尼斯世界纪录的藏族唐卡巨作，是获得国家知识产权保护的民族瑰宝。

赞普林卡距省会西宁 43 公里，占地面积 43 亩，分前后两院，前院为佛殿，后院为藏式宾馆和皇家园林。前院主殿为五层楼藏式建筑：三层中空，塑有现世界最大的藏王松赞干布和王妃文成公主、迟尊公主佛像。还塑有藏传佛教格鲁派、宁玛派、萨迦派、噶举派、噶当派、觉囊派、希结派、苯教

派等八大教派创始人塑像，以及藏传佛教五大护法、四大天王，还有各大小佛教共计一百余尊。四、五层塑有藏传佛教三世佛（过去佛一燃灯佛、现代佛一释迦佛、未来佛一弥勒佛）。大殿内墙壁上绘有藏族起源、文成公主进藏、藏传佛教十六尊者、汉传佛教十八罗汉、释迦牟尼传等大型壁画与唐卡。青海省赞普林卡是目前青藏高原上唯一的一所集藏传佛教八大教派于一体的藏王寺院，也是世界上唯一的藏王寺院。它是汉藏民族团结的历史见证。

叹为观止的遗址景观

从地图上我们可以看到，黄河在甘肃、青海两省间穿山越岭，形成了许多峡谷和或大或小的山间河谷盆地。就在黄河即将告别青海进入甘肃的时候，在青海省民和县的南端与甘肃省积石山县的北端，在两道峡谷之间，出现了一个三角形的小盆地，叫作官亭盆地，这里是青海省海拔最低、气候最好的地方，黄河在这里横流过盆地。这里既是黄土高原的边缘，又是青藏高原的一部分，黄土覆盖在低山缓丘的红色岩层之上，构成了青海东部地区典型的地貌特征——光秃秃的黄土沟岭。

1999 年秋，一支考古队来到民和县喇家村进行考古发掘，在黄土掩埋的地下，有了惊人的发现。人们在两处房址里发掘出了大量人骨，3 号房址有 2 具，而另一处 4 号房址里竟然有多达 14 具！这令所有在场的人都倍感震惊：在不大的房址里，为什么会留下如此多的人骨？这些人为什么会聚集在一起死去？震惊之余，人们开始思考原因。这么多人死在房子里，横七竖八，姿态各异。从年龄看，有大人有小孩；从姿态看，有的是大人怀抱着孩子，有的是好几具骨架拥在一起。另外，房址里保存着大量的陶器等遗物。在喇家村遗址 3 号房址的东壁下，人们找到了母子二人。母亲怀抱婴儿，跪地低头，双手和头紧护着孩子的身体。伟大的母爱至死不渝，最终留下了用骨架树起的不朽雕像！在此后的数次发掘中，不仅出土过象征至高无上权力的“黄河磬王”和国内最大的玉刀，还发现了大型环壕、广场等重要遗迹，表明这里可能是当时的社会权力中心或古城堡。同时，经环境考古专家认定，这里保留了地震、黄河大洪水以及山洪袭击的多重灾难遗迹，是极为难得的史前灾难遗址，被誉为“东方的庞贝古城”。

溯湟水河而上，在河水拐弯的地方，有一个柳树环绕的村庄柳湾村。自 20 世纪 70 年代以来，国家和青海省考古工作者在这里共发掘墓葬 1730 多座，出土文物 3 万余件，绝大多数为彩陶，定名为柳湾遗址。柳湾遗址是彩陶出土非常集中的地方，也是迄今为止我国发现和发掘的规模最大的原始社会氏族墓葬群，系全国重点文物保护单位。据碳 14 测定，其年代距今约 5000 年，文化层延续时间长达 1500 多年，保留了整个原始社会的埋葬习俗、先民的生活规律以及当时的物质和精神生活方式，对确定史前文化类型（马家窑文化半山类型、马厂类型、齐家文化、辛店文化四种文化类型）的各个分期、研究青海远古文化竖起了一杆标尺，其学术价值已引起国内外普遍关注，成为研究青海地区史前文明必不可少的重要资料。柳湾是中国乃至世界上彩陶的集中出土地，被誉为“彩陶王国”。这些彩陶以其造型之多样、制作之精美、数量之众多而闻名于世，在我国彩陶文化中是无与伦比的，更是举世瞩目的，充分展现了中国彩陶文化鼎盛时期的风貌。柳湾遗址现已开辟为青海省特色文化旅游景区，是国内外游客和青少年学生接受爱国主义教育的课堂。

沈那遗址坐落在西宁市城北区小桥村北，湟水河支流北川河的冲积扇上，如今这里已成为繁华的城市的一部分。早在 1948 年，沈那遗址就被我国著名考古学家裴文中教授发现而闻名于世，时称“小桥遗址”。此后，沈那遗址就成为国内外文物考古界专家来青海考察时光临的地点之一。1991 年，在沈那遗址上出土了齐家文化（距今 3500～4000 年）房址、墓葬、灰坑和一批齐家骨、石、陶遗物，其中以半地穴式房址最为突出。房址形制有圆形、方形两种，出土的 17 个房址中，白灰面的 9 座，硬土面的 8 座，房址面积在 9～10 平方米之间，房内有灶坑、柱洞。像这样规整且采用白灰面防潮措施的史前房屋十分典型。根据出土情况，专家们进一步认定，沈那居住聚落遗址分布相当广泛、非常密集。说明那时的沈那人过着下河捞鱼蚌、上山逐麋獐、山下炊烟袅袅、山上篝火团团的丰衣足食的日子。

历史翻到 1600 年前，传说南凉王曾在西宁陈兵 10 万，以炫耀武力。耸立在市区中心的虎台遗址就是东晋十六国时期南凉王在西宁检阅士兵的重要遗迹。这个高大的土台是南凉王朝第三代君王溽檀于公元 402 年修建的阅兵台。高台由黄土夯成，共分 9 层，高 9 丈 8 尺，用他的太子“虎”的名字命名，“虎台”之名由此而来。西宁诗人李焕章《虎台怀古》一诗对此作了生动形象的描绘：“忆昔南凉图霸王，仗钺登台曾誓师。飞扬大纛接云汉，鼍鼓声中画角吹。鲜卑畏威来献马，青海部落拜台下。兵卫森列顾盼雄，观者如山语呕哑。”今日读来，仍有一股铁马金戈的气势跃然于纸上。今天，西宁市在这建起了一座将古朴典雅的历史文化氛围和舒适宜人的休闲环境融为一体的遗址公园，成为人们缅怀往事、追忆历史的好地方。

五彩斑斓的热贡文化

青海是中华文明的重要发源地之一，是中国西部的古代文明中心，4000年来多元文化的不断积累、变异和发展，为我们留下了神奇的自然世界、神秘的文化世界和神妙的心灵世界三方面不可多得的独特的历史遗产，丰富和延展了青海文化的内涵。热贡文化是青海多元文化的典型代表。

在富饶、美丽的热贡地区，以热贡艺术绘画、雕塑、堆绣、沙盘画等为内容的民间工艺美术，以热贡藏戏、传统曲艺、民间传说、拉伊传唱、著作典籍等为内容的文化艺术作品，以及以热贡六月会、土族於菟、宗教法会等为内容的民间活动，它们不仅存在于热贡地区的村落民居、寺庙建筑、历史遗迹、文化遗存当中，更存在于当地各族群众的生产、生活、宗教信仰、礼仪节庆等民风民俗当中。

吾屯几乎家家从事绘画，整个隆务地区几十个村子的艺人们也以绘画为业。他们的作品遍及国内外。作品的内容从单纯表现宗教故事和人物，到反映丰富多彩的社会生活，包罗万象。尤其是彩绘唐卡，笔法细腻、色彩绚丽、人物造型生动，采用大量的金、银、珊瑚、玛瑙、珍珠、藏红花等矿物质原料，使其作品富丽堂皇、恢宏博大，具有强烈的艺术效果和视觉冲击力。吾屯村因绘画带动的文化产业特性，被誉为“青藏高原的大芬村”，被文化部命名为国家级文化产业示范基地。

看过了精美唐卡，不能不提到藏戏。流传在此的热贡藏戏是藏戏艺术的一个鲜为人知的支派，热贡藏戏将歌剧、舞蹈、哑剧等表演手段糅合在一起，用多种手段塑造艺术形象和展开剧情，人物上下场采取鼓点伴奏和节奏明显的哑剧式动作。舞台美术设计吸取了热贡绘画艺术的精华，音乐上大量地采用藏族民歌和藏戏的曲调。许多剧目如《文成公主》《曲吉诺桑》《郎萨姑娘》《卓娃桑姆》《智美更登》《白马文巴》《苏格尼玛》《顿月顿珠》等极富感官冲击力，上演至今。

说到热贡地区藏族、土族群众中盛行的大型祭祀表演活动，就不能不提到热贡藏乡“六月会”。相传很久以前，在同仁地区有许多毒蛇猛兽，危害当地人民，在这时，美丽的大鹏鸟从印度飞来，降服了这些毒蛇猛兽，人民重新过上幸福快乐的日子。藏语把大鹏鸟叫作“夏琼”，为了供奉夏琼神，也为了保佑风调雨顺、五谷丰登，沿隆务河两岸12公里内的藏族、土族村庄都会进行盛大的祭祀活动，形成了后来每年农历六月十七日至六月二十五日举办“六月会”。

“六月会”包括祭神、请神、迎神、舞神、拜神、祈祷、送神、军舞表演、神舞表演、龙舞表演等内容，其中最具特色的是“上口扦”“上背扦”“开山”仪式。“上口扦”是法师为自愿的年轻人在左右腮帮扎入钢针，也称为“锁口”，据说此举可防止病从口入。“上背扦”是将10~20根钢针扎在脊背上，舞者赤裸上身，右手持鼓，左手击鼓，边敲边舞。独特节奏的龙鼓、粗犷优美的舞姿、多彩华贵的服饰、神秘虔诚的祈祷，给喜庆丰收的热贡藏乡带来了欢乐和浪漫。“开山”是法师用刀划破自己的头顶，把鲜血洒向四面八方，这是一种古朴奇特的祭天方式，充分表现了藏族人民勤劳、朴实、智慧和勇敢的品格，令人震撼。

作为中国历史文化名城的同仁，近年来，在各级政府和文化部门的扶持、引导下，大力发展热贡文化产业。2006年同仁县从事热贡艺术创作的人员达2000人，年收入为1491.31万元，产业收入达2287.37万元。特色浓郁的旅游纪念品、民族风情装饰品、家居工艺品、服装布艺等热贡文化产品正越来越受到人们的青睐。

音乐编织的金滩银滩

金银滩，据说是因为草地上盛开一片片金黄色和银白色的小花而得名。对去过那里的人来说，这是一个美丽的名字，是一片美丽的草原、一个不会忘记的地方。

夏季是去那里的最好时节。穿越了蜿蜒的湟源峡之后，一片平坦而广袤的草原几乎是“跳”进了你的眼里。浮云般的羊群、棕黑相间的牦牛，星星点点地徜徉在青草坡中。不时有牧民骑着骏马悠然地从草原上缓缓而来。远处的山峦中间，间或有白莲朵般的帐房点缀在白云深处。

当年西部歌王王洛宾在这里遇见了美丽的藏族姑娘卓玛，写下了那首脍炙人口的名曲《在那遥远的地方》：“在那遥远的地方，有位好姑娘，人们走过她的帐房，都要回头留恋地张望……”

如今，这首歌早已成为国内外认识和了解青海的“音乐名片”，也吸引着大量游客来金银滩草原欣赏美景，感怀那些美好的故事。

但这片土地绝不只有爱情。20世纪50年代末，这里就成为我国第一个核武器研制、实验、生产基地。曾经有成千上万的军人和科学家隐姓埋名，在这草原深处生活过、奋斗过，贡献了青春甚至是生命。60年代，科技人员在这里先后研制成功了中国的第一颗原子弹和第一颗氢弹，并生产出多种型号战略核武器。从此，“两弹精神”以及王淦昌、邓稼先、彭桓武、周光召、朱光亚等许多闪光的名字便和这片土地永远联系在一起。1993 年 7 月，基地环境治理通过国家验收符合国家环保法规后，它又成了世界上第一个退役的核武器研制基地。西海镇现已成为一座集爱国主义教育、草原风光、原子城探秘、民俗风情于一体的综合旅游区，有了一个更加响亮的别称——中国“原子城”。

原子城内，有时任基地总指挥李觉、两弹元勋王淦昌等居住过的“将军楼”以及建厂初期苏联专家居住过的“黄楼”；有当年视为“禁中之禁”的办公楼、科研楼、科技楼；有面积为 5500 平方米，当时在西北地区堪称一流的影剧院；有第一颗原子弹启运上车的“上星站”；有 30 多年如一日保卫禁区安全的“六号岗”；有基地第一批人员驻扎过的“三顶帐篷”遗址；有研制阶段进行爆轰试验的试验场；有代表核设施处理成就的“亚洲第一坑”“核退役工程纪念碑”以及刚刚对游人开放的核心禁地地下指挥中心等系列景点。介绍“原子城”全貌的基地展览馆是利用原爆轰试验而修建的，又称靶场。它是为研制原子弹、氢弹而进行各项爆轰模式和穿甲弹试验。展览馆共有七个展室，通过大量图片和影像资料生动地再现了基地的建设、发展历史。在这里，参观者还能亲手触摸第一颗原子弹模型。当年的地下试验场也对外开放，进到里边，各个试验室依然保持原来的状态，身着白色工作服的科学家雕塑十分逼真，让人产生错觉，以为是真人正伏案工作。

参观“原子城”，不仅仅是看看风景，满足一下自己的好奇心，每一个人都会深切感受到从这里散发出来的爱国主义、集体主义精神，同时为中华民族艰苦奋斗、无私奉献、勇攀高峰的创业史而自豪、感动。这也许是“原子城”的又一独特之处。近些年当地政府花了很大精力，致力于把它打造成全国性的爱国主义教育基地和红色旅游基地。投资 8000 多万元的原子城纪念馆业已破土动工。

当你徜徉在这里的草原、街道，让思绪定格，你会发现，浪漫、震撼、感动，还有神秘和豪迈会奇妙地交织在一起，久久挥之不去……

亲爱的朋友，这就是西宁，被世人誉为旅游者的胜地。我们在这里真诚地邀请您到三江源头、中国夏都——西宁来，走一走，看一看。

当您在田野乡间、草地湖畔，看到土族、撒拉族、藏族的婀娜舞姿，听到土族“阿姑”，藏族“卓玛”为您献上的幽幽情歌……

环西宁旅游圈文化之旅，足以融化您的情感而流连忘返。

（原载于《文化月刊》2009 年 1—2 月合刊）

“假如能够再生，我仍然选择中国”

——想起伟大的邓稼先

中央电视台《时代楷模》廉福章的发布会上，短片片头第一个出来的是邓稼先的照片，虽然随着影片的播放一闪而过，但又让我想起这位为祖国核武器事业做出了巨大贡献的开拓者和奠基者。

上小学时我就知道，我们国家造原子弹、氢弹的大科学家邓稼先是我的怀宁老乡。因工作的关系，近年我与原子城有了更多亲密的接触，看了邓稼先的同乡同学杨振宁写的《邓稼先》，看了邓稼先夫人及子女写的传记《邓稼先：许身国威壮山河》，我感动不已，热泪盈眶，邓稼先伟大而光辉的形象不时呈现在我的脑海。

1924 年，邓稼先出生于安徽怀宁县一个书香门第，他是清代大书法家和篆刻家邓石如的第六世嫡孙。他的父亲邓以蛰先后留学日本、美国等国高校，归国后执教于北京大学、清华大学，是驰名学界的美学家和艺术理论家。邓稼先于 1950 年取得博士学位后的第九天，带着最新的科学知识和一颗赤子之心回到了祖国怀抱。他服从组织安排，来到刚成立的中国科学院近代物理研究所，从事原子核理论研究。此时，新中国在原子核理论研究领域还是空白，邓稼先和钱三强等年轻的科学家，不畏困难，开始了创造性工作，很快便成为骨干力量。

1962 年，邓稼先领导完成的原子弹理论设计方案，解决了中国研制原子弹的关键性难题，被数学家华罗庚称为“集世界数学难题之大成”的成果。原子弹的攻关，最关键的就是掌握基本理论和关键技术。邓稼先在担任了原子弹的理论设计负责人后，立即安排同事们分头研究计算，自己也带头攻关，在遇到一个苏联专家留下的核爆大气压的数字时，邓稼先以严谨的计算推翻了原有的结论，解决了关键性难题。中国研制原子弹正值三年困难时期，尖端领域的科研人员虽有较高的粮食定量，却也因缺乏油水而饥肠辘辘。就在这样艰苦的环境中，他和同事们日夜加班，不仅在科研院所里悄无声息地费尽心血，还要经常去飞沙走石的戈壁试验场，冒着严寒酷暑，掌握了大量的第一手资料。1964 年 10 月 16 日，中国成功爆炸的第一颗原子弹，就是由他最后签字确定了设计方案。

随后，邓稼先又投入氢弹的研究当中，按照他和于敏提出的方案，中国第一颗氢弹在 1967 年 6 月 17 日爆炸成功，从原子弹到氢弹，美国人用了七年零四个月，苏联用了四年，英国用了四年零七个月，法国用了八年零六个月，而我国只用了两年零八个月，在经过科学家不懈的探索和努力后，创造了一个科学奇迹。

邓稼先长期担任核试验的领导工作，他总是在最关键的时候出现在第一线。在我国进行的前 32 次核试验中，他一共指挥了 15 次，在危险的时刻，他始终和操作人员在一起。长期的核试验，使他的身体受到了严重辐射。1985 年 7 月，他被检查出患了直肠癌，1986 年 7 月辞世，年仅 62 岁。住院期间他曾说："选择了核武器，就意味着选择了牺牲和付出。可是，我对自己的选择，终生无悔。""假如生命终结之后能够再生，那么，我仍然选择中国，选择核事业。"

普列汉诺夫在《论个人在历史上的作用问题》中指出，一个伟大的人物之所以伟大，并不是因为他的个人特点使伟大的历史事变具有个别的面貌，而是因为他所具备的特点，使他自己最能为当时在一般的和特殊的原因下所发生的伟大的社会需要服务。这就是邓稼先的人生价值和追求。今天虽然时代变化了，但他的精神是永恒的，闪耀着永不褪色的光芒，祖国不会忘记他，人民不会忘记他，历史不会忘记他。

（刊载于 2015 年 6 月 17 日《青海日报》）

推进“文化青海湖”品牌建设

今年7月，我有幸参加了在海北州举行的首届青海湖文化论坛。本届论坛的宗旨在于充分利用高原自然生态、宗教文化、民族风情旅游资源，进一步挖掘和弘扬青海湖文化，把藏区青海湖文化与山水文化、海北旅游紧密结合起来，积极打造青海湖北岸特色旅游品牌，使青海湖文化旅游成为海北州旅游业发展的新动力和新方向，促进青海文化旅游业向着更加健康、更加科学的方向发展。

与来自省内外的三十余位资深专家学者奔赴环湖各县及金银滩—原子城景区采风，让我们领略到了青海湖独特的美。无论是在油菜花海之间穿行，还是在纯净清澈的湖面泛舟，无论是飘曳于风中的经幡，还是鸟岛上纷飞的候鸟，总能让我们找到许多大美无言、震撼心灵的瞬间。而就青海湖的文化建设问题进行的论道，则使我受益匪浅。我想，景致中有文化、文化中有感情，是青海湖文化日趋灵动多彩所在。

“智者乐水，仁者乐山”，对于水的崇拜人们自古有之。青海湖作为我国最大的内陆咸水湖，不仅是昆仑神话中的瑶池，也是我国最美丽的湖泊，还是藏民族心目中的圣湖，更是青海各族人民的母亲湖。如何推进青海湖文化品牌建设，是此次我们讨论的重点所在。与会专家学者旁征博引、引经据典，纷纷就青海湖文化建设提出己见，并达成了以下几方面的共识：

一是大力培育青海湖景区文化品牌。青海湖地处农耕区和牧业区、中原文化和吐蕃文化、农耕文化和游牧文化交汇地带，是多元文化的集中展示地，文化资源丰富多彩。青海湖景区类型多样、内涵丰富的文化资源构成了青海湖独特的文化生态，传承着无形的历史文脉。青海湖不仅具有藏文化区的共同特点，拥有藏文化区共有的民族风情、文化渊源，同时还具有自己独特的水文化特点，包括祭海、转湖等历史悠久的文化习俗，以及昆仑文化、西王母文化等也在一定程度上影响着青海湖地区的文化发展，构成了青海湖独有的文化氛围。

二是注重挖掘历史、民族及生态文化内涵。深入挖掘地域历史文化，实现文旅结合、“形”“神”统一，是促进青海湖旅游更好更快发展的必然选择。青海湖旅游业发展要坚持自然、文化两种资源共同利用、同步发展的原则，形成两种资源并举、生态青海湖与文化青海湖建设并重的格局。要通过对青海湖历史、宗教、民俗等文化元素的提炼和升华，搭建起具有青海湖特色的旅游文化框架。充分挖掘与旅游产品相关的民风民俗、历史典故、神话传说、风土人情等，实现自然风光和人文景观有机结合、观景与品味文化相统一。同时，青海湖景区生态文化资源开发潜力大，蕴藏着极其丰富的高品位的自然风景资源，拥有众多体现大自然杰作的自然景观和人类文明活动所遗存的人文景观。这些资源是青海湖形象的构成要素之一，有着独特的、极其重要的自然生态、科教审美等方面的价值，蕴含着生态保护、生态建设、生态哲学、生态伦理、生态美学、生态教育、生态艺术、生态宗教文化等各种生态文化要素，是青海湖生态文化中的缩影。它具有生物的多样性，以其丰富的动植物资源、绚丽的湿地景观、优美的环境构成多样的生态文化。只有加强了生态文化建设，才能体现青海湖景区的原真性和特色。

三是扩充文化外延，打造节庆文化品牌。近年来，以青海湖独特的自然、文化环境为依托的文体节庆活动逐步成为青海湖节庆活动的重头戏。影响较大的有环湖赛、摄影节、音乐节、诗歌节、雕塑节等，形成能够凸显青海湖文化特色和旅游特色的旅游产业。打造节庆文化品牌，通过节庆活动带动旅游产品提升，是青海湖近年来旅游发展的一个突出特征，也是青海省为提升青海湖旅游业的市场影响力而采取的重要战略措施。青海湖景区借助这一优良的宣传平台，有力地提升了知名度、影响力和美誉度，成为展示和传播青海湖文化的重要景观。

不论是地理、生态、资源地位，还是历史、文化、旅游地位，青海湖都堪称是青海的“金名片”。青海湖文化论坛的召开，必将丰富青海湖旅游的文化内涵，提升青海湖旅游的品质。将参加此次论坛的专家学者的发言稿集结成册，在加强学习借鉴的同时，把好的思路融入青海湖文化旅游发展中，能够进一步彰显青海湖的文化魅力。

文化是旅游的灵魂，旅游是文化的载体。相信，不久的将来，一个民族传统文化与现代文化相互融合、人文景观与自然景观交相辉映、文化旅游设施与文化旅游生活相得益彰的青海湖文化新格局必将形成！

（2015 年 11 月 13 日）

感知电大

我来青海电大工作，已届半年，之前，对电大的了解比较碎片化，对于电大是怎么诞生的，和传统大学有什么区别，电大教育秉承的教育理念是什么，其办学的深层次意义是什么，都不甚了解。随着时间的推移，我对电大的印象不断更新，认识不断清晰，以至于彻底改变了对电大的看法。

电大是邓小平同志亲手缔造的

1976年10月，历时10年的“文化大革命”宣告结束。当时，国民经济到了崩溃的边缘，教育、科技、文化一片凋零，整整一代人失去接受高等教育的机会，各种人才青黄不接。1977年，刚刚复出的邓小平为了解决人才问题，提议立即恢复高考制度，加快速度培养各类专门人才。但当时高校太少，条件不够，招生规模受到极大的限制，数以千万计渴望接受高等教育的人们被挡在大学门外。1977年年底，邓小平会见来华访问的英国前首相爱德华·希思，对希思介绍英国利用现代化手段举办开放大学，让更多人可以上大学的经验大感兴趣，并表示中国也要利用电视手段来加快教育事业的发展。之后，在邓小平的大力倡导和推动下，广播电视大学筹办工作进展神速。1979年2月6日，中央广播电视大学和28所省级广播电视大学同时宣告成立，并举行了隆重的开学典礼，标志着广播电视大学的诞生。著名数学家华罗庚给电大上了第一课。今天看来，邓小平倡导、创立广播电视大学的决策无疑是英明正确的。教育公平是广播电视大学的“初心”，她的开办是我国高等教育发展史上的一个伟大创举，进一步丰富了高等教育内涵，促进了高等教育大众化，给更多的求学者提供了接受高等教育的机会，为中国的经济建设和社会发展培养了大批的专门人才，直至今天，继续在为提升劳动者素质、加强学习型社会建设方面发挥着特殊而重要的作用。

电大既“大”又“小”

电大是我国高等教育的重要组成部分，与普通高校一起承担培养各类专门人才、提高劳动者素质的任务，但与普通高校相比，有着本质的不同，主要表现为电大既“大”又“小”。

说其“大”，是指电大授课覆盖面广。电大是没有围墙的学校，其教学信息通过国家提供的卫星电视系统覆盖全国，现已广泛利用互联网、云计算面向全国大中小城市、面向广大农村和牧区实施网上教学。由各级电大组成的遍布全国的现代远程开放教育教学系统，可以在不同层面上分工协作，为各地的求学者提供必要的学习资源和学习支持服务。同时，电大综合利用和优化配置国内外最优质的教育资源，办学规模是任何一所普通高校都难以企及的，这也使得把高等教育延伸到基层和边远落后地区，为这些地方就地培养了大批留得住、用得上的各类专门人才。以青海省为例，2015 年，全省普通高校在校大学生 74359 人，通过电大学习的学生达到 20206 人，占全省高等教育在校生规模的 27%。

说其“小”，是指电大人员编制少，办学空间逼仄。有这么一句顺口溜：“电大没有小学大，小学要比电大大。”的确，全国许多省级电大占地面积不超过百亩，如北京开放大学 38 亩，辽宁电大 31 亩，甘肃电大 21 亩，青海电大 17 亩，还没有一所小学校园大；电大的教职工人数少，许多省级电大也不过两三百人，如北京开放大学 297 人，天津电大 282 人，云南开放大学 250 人，青海电大仅 109 人。

电大工作并不轻松

刚到电大工作之时，亲朋好友都说我到了一个清闲的单位，找了一份美差。我当初也认为，与先前干的工作相比，应该轻松舒适吧；转眼半年多过去了，才发现电大工作并不轻松。

电大在 30 多年的发展历程中，得到了省委省政府的大力支持，抢抓到了市场化启动较早以及因劳动力市场分割带来的稳定生源等良好机遇。随着社会主义市场经济体制的完善，这些机遇已不复存在。电大面临新的挑战，比如生源的不稳定、办学网络的分化与重组以及对高新技术装备投资的风险等等。目前，电大的办学定位在“学历与非学历并重，办学与服务并举”，工作任务极其繁重。在学历教育方面，成人在职学习的特点，决定了电大的教学工作只能在晚上和节假日进行，这给电大教学和学生管理工作带来了一定的难度。教师在周一至周四晚上和周六、周日上课，开展面授辅导及重难点答疑，平均每天工作 9 小时以上，每周超出正常工作时间 20 个小时，每月超出 80 个小时左右，相当于 11 个工作日。为了更好地为学员服务，学校一直实行全员坐班制，教职工白天备课、批改作业、网上答疑、开展科研及社会服务、制作教学资源、为学员和基层电大办理各种业务。在非学历教育方面，近年来学校承担了省委组织部干部在线教育、干部自主选学、全省专业技术人员公需课培训、全省中小学教师国培项目、社区教育以及各类岗位技能培训等任务。此外，学校在全省各州县设有 28 个教学点，需要经常到基层指导教学，寒暑假要组织招生、进行集中辅导。教职工长期处于超负荷工作状态。

电大服务的对象、办学形式和普通高校也不同。电大教育培养的对象是成人，学校依托于现代信息技术，采用灵活的线上线下的多种开放的学习方式，因此，学生与学校的联系不够紧密，对电大的认同感和归属感不强；生源作为学校之本，在全国电大系统招生下滑的大背景下，我省电大受各种办学实体的四面夹击，招生变得更为严峻，生存压力越来越大。电大系统内部管理、运作机制、外在办学模式的特殊性决定了电大工作繁杂而琐碎，常常有“外行看不懂，内行说不清”的尴尬。电大工作还真的不轻松。

电大有点被误读

如今，社会上一些人包括有些领导认识上有一种误区，他们认为现在国家有那么多所高校，电大还有没有继续存在的必要？有些人对电大办学认知模糊，认为电大的文凭不够硬气，在电大学习就是混个文凭，学不到什么东西，等等。由于被误读，电大时常处于非常尴尬的境地，“姥姥不疼，舅舅不爱”，往往被遗忘、被忽视，甚至被歧视，虽然冠以大学之名，但并无大学之实，长期被边缘化、虚拟化。

我认为，大学的价值追求，既有共性的一面，也有特殊性一面。电大自诞生之日起，便把历史赋予的使命与价值追求紧紧地联在一起。她立足于人才培养，但更加关注广大农村、基层、边疆、少数民族地区的人才培养；她为一切有能力、有意愿接受高等教育的人提供学习的机会和服务，但更加重视为特定群体、弱势群体提供学习的机会和服务；她稳步发展学历继续教育，但同样关注并大力推动非学历继续教育发展；她不断提高教学质量，但更加强调教学过程的评估和质量保证；她开放、灵活、便捷、费用低等特点极大地适应了人们多样化、多层次的学习需求，满足了大批在职人员和高考落榜生接受继续教育的需求。此外，电大是属于国民教育系列的成人高等学校，所颁发的毕业证书国家承认，全国有效，世界通用，被誉为国际学历绿卡。在倡导全民学习的当下，电大对所有愿意学习的人都提供了极好的提升自己的机会，有效缓解了社会对高等教育的巨大需求与普通高校的有限教育资源之间的供需矛盾。毋庸置疑，电大已经成为我国现代远程教育的骨干力量，成为我国推进全民学习、终身学习的重要支撑，是我国高等教育的重要组成部分。

长期以来，电大被误读的原因是多方面的，窃以为不能一味地怨天尤人，恐怕也要眼睛向内，从自身找原因。随着高等教育大众化时代的到来，普通高校的入学率逐年增高，考不上普通高校的学生人数将越来越少，这就意味着电大的生源将越来越少，旱涝保收、“皇帝的女儿不愁嫁”的时代一去不复返了；自我封闭，缺乏主动出击意识，“不叫不到、不给不要、不哭不闹”，与外界沟通少，宣传力度不够，等等。所有这些在很大程度上消解了电大的吸引力。目前，电大正处于不进则退、不拼搏不竞争就没有出路的严峻时期。电大教育必须结合自身发展的实际和特点，认真总结经验，分析面临的形势，进一步开拓创新，继续为中国特色社会主义建设做出新的贡献。

电大最大的优势在网络平台

作为专门举办现代远程开放教育的高等学校，电大也有区别于普通高校和其他成人高校的特点，其最大的优势主要表现在：一是具有远程教育特征。电大的授课方式已从当初的看电视、听广播转变为利用互联网实施线上线下相结合的教学模式，以教育技术和媒体手段为课程载体，使教与学的过程可以异地异步或异地同步进行，学生可以分散在各地自主学习。二是采用多种媒体教学。学生以文字教材为主进行自主学习，同时较多地利用音像教材、微课程、慕课和计算机网络等学习媒体。三是共享优秀教育资源。电大汇集了全国高校和科研院所的优秀教师和专家，由他们担任课程主讲教师和教材主编，为全国各地的学生提供了高质量的课程及教材。四是开放的学习模式。学生根据自己的情况选择课程、媒体教材、时间地点、学习方法、学习进度等，学习方式方法灵活多样。

有些人认为，这些不就是普通高校网络教育吗？我认为，电大开放教育与普通高校网络教育是有区别的。普通高校网络教育主要使用高校自身的教学资源，通过互联网实施教学活动；电大开放教育除使用自身的教学资源、通过互联网开展教学活动外，还通过合作办学，整合、共享包括普通高校在内的社会各界的优质教学资源，并在教学活动中辅之以必要的面授辅导。只要电大用好这一优势资源，准确定位，错位竞争，差异化发展，必将开拓终身教育的新境界。

电大当自强

电大发展到今天，更多扮演的是学历补偿教育的角色，如今，只强调学历教育已不能适应当前的教育形势，我们要不断创新办学理念，改变过去单纯发展学历教育的单一模式，全面提高对非学历教育、老年教育、社区教育的认识，不断探索新的办学模式，补齐教育供给侧短板，不断强化构建终身教育体系和学习型社会的主体功能。要坚持规模扩大与内涵建设并重，广泛开展与企业、行业的合作，学历教育与非学历教育并举，技术支撑与支持服务并行，使学校品牌和形象得到进一步提升。这既是电大的重要任务，也是电大持续发展的需要。

电大的转型升级将是电大应对挑战的必然选择，也是自身改革的必然趋势。2010年10月，教育部批准建立了北京、上海、江苏、广东、云南和中央广播电视大学这六个开放大学的试点，探索开放大学的发展模式，电大转型迫在眉睫。要以建设学习型社会为使命，以终身教育为理念，以“开放”的办学思路为核心，向所有有意愿、有能力来接受高等教育的人提供机会和服务，努力满足农村、基层以及更广大的社会成员多样化、个性化的学习需求，构建灵活开放的教育体系，为全民继续教育和终身教育提供平台。

自强是电大科学发展的力量之源，开放是电大创新发展的不竭动力，有为是电大转型开放的发展之基。在国家构建终身教育体系，建设全民学习、终身学习的学习型社会的大格局中，电大将继续发扬自强、开放、有为的精神追求，以“网纳百川，育达江源”的博大胸怀，以推动高等教育向“开放、灵活、全纳、终身”转型为宗旨，更好地肩负起人才培养、科学研究、服务社会和文化传承与创新的历史使命。

风好正是扬帆时。党的十八大以来，构建终身教育体系、建设学习型社会、办好开放大学等，连续被写入党的十八大报告、政府工作报告和“十三五”规划等多个重要文件。不忘“初心”，继续前行。我坚信，电大的明天更美好！

（刊载于《中国电大报》《在线教育》2016年9月25日）

“青海湖归来不看湖”

明代旅行家徐霞客说过：“五岳归来不看山，黄山归来不看岳。”不曾想这次到内地出差听到“青海湖归来不看湖”这样的赞誉，心里既激动又感慨。

今年八月底，我与同到太原出差的河北刘女士聊天，她说，今年7月份，她去了青海，有两点感受：

一是“大美青海”名不虚传。去青海前，她从电视上耳闻“大美青海”的宣传词，并不以为然；到了青海之后，觉得“大美青海”恰如其分、美不胜收，平淡中见贴切，平实中见准确，高，好！

二是“青海湖归来不看湖”。去青海之前，她觉得他们家乡的衡水湖是最美丽的、最迷人的，引以为荣、无比自豪；去青海之后，看了青海湖，有比较才有鉴别，觉得衡水湖逊色多了，远没有青海湖那么美。他们被七月青海湖的美镇住了——他们惊呆了。尤其是当高原的天空一碧如洗、湛蓝的湖面如同一块蓝宝石，真是美得让人心醉，从飞机上俯视，湖水犹如高贵华丽的蓝丝绒绸缎，动感十足，实在妙不可言。一行人流连忘返、念念不忘，纷纷庆幸自己没有与青海湖的“美”擦肩而过。于是刘女士发出：“青海湖归来不看湖”之慨叹，表达了大家的共同感受：不虚此行。

也是在今年7月份，我的大学同学、中国政法大学朱教授来到向往已久的青海湖，当她面对蓝天白云下波光粼粼、透明碧蓝的湖水时，整个身心似乎远离了尘世的喧嚣，她激动得哭了……

看来青海湖的美，打动的不仅仅是个别人的心，它给许多游客留下无法言说的美和刻骨铭心的感受。这不是商家的刻意炒作，也不是旅游主管部门“王婆卖瓜自卖自夸”，而是两位与青海湖没有任何利益关系的外地游客对大美青海的深切感悟，对青海湖独特之美的由衷赞叹，甚至不惜“自贬家门”。无怪乎青海湖被专家们评为“中国最美丽的湖泊”，五湖之首也好，十湖之首也罢，都是当之无愧、名副其实的。看来专家的评价和游客的看法惊人一致。

作为一个青海人，也许是“不识庐山真面目，只缘身在此山中”吧，竟然没有这样激动过，没有比附出这样的妙语，呐喊出这样的自信呢！听了刘女士的一番评价、一通宏论，真是心如潮滚、思绪万千，既自豪又深思，既感慨又沉重，深感“酒香也怕巷子深”，深感宣传大美青海任重道远。我们应该学会用“第三只眼”多看、再看、反复看青海，用独到的慧眼发现青海独特的各种各样的美，从而更多更好地宣传我们青海，让更多的人分享“大美青海”。

（刊载于2011年5月16日《青海日报》）

天境祁连的卓尔不群与美尽高原

青海省祁连县素有“东方瑞士”之称，早在元朝时期就以“八宝”而闻名遐迩。古匈奴语曾称祁连山为“天之山”，因而又有“天境祁连”的盛名。在这“天境”中，有巍峨雄伟的大山，有晶莹剔透的雪峰，有金碧辉煌的佛塔，有迎风飘扬的经幡，有怡然自得的人民……既然天境祁连已是耳熟能详、妇孺皆知，那么为何要冠之以“卓尔不群”与“美尽高原”呢？且听我慢慢道来。

天境祁连，卓尔不群。《现代汉语词典》有这样的解释，卓尔：突出的样子；不群：跟一般人不一样，超出寻常，与众不同。卓尔山，是祁连风光的精华之所在、集大成，它的美与众不同，超出寻常，其他的山难以企及、难以媲美；卓尔山之美，美得让人心醉，让人流连，让人惊叹不已。卓尔山之美，卓尔不群；祁连山风光，卓尔不群。所以，我想用“卓尔不群”来赞美祁连也是十分贴切的。风景秀丽的卓尔山还流传着一个美丽的传说。卓尔山藏语称为“宗穆玛釉玛”，意为美丽的红润皇后。相传宗姆玛釉玛原为龙界公主，一次偶然的邂逅，她深深爱上了守护这里的山神——英武非凡的阿咪东索（牛心山），她甘愿冒犯天规，冲破重重阻碍，嫁给阿咪东索为妃，化为一座石山，永远留在人间，与阿咪东索隔河相望、不离不弃，共同护佑着祁连的山山水水。

站在卓尔山山顶，视野极度开阔，对面是一山尽览四季景色的牛心山，左右两侧分别是拉洞峡和白杨沟风景区，背面是连绵起伏的祁连山，山脚下滔滔八宝河像一条白色的哈达环绕在县城周边。美景交织，宛如仙境，令人心旷神怡。

天境祁连，美尽高原。说美尽高原，还得从“美尽东南”说起。“美尽东南”四字典出《滕王阁序》：“宾主尽东南之美。”意思是说今天在座的主人和宾客囊括了东南地区各路豪杰、文人雅士。此乃写人。南宋著名诗人杨万里到鹰潭的月湖岩游览，时值中秋，月亮正圆，看到月湖岩恰似天上明月，四周田畴交错，白露河蜿蜒逶迤，欣然挥毫，写下了“美尽东南”四个大字，刻于碑石，立于岩前。这是写景。中国最美丽的大学——厦门大学，校园内矗立着旅港校友会捐赠的一块硕大的石头，上面镌刻有国学大师饶宗颐先生书写的“美尽东南”四个大字。仔细玩味、反复咀嚼这四个字，放在厦大校园，非常贴切，非常契合。或者说我国东南地区的美景尽收厦大，或者说厦大的美景是我国东南地区美景的集大成。厦大旅港校友会用这四个字送给母校，既是自信，也是自豪；既描摹了厦大的自然之美，也彰显了厦大的人文之光。“南方之强”——厦门大学，当之无愧！

他山之石，可以攻玉。用“美尽高原”来形容祁连之美，窃以为也是当之无愧的。“青海青，黄河黄，更有那滔滔的金沙江，雪浩浩，山苍苍，祁连山下好牧场，这里有成群的骏马，千万匹牛和羊，马儿肥牛儿壮，羊儿的毛好似雪花亮。”这首脍炙人口的民谣将祁连草原的绝美和富饶完整地呈现在人们眼前。草尖上开满鲜花，草腰沾着露水、草根里聚着酥油，黑色的牦牛、白色的羊群点缀其中……这是一片令人神往的草原，是高原独有的美丽画卷。

这里还有一山尽览四季美景的藏区神山——牛心山，中国最美丽的草原——祁连山草原，神秘的世界第三大峡谷——黑河大峡谷，亚洲最大的野生鹿驯养基地——祁连鹿场，风光旖旎的国家自然保护区——油葫芦自然风景区，终年不化的现代冰川——八一冰川，一望无际的原始森林——祁连林场，国家森林公园以及鲜为人知的祁连石林——万佛崖、神仙洞等。雪山、森林、草原、丹霞、峡谷、河流的完美结合，呈现给世人鬼斧神工之作。巍巍祁连山拥有如此之多无与伦比的美景，真是“美尽高原”啊！

祁连县不仅风光“美尽高原”，而且它还是河西走廊的交通要道，是丝绸之路的必经之地，人文历史博大精深，历史遗迹遍布于四处，民俗风情异彩纷呈。从拉洞元山出土的石斧、石刀可知，早在新石器时期，人类就已在此活动。从汉代至今的一些人文遗址中依稀可见这里多民族交融、多宗教传播的历史深厚，形成了以“唐蕃古道”“阿柔部落”“蒙古六旗”“回族拱北”为代表的文化遗存。历史文化遗址遍布于全境，主要有夏塘卡约文化遗址，隋炀帝西征古战场——覆袁川，隋唐三角城，西夏古城池，元代峨堡古城，藏传佛教寺院——阿柔大寺，红色旅游——红军西路军、中国人民解放军二炮纪念苑以及丰富多彩的民族文化遗产和民间传说等。

美尽高原好去处，天境祁连欢迎您！

（刊载于2015年第9期《党的生活》）

一幅绚丽的历史画卷

——《青海美术史》读后感

日前，凝聚了马达学先生五年心血的《青海美术史》由青海人民出版社出版发行。这部学术专著是“‘十一五’国家西部课题”，也是青海首部地方美术史专著。阅读每一段文字，赏析每一幅图片，我们都深切感触到作者的艰辛努力和不懈追求。该书的出版是青海美术史论研究领域迈出的第一步，填补了中国美术史学及青海美术史论研究的一个空白，更是青海文化界和学术界的荣耀和喜事！

马达学先生毕业于西北师范大学美术系，20世纪80年代以来，就开始了对青海民族民间艺术的研究工作。他常常只身穿梭于青海的村落、帐房、寺庙与历史遗迹之间，搜寻青海民族民间美术宝藏，收集的第一手资料新颖而丰富。2006年，他的研究成果《青海面具艺术》出版发行，填补了青海面具文化艺术研究领域的空白。在此基础上，怀着对青海美术史论进行研究的热切意愿，他矢志不渝、孜孜以求，这部《青海美术史》便是开创性研究成果。

对中国美术史学而言，人文汇聚的中东部发达区域的美术史迹，长时间吸引着美术史学家们的眼球。那里的艺术遗产，如文人书画之类著述颇多，不胜枚举。而涉及西部，涉及青海地区的，则多在神秘的宗教艺术遗迹范围，导致美术史研究的失衡现象：一些地域很热，人皆瞩目之；另一些地域则过冷，人或不甚知之。然而“冷线”地区往往藏宝，期待有胆识的人去开掘，《青海美术史》就是在这一处女地拓荒得来的新收获。

新中国成立以来，中国美术史学的发展日臻完善，著述甚丰，大致可分为三类：或纵览中国美术之通史；或分门别类之专史，如绘画史、雕塑史、工艺美术史、佛教美术史等；或专论某一特定地域美术发展状况与历史脉络的美术史志，《青海美术史》就属最后一类。

《青海美术史》从远古先民在这片土地上第一次磨制精美实用的石器工具，烧制出古朴绚丽的陶器开始，历经数千年变迁与积累，直到近现代美术家在青海的杰出创作，以这条纵向历史线索为其经，以东部农耕区乃至畜牧区各个民族的日常生活、宗教活动中所创造的美轮美奂的精神消费品，如工艺品、绘画、塑像、祭神法器等民族民间美术，作为横向线索而为其纬，编织成一个立体的框架结构，围绕先民与现今人们追求的审美理想，给我们阐释青海各民族的非凡艺术创造力。

《青海美术史》展现了历史上青海诸多民族前进的足迹和惊人的艺术创造力。无论是远古先民第一次使用粗糙的石器工具，还是闪烁着智慧之光的陶器，以及在各个历史时期能工巧匠创造的琳琅满目、内涵深邃的艺术精品，都记载着青海人类历史发展的印迹，也闪耀着时代艺术精神之火花。这正是作者用唯物主义史学观，努力阐释青海美术发展史的重要思想内涵。

在青海悠久灿烂的历史文化长河中产生的绘画、雕塑、工艺、建筑等艺术形式，是中华艺术宝库中历史最久远、民族与地域文化特征最鲜明、内涵最丰富的文化形态之一。回顾青海人类文明史，探寻那绮丽炫目的艺术浪花，在《青海美术史》中也可以找到属于中国美术史源头的精彩标本。比如，大通县上孙家寨出土的新石器时代马家窑文化类型的舞蹈彩陶盆和同德县宗日出土的舞蹈彩陶盆，这两件5000多年以前的绘画作品技艺娴熟、构图巧妙、图案简洁，人物造型生动，美妙至极；这两件舞蹈纹盆，是我国迄今最早发现、年代最为久远的绘有人物舞蹈图案的艺术作品，是研究中国原始社会人物风情的珍贵资料，在艺术发生学上有着极其重要的意义，在中国乃至世界美术史、舞蹈史上具有重要地位。但在青海美术发展史中却少见中原地区常见的周、秦、汉、唐时代丰富的美术遗存，特别是绘画、雕塑、建筑门类的作品。因为历史上的青海是一个诸多民族文化剧烈碰撞与融合的地区，如乌孙月氏的西迁、羌人的南下、吐谷浑的进入与消亡，以及吐蕃的兴起等，呈现出青海高原上多民族兴盛与湮灭的纷繁景象。偏僻的西陲、严酷的自然环境，使诸多民族过往聚散，来去匆匆，导致许多文化尚未植根本土旋即嬗变或更替。不像在高度稳定的中原文化土壤里，一粒文化的种子可以积千年而巨木森然。然而正是由于历史上诸多民族在这块特殊土地上的生存与变迁，形成了当地文化生态环境与艺术的产生方式、存在方式与表现方式的独特性。那么，它的审美形态和独特的品类与样式究竟是怎样的？过去我们知之甚少。而《青海美术史》第一次用系统的篇章、丰富的文字描述和众多的图像资料，拉开了遮蔽千年的幕幔，使我们得以识其芳容。

《青海美术史》参阅了大量的研究文献和文物资料，史料翔实，依据精准可靠。版式设计采用大版面，四周空间疏朗、配图灵活多变、文字为图衬景，大气美观、耳目一新，使读者在更广阔的空间回旋往复，营造出一种游离于文图字里行间之外品读的意境。

《青海美术史》在学术性、文献性、专业性、实用性等方面具有不可替代的价值，对于广大专业研究人员和对美术史学领域有兴趣的读者而言，是一部不可或缺的文献典籍，是广大读者了解青海美术发展史的重要窗口。

《青海美术史》作为一部拓荒之作，难免存在这样那样的不足和遗憾，比如个别美术文物缺少考古研究依据，青海西夏时期的绘画、雕塑等重要内容尚未收入书中，等等。希望作者继续开掘，再版时予以完善补充。

我相信，《青海美术史》的出版，无论对于外界了解青海美术的发展历史，还是对于今后有关青海美术史的研究工作向纵深发展，都具有深远的开启性意义。

（刊载于2014年9月5日《青海日报》）

琵琶湖：演绎“文化的力量”

日前笔者随青海促进循环经济全面发展培训团赴日本学习考察，其间专程参观访问了琵琶湖及其博物馆。琵琶湖是日本第一大淡水湖，在本州中西部滋贺县境内，因形状似日本琵琶而得名，四面环山，南北长约64公里，面积约674平方公里，占滋贺县总面积的六分之一左右，地理位置十分重要，邻近日本古都京都、奈良，横卧在经济重镇大阪和名古屋之间，是日本近年来经济发展速度最快的地区之一，同时也是日本准备迁都的三大候选地之一。琵琶湖为国家公园、著名游览胜地，是日本湖沼水质保全特别措置法指定湖泊，也被列入国际湿地公约重要名录。琵琶湖既为京都和大津两市的蓄水库，又是附近纺织工业用水和京阪神地区1400万居民用水的水源地，被人们亲切地称为“生命之湖”。因此，琵琶湖与富士山一起被日本人视为日本的象征。

作者在琵琶湖留影

琵琶湖是一个历史文化自然之湖。琵琶湖大约形成于400万年前，因为地壳的变动在现今的三重县上野地方形成，之后逐渐向北移动至现今的位置，是仅次于贝加尔湖、坦干依喀湖的世界第三古老湖泊。湖址为一地质凹陷构造，由四周山区小河补水。淀川为唯一出水渠道，由琵琶湖南端起，经过濑田，西南流入大阪湾。沿西岸水深一般超过60米。春天由于融雪春雨、秋天由于台风暴雨，湖面上升多达3米。湖面最狭窄处建有琵琶湖大桥，桥北边的部分称为北湖，南边部分称为南湖，北湖面积约为南湖的6倍，最深处位于西北角，约103米。琵琶湖的生态体系相当丰富，有超过1000种动植物生长其中。鱼类约有46种，贝类约40种，水草约70种，因而被称为日本淡水鱼的宝库。琵琶湖的淡水珍珠养殖也相当有名。琵琶湖自古以来为重要的水上交通要道，在铁路开通以前为日本东部与北陆地方运输要道。琵琶湖畔具有绝佳景色的地方是众所皆知的“近江八景”，如以“濑田之夕照”而闻名的濑田唐桥、以“坚田之落雁”而闻名的浮御堂等。浮御堂是平安时代（794—1185年）为了祈愿湖上安全而建造的寺庙，从佛殿瞭望近江富士、伊吹山、比良山等代表琵琶湖的风景，别具一番情趣。另外，这里还有不少传统工艺品，如以狸形状的小摆饰而出名的“信乐烧”（信乐陶瓷）、色彩鲜丽的“大津绘”（大津绘画）等。在吃的方面，用琵琶湖的特产鲫鱼和传统方法发酵做成的鲫鱼寿司（寿司是用鱼、菜、盐等做成的饭卷儿），在8世纪就已被载入文献；此外，近江牛肉也是一道美味。春天游人还可以观看漂亮的花车巡游四方这一被称为曳山节的民俗活动。

琵琶湖一瞥

在琵琶湖，旅游与文化的融合是天然的。被日本人视为母亲湖的琵琶湖，不只在物质上是供给之源，在精神文化上也可与被称为古都的京都媲美。光是历史古城，就有日本四大国宝城之一的彦根城，此城是德川家康大将井伊家的城堡；长滨古城则是丰臣秀吉的第一个城堡，登高就可望见琵琶湖，城周围则有上千棵樱花围绕。此外，还有织田信长当年所建的安土城遗迹，人们也可以眺望整个琵琶湖；还有小谷城遗迹、和歌山遗迹等。走访这些古城遗迹，人们能感受到当时战国枭雄的执着以及雄霸天下的野心。这里的佛寺有许多历史古庙，大津地区三井寺就是源氏家族别庄所改建，而石山寺则是紫式部完成源氏物语的地点。三井寺和石山寺，寺前庙后也是被数以千棵的樱花所围绕，和京都庙宇相比较，更多了一份静谧；再加上清澈且充满生机、多变的琵琶湖水围绕，又增添几分幻化无常之美。近江八藩的水道，则犹如意大利的威尼斯，人们乘坐人工摇桨的小船，可以欣赏琵琶湖疏水道沿岸樱花和成片如林的芦苇。水鸟漂浮在湖中觅食，沿岸悠闲的假日钓客，有的甚至租船停泊湖中，这一切都成了闲云野鹤般的美景，让人恍如置身于桃花源。还有长滨的北国街道，让人感觉犹如走进时光隧道，回到了江户时代。另一处也是古色古香的大通寺，是真宗大谷派的长滨别院，寺中的建筑及陈设，可远溯到1363年、南北朝时期的梵钟，1588年桃山时代的门，以及1652年江户时代山门、含山轩庭园名胜等，真是无处不是古迹。

作为琵琶湖重要旅游项目之一的琵琶湖博物馆，集历史资料、人文景观、研究成果、实物考证、信息交流于一体，成功打造了湖文化的新名片，是琵琶湖展现和演绎“文化的力量”的重要所在。琵琶湖博物馆位于滋贺县草津市的琵琶湖湖岸鸟丸半岛，为县立博物馆，是日本最大的以湖为主题的博物馆，占地4.2万平方米，馆内设有水族馆等多个展示区。据接待我们的杨平博士介绍，该馆是以研究为主，兼顾展示、教育功能，引导人们思考人与自然怎样相互依存的文化场所，是一个通向无穷魅力世界的入口，这里还是人才、物资、信息交流的场所，是一座充满朝气和活力的博物馆。若将该馆的活动比作一棵大树，那么调查研究可以说是深深地扎在大地中汲取“智慧”这一水分和养分的树根；资料的收集、整理、保管可以说成是粗壮的树干，起着收集资料和研究成果的作用；循环于导管的水分和营养成分等信息，则以展示和出版物的形式开花结果。通过活用野外观察和举办的讲座、宣传、出版及联网的形式等交流和服务活动，对每一个来馆的人士来说，琵琶湖博物馆发展成为一个不可多得的双向交流的场所。

琵琶湖博物馆内的展区，设计独特新颖，展品集历史、文化知识和生活趣味性于一体，让每一个参观者从不同角度学到一些知识、收获一份惊喜和不一样的感受。比如，当置身于“琵琶湖的形成”这一展区时，人们不仅通过文字图片了解琵琶湖的前史和形成过程，详细了解距今约2.5亿年以来自然环境的变迁过程，而且展区内还再现了研究、调查的现场，并展出化石、岩石和矿物标本。通过了解自然变迁史，参观者将激起投身到自然环抱中去的热情。又如，当参观者来到“人类与琵琶湖的历史”展区内，则可通过湖底遗迹、湖上交通、捕捞情景及治水、疏通水路等生动场景，展现了持续至今的琵琶湖与人类生活的相互关联的历史。当参观者走进“湖泊的环境与人们的日常生活”展区时，这里一边介绍人类与自然接触中获得的智慧以及具有代表性的自然风貌；一边回顾自昭和30年代（1955年）起水利利用的变化，由此而引起人们日常生活形态及生活观念的变化，以及生态系统的变化。这让每一个游人从中感受到，自古以来人类通过改造自然、利用自然而生存至今，自然给予人类取之不尽的恩惠，但人类活动一旦过度，也会受到大自然的惩罚。这些陈列的巧妙布展，让参观者无不思考一个共同的问题——什么是环境，并探讨今后湖泊与人类之间的理想关系。“淡水中的生物”展厅尽可能再现生物的生活环境，并介绍了生活在湖中的生物的模样；参观者甚至还可以看到因环境变化而大大减少了的日本罕见的淡水鱼、生活在世界上具有代表性的湖中鱼群，以及被称作古代鱼的鲟等鱼类。此外，该馆让许多游人耳目一新的是，在“发现室”可以让五官愉悦地体验学习。参观者可以使自己变作一只小龙虾寻觅饵食，或透过鱼眼看世界，或玩动物手套娃娃，或弹奏各种乐器。参观琵琶湖博物馆时，参观者要记得听听有种名叫娃娃鱼的声音；要看看巨大黄河象的化石，观其名字就惊奇地发现，琵琶湖边竟然有中国黄河象的亲戚。

更让参观者意想不到的是，作为连接室内展示和室外之间的空间，还有室外展示，它与室内展示一起，成为激起人们深思自己周围的自然与日常生活的契机。这里有利用水、火、土等进行实习和创造的生活实验工作室；可以观察田园和内田以及周围的自然风貌；有模仿河流的上中下游形状的水路和5米深池塘，用来观察这两处生物的状况；我们还可以比较一下过去和现在厨房中的炊具。通过亲身体验，无论成人还是儿童对自然与生活都有新发现，等等。博物馆还有许多辅助硬件设施：有信息室，向你介绍博物馆制作、收集有关自然与人们日常生活的影像，参观者还可以在此检索博物馆的数据库；有图书室，虽然这里的书不外借，但是谁都可以利用。当然，参观者也不要忘记带点纪念品回去，这里的商店，出售博物馆的出版物，各类书籍，琵琶湖大鲇鱼的布玩具等有关“湖泊与人类”为主题的各种物品。

他山之石，可以攻玉。我们对日本琵琶湖的丰富内涵也许尚知之甚少，但透过琵琶湖博物馆，站在管中窥豹的窗口，对人性的共鸣和美景的赞叹，在知性之行中，心灵总会有股感动，思想总会有点启迪。尤其是人与环境如何和谐相处，怎样打造湖泊文化品牌，都是值得我们深思的问题。由此更让笔者联想到青海湖作为我国最大的内陆咸水湖，她不仅是藏民族心目中的圣湖、是昆仑神话中的瑶池，更是我国最美丽的湖泊之首、是青海各族人民的母亲湖。不论地理、生态、资源地位，还是历史、文化、旅游地位，青海湖都堪称是青海的“金名片”。青海湖的发展应以纯净而浓郁的民族文化、生态文化、历史文化来提升自身的文化品位，以研究中心、博物馆等形式挖掘、演绎青海湖深厚的文化内涵，以提高其影响力和知名度。青海湖：演绎“文化的力量”，既是我们迫切的期待和愿景，更是青海湖彰显魅力、吸引游客的必由之路。

（原载于2013年1月《青海湖·自然人文》）

吉狄马加的临别赠言

吉狄马加离青赴京之前手书一联送我，联云：“写取一枝清瘦竹，清风江上作渔竿。”拿到之时，我不知所云，用意何在，于是一番百度搜索，原来此句出自郑板桥的《予告归里，画竹别潍县绅士民》，全诗为：“乌纱掷去不为官，囊橐萧萧两袖寒。写取一枝清瘦竹，秋风江上作渔竿。”马加所书的内容，恰恰暗合了我的一段人生经历和自己当下的心态，品味再三，喜爱有加，装裱之后挂在我办公室，不时凝视，不时咀嚼，常常警醒。

郑板桥是著名诗人和画家，江苏兴化人，清乾隆年间进士，曾在山东潍县当了十二年知县。关于这首诗的来历，有一个故事。郑板桥在任知县期间，有一年灾荒极重，到了“人相食”的程度，他不顾上司的反对，打开粮仓，救济灾民，但也因此触怒了上司，只好愤然辞官而去。离开潍县之时，百姓跪地挽留，哭声动天。诗的起句就从这件事入手，描写了自己辞官而去的情景。“囊橐”是指“口袋”的意思，史传郑板桥为官时，除数卷图书外，毫无私囊。诗的后两句，则表达了作者回归自然、回到民间的思想。而作者选取清竹作为画的对象，用在这首诗里，更寄托了作者的气节。这是一首赠别诗，却写了自己对封建官场的愤怒，表达了作者摆脱腐败黑暗官场的羁绊，悠然自得地去过秋江垂钓的隐逸生活的人生追求，表现了一个廉洁爱民、不畏权势的清官形象。

马加截取其中“写取一枝清瘦竹，清风江上作渔竿”书赠予我，可谓用心良苦。后半句“清风江上作渔竿”，郑板桥的原诗是“秋风江上作渔竿”，把“秋”改为“清”，是书者笔误，还是化用而有意改之，不得而知。若是有意改之，“清风江上作渔竿”格调就更为高雅，心态也更加阳光，一字传神。

一位书法家主动给人留墨宝，或许基于多重考量，但他内心一定有某种默契，或者是寄托亲切鼓励和热情期待，或者是对受赠人人品与学识的描摹，或者是传递彼此的精神相通，从这种意义上说，自沿遇到吉狄马加这样一位天性未泯、本性如初的诗人、书法家，也是幸运的，受惠不仅仅是诗歌和墨宝，还有无穷的人格魅力和独特的人文情怀。

吉狄马加临别赠言，一语成谶，在他离开八个月后，我真的换了一个单位。

（2014年4月）

政 论

当前意识形态领域若干错误思潮评析

党的十八大报告指出："必须准备进行具有许多新的历史特点的伟大斗争。"从我国当前意识形态领域的现状来看，思想上的"普世价值"、政治上的"宪政民主"、经济上的"新自由主义"、"历史虚无主义"、"文化虚无主义"、质疑我国改革开放和质疑中国特色社会主义的各种错误理论和思潮暗流涌动、此起彼伏，思想理论领域斗争的尖锐性、复杂性前所未有。

这种状况的出现，同我们面临的国际国内环境有很大的关系。从外部环境看，我们面临着极大的挑战。苏联解体、东欧剧变后，我国作为社会主义大国，不可避免地成为发达资本主义大国遏制、围堵、西化、分化的主要对象；我国周边一些国家，受西方势力怂恿、挑拨和利用，对中国发起这样那样的挑战，干扰我们的和平发展大局。从当前我们所处的发展阶段看，中国仍是一个发展中国家，正处于并将长期处于社会主义初级阶段。我国是世界上经济发展速度最快的国家之一，改革开放已经进入了一个矛盾的多发期，社会矛盾日益加剧。

在这种外部环境下，处在这样的一个发展阶段，我国社会各个阶层、各种群体，在利益诉求上存在极大差异。这就必然反映到人们的思想意识中来，各种违背中国特色社会主义主流价值观、违背党的"四个基本"的错误理论和思潮纷纷登场，意识形态领域的分歧、较量和斗争是不可避免的。

这里我重点谈谈对前四种错误思潮的理解，简要评析一下后三种错误思潮。

一、用西方普世价值消解社会主义核心价值观

所谓"普世价值"，是指历史上和现实中所有人都普遍需要和适用的东西。"普世"一词源于西方基督教，意为"整个有人居住的世界"。基于对世界本体追问的自然哲学，是西方文明"普世主义"最重要的基因。

"普世价值"本质上是西方资本主义的价值观，其社会载体即资本主义的基本制度，它超越于国家、民族、宗教之上，演变成纯粹的、意识形态的话语工具。西方国家打着"捍卫自由、追求民主、保障人权"的旗号，通过宣传西方工业文明的辉煌成就，用西方的价值观、意识形态和生活方式，侵蚀和影响社会主义国家的民众；对我国更是肆意攻击，把社会主义核心价值观中的民主、自由、平等、公正、法治等范畴，说成是"向西方标准看齐""回归人类文明主流"，目的是借所谓"普世价值"消解中华民族优秀传统文化和社会主义意识形态，瓦解中国特色社会主义文化制度。

20 世纪 90 年代，苏联解体、东欧剧变，其中"普世价值"难辞其咎。进入 21 世纪，以美国为首的西方国家打着民主、人权等幌子，武力入侵阿富汗、伊拉克和利比亚，发动"颜色革命"，埃及、泰国和乌克兰等国陷入"民主危机"，叙利亚陷入混乱的"国内战争"。这些国家长期动荡不安，人们连基本的生存权利都无法得到保障，何谈自由、民主和人权？有学者一针见血地指出，"一些人鼓吹的'普世价值'实质上就是西方的价值"。

深刻认识"普世价值"的西方话语本质，从社会主义中国的实践出发来认识中国问题。西方国家利用强大的舆论工具，为世界量身定制了一整套符合西方利益的价值坐标和话语体系。纵观人类发展历史，没有一个国家是通过全盘吸收另一国家的文化和制度而实现现代化的。中国作为全球最大的发展中大国，有着源远流长的文化，面临与西方全然不同的问题，要实现中华民族的伟大复兴，不可能走西方资本主义道路，更不可能简单地用西方话语体系解释自己。只有坚持从中国的基本国情出发，才能开创中国特色社会主义的美好明天。

科学辨析"普世价值"概念范畴，与时俱进培育社会主义的"中国价值"。自由、民主、平等作为人类社会普遍的价值追求，是具体的、历史的、现实的，在不同的历史时期，在不同的社会制度下，其内涵外延、实现形式和实践情况各不一样，根本不可能存在对谁都适用的、永恒存在的"普世价值"。在社会主义制度下，社会主义核心价值观获得了比其他任何社会制度都更加坚实的经济基础和制度保障，突破了私有制和资本的藩篱，超越了个人主义的狭隘，必将成为更真实、更全面、更具生命力的价值观。

二、用西方宪政民主曲解依法治国

别有用心的人通过歪曲十八届四中全会精神，炮制"党大还是法大"的伪命题，污蔑党领导的社会主义国家为“非民主国家”“专制国家”；宣扬“司法独立”，鼓吹“政法机关非党化”；称“真正”的依法治国必须“新闻自由”，攻击新闻环境“持续恶化”；刻意炒作“宪政”话题，把依宪治国、依宪执政解读为搞西方宪政，目的是从法治问题上打开缺口，瓦解中国特色社会主义政治制度。

宪政问题是国内思想理论界争论的一个热点，既有学术层面的争鸣，更有意识形态上的分歧，需要结合历史渊源和现实情况来深入辨析澄清。

“宪政”一词具有深厚的西方政治文化背景，是近代西方资本主义政治法律制度的基本标志。资产阶级实施宪政，就是资产阶级在执掌国家政权后，用制定宪法的手段，把资产阶级的根本利益和阶级意志，以法律形式确定并保护起来，以此明确各阶级的社会地位及阶级压迫秩序的基本准则，并为制定其他具体法律提供依据。著名的西方宪法有英国的《权利法案》（1689 年）等系列法律、美国的《美国宪法》（1787 年）、法国的《人权宣言》（1789 年）等。这些代表性宪法，明确规定了西方国家政权的资产阶级专政性质、资本主义的国家制度和包括多党制、议会制民主、三权分立等在内的政权组织形式，为君主立宪和民主共和这两种西方宪政制度奠定了根本的政治和法律基础，对西方宪政制度的产生和发展具有示范作用，后起的资本主义国家，大都以英、美、法为范本制定自己的宪法并实施宪政。

无论从理论概念还是从制度实践上看，“宪政”都是特指资产阶级宪法的实施，其实质是西方自由主义的政治主张和制度安排，核心就是搞多党轮流执政、“三权鼎立”和两院制，它代表和维护的是资产阶级的根本利益和意志。

我国从近代以来开始受“宪政”观念影响。早期主要受英国“立宪政体”的影响，把宪政理解为民权与君权的结合，所谓“君民共主”。后期倡导“民权主义”，强调政权和治权分离。孙中山先生主张的“五权宪法”是中国资产阶级宪政主张的集中体现。

从我党历史上看，第一代领导人在同国民党专制独裁政权的斗争中，也使用过“宪政”概念。毛泽东在 1940 年指出：“什么是新民主主义的宪政呢？就是几个革命阶级联合起来对于反动派的专政。”新民主主义革命胜利前夕，我党开始用“人民民主专政”的概念。此后，作为资产阶级民主革命时期使用的宪政概念，以及标志着资产阶级法治和政体概念的宪政概念，均不被我党使用。

中国特色社会主义政治发展道路，发端、奠基于共和国成立之初，历经探索和曲折，形成、发展于改革开放新时期，是加强社会主义民主政治建设，推进社会主义制度自我完善和发展，更好地发扬党内民主和人民民主的唯一正确道路，已经并将继续展现出巨大的政治优势。我们推进政治体制改革、加强政治建设，总的来说就是要在党的领导下，发展更加广泛、更加充分、更加健全的人民民主。因此，必须坚持走中国特色社会主义政治发展道路，绝不能偏离邓小平同志指出的政治体制改革是为了发扬和保证党内民主与人民民主的总方向。

坚持走中国特色社会主义政治发展道路，关键是坚持党的领导、人民当家做主、依法治国有机统一，核心是坚持党的领导。不坚持三者的有机统一，政治体制改革就会迷失方向，要么会走到封闭僵化的老路上去，要么会回到改旗易帜的邪路上去。在政治发展进程中，我们要积极学习借鉴人类一切文明成果包括政治文明的有益成果，同时必须认识到，世界上并没有“普世”的政治模式。当代中国的政治发展，要实现自己的目标，完成自己的使命，就必须坚定不移地走自己的路，绝不能照搬西方政治制度模式，绝不能搞多党轮流执政、“三权鼎立”和两院制，绝不能放弃我国社会主义政治制度的根本。

三、用新自由主义解构深化改革

新自由主义兴起于20世纪70年代的美国和英国，是目前西方资本主义国家的主流意识形态。随着我国全面深化改革的方案逐渐出台，新自由主义的喧嚣声也同时响起，使意识形态领域的斗争日趋尖锐，打着改革开放的旗号，却推销一些不利于社会稳定与经济发展的政策，歪曲十八届三中全会关于让市场发挥决定性作用和更好地发挥政府作用的精神，否定国有经济的主导地位，抹黑国有企业，曲解混合所有制，鼓吹所有制全盘私有化、社会领域彻底市场化，目的是削弱国有经济的控制力影响力，瓦解中国特色社会主义的经济制度。

新自由主义以古典自由主义经济理论为基础，以反对和抵制凯恩斯主义为主要特征，以“华盛顿共识”的形式，从学术理论嬗变为经济范式、政治性纲领，并以理论思潮、思想体系、政策主张为其内涵。新自由主义鼓吹的彻底私有化、减税和削减社会福利等政策，在世界范围的实践中造成了一系列灾难，1994年的墨西哥金融危机、1998—1999年巴西出现的严重货币危机、2001年的阿根廷金融危机、2002年巴西和乌拉圭陷入金融动荡、2007年的美国金融危机，这使越来越多的国家和人民认识到，新自由主义是披着理论外衣的垄断资产阶级意识形态，是国际金融资本控制、掠夺世界的工具。因此，它遭到了世界上包括西方国家在内的多个国家的批判。即使是致力于维护资本主义制度的西方政要，也开始反思新自由主义的错误和危害。2009年2月，澳大利亚总理陆克文专门撰文批判新自由主义，指出“本次危机正是过去30年来自由市场理论主宰经济政策的最终恶果”。

我们是社会主义国家，我们的基本制度和基本政策是坚持按劳分配为主体、多种分配方式并存的分配制度，通过一部分人先富起来，最终达到共同富裕。我们要搞的市场经济是同我们的社会主义制度紧密联系并结合在一起的，因而具有自身的本质特征，所以我们把它叫作社会主义市场经济。“社会主义”这几个字并非画蛇添足，恰恰相反，是画龙点睛。所谓“点睛”，就是点明我国市场经济的性质。我们要建立的社会主义市场经济体制，就是要使市场在社会主义国家宏观调控下对资源配置起决定性作用，使经济活动遵循价值规律的要求，适应供求关系的变化。

在当今世界，没有哪一个国家的市场经济是不受政府调控的。因此，必须加强和改善国家对经济的宏观调控。充分发挥市场机制的作用和加强宏观调控，都是建立社会主义市场经济体制的基本要求，两者是统一的，是相辅相成、相互促进的，缺一不可。那种自以为搞市场经济就可以离开国家的宏观指导和调控，放任自流、自行其是、随心所欲，完全是错误的。这些年来的实践充分证明，中国在发展社会主义市场经济的过程中，创造出的经济奇迹，这正是社会主义市场经济体制优越性的表现。我们深信，在今后建立更加完善的社会主义市场经济体制的过程中，中国还将创造出新的令人惊叹的经济奇迹，不断续写新的划时代辉煌篇章。

四、用历史虚无主义歪曲否定党史国史革命史和改革开放史

历史虚无主义是近些年来我国学术界泛起的一种错误思潮。这种错误思潮的突出表现是：用所谓“反思”“新解”“人性论”“发现新大陆”等手法，否定中国近代革命史，诋毁社会主义革命、建设、改革历程和取得的成就，贬损正面历史人物、革命英模特别是党的领袖，热衷于为反面人物“翻案”，借纪念抗日战争胜利70周年，高抬国民党的作用，否定中国共产党的中流砥柱作用；以“学术研究”面目出现，以“重新评价”历史为名义，违背历史客观实际，从根本上否定中国共产党的领导地位和作用，进而动摇中国共产

党长期执政的根基，改变我国改革开放的社会主义发展方向。

“历史虚无主义”不是一个新鲜的概念，它本质上是一股社会思潮，是世界社会主义运动处在低潮形势下出现的一种社会现象，是西方社会思潮输入中国后的不良反应，是对西方敌对势力企图“和平演变”社会主义的一种呼应，是同我们进行意识形态斗争的工具。

清代著名思想家龚自珍说：“欲知大道，必先为史”“灭人之国，必先去其史；隳人之枋，败人之纲纪，必先去其史；绝人之材，湮塞人之教，必先去其史；夷人之祖宗，必先去其史。”这说明，能否正确对待历史是关乎国家治乱兴亡的大问题，是关乎民族兴衰的大问题，是关乎做人立国的根本问题。面对新的形势，我们必须下好先手棋、打好主动仗，旗帜鲜明地反对历史虚无主义，揭穿历史虚无主义制造的种种谎言，廓清历史虚无主义的迷雾，引导人们正确认识和对待历史。

一是广泛深入地开展唯物史观的学习教育，坚持正确的立场观点方法。历史的发展是按照其自身的内在规律运动的，是不以人的意志为转移的。牢牢把握历史发展的主题和主线、主流和本质，深刻汲取历史的经验教训，把马克思主义的基本观点学懂弄通，就有了观察分析历史的“望远镜”和“显微镜”，就能正确对待历史，识破历史虚无主义的种种伎俩。

二是深入进行党史、国史、军史、中华民族文明史的学习教育，正确把握历史的事实和发展脉络。习近平总书记强调，历史是最好的教科书，必须修好党史课、国史课。此外，还要加强中华文明史课程的学习，使人们知道中华民族的根、中华文明的魂，认清责任，勇于担当。

三是旗帜鲜明地批判历史虚无主义，提高抵制错误思潮的自觉性和主动性。党的理论工作者，特别是领导干部都应该积极主动地揭露历史虚无主义的虚伪性、欺骗性，分析它的来龙去脉、特点手法、产生根源，认清它的本质和严重危害，消除它的恶劣影响。

四是充分发动和依靠群众，有力地抵制历史虚无主义。历史虚无主义虚无的是民族的历史，否定的是人民群众的力量，危害的是人民群众的根本利益。要充分相信人民群众的鉴别力、抵制力、战斗力，在人民群众中加深对中国特色社会主义道路、理论和制度的共识。

五是及时有效地解决现实问题，增强战胜历史虚无主义的信心。历史虚无主义之所以有一定的市场，一个重要原因，就是利用我们实际工作中的一些失误，利用还没有处理和解决好的现实矛盾和问题。这就需要我们在做好宣传教育工作的同时，下大力气解决好现实矛盾和问题，从实际层面上建立人们对中国特色社会主义的坚定信念和高度自信。这是对历史虚无主义和各种错误思潮的最现实最有说服力的回击。

五、文化虚无主义

中国自古以来是一个文化大国，形成了儒家、道家和佛家等传统文化，千百年来影响着中国人的精神世界和日常生活。随着历史的发展、社会的剧烈动荡，内部制度的变迁和外部列强的入侵导致中国人对自身的文化根基产生了怀疑，进而开始重新审视。在这个过程中，很多人产生了认知错误，陷入文化虚无主义。所谓文化虚无主义，就是不承认文化的连续性和继承性，轻率地对待各种文化遗产，漠视人文精神的内在传承和教化意义。

一个国家的治理体系和治理能力是与这个国家的历史传承和文化传统密切相关的。解决中国的问题只能在中国大地上探寻适合自己的文化道路和办法。因此，消除文化虚无主义的影响，应大力弘扬中华民族传统文化。

中华文化博大精深、源远流长，积蓄着中华民族最深层的精神追求，是中华民族独特的精神标识，为中华民族生生不息、发展壮大提供了丰厚滋养。习近平总书记强调，要讲清楚中华优秀传统文化的历史渊源、发展脉络、基本走向，讲清楚中华文化的独特创造、价值理念、鲜明特色，增强文化自信和价值观自信。要认真汲取中华优秀传统文化的思想精华和道德精髓，大力弘扬以爱国主义为核心的民族精神和以改革创新为核心的时代精神，深入挖掘和阐发中华优秀传统文化讲仁爱、重民本、守诚信、崇正义、尚和合、求大同的时代价值，使中华优秀传统文化成为涵养社会主义核心价值观的重要源泉。对绵延5000多年的中华文化，我们应该多一份尊重，多一份思考。对历史文化特别是先人传承下来的价值理念和道德规范，要有鉴别地加以对待，有扬弃地予以继承，努力用中华民族创造的一切精神财富来以文化人、以文育人。

六、质疑中国改革开放

随着我国经济的快速发展，产生了很多矛盾和问题，有的人认为我们搞的是“资本社会主义”，正在滑向“国家资本主义”或“新官僚资本主义”，主张重回高度集中、平均分配的计划经济时代；还有人认为改革开放偏离了社会主义轨道，实质是资本主义性质的改革，改革开放导致中国社会变质，经济虚假繁荣，人民受苦受难。这些质疑甚至否定的声音，与主流观点形成了一种对话甚至对抗的关系，是社会思想中的杂音、噪音。

现在，我国改革面临十分复杂的国际国内环境，各种思想观念和利益诉求相互激荡。习近平总书记指出："改革开放是当代中国最鲜明的特色，也是我们党最鲜明的旗帜。"这一重要论断，表明我们党对改革开放的认识达到了新高度，为在新的历史起点上全面深化改革提供了新的思想动力。

第一，坚持和推进改革开放，才能消解杂音、噪音，增进社会共识。消解思想理论的杂音、噪音，最有效的方法不是去禁止，而是坚持正确的发展道路，坚持和深化改革开放，让科学的理论说话，让生动的实践说话，以理论说服人，以实践转化人。思想理论的争议，最终还是要靠实践来解决。

第二，坚持和推进改革开放，才能振奋民族精神，形成发展合力。国家发展的过程中，精神状态至关重要。对改革开放的异议，反映出消极否定和悲观失望两种社会情绪。化解这两种情绪的有效方法，仍然是改革开放。因为只有坚持和推进改革开放，才能真正解决面临的各种社会问题，逐步消除两种情绪产生和存在的社会基础。

第三，坚持和推进改革开放，才能保持发展动力，共享发展成果。面对质疑和否定改革开放的声音，必须更加坚定地推进改革开放，才能保持发展的不竭动力，推动经济社会发展中难题和矛盾的解决；必须毫不懈怠地深化制度改革，促进体制机制创新，让改革开放的成果真正惠及各个阶层、各个方面，让人民群众有获得感。

七、质疑中国特色社会主义

中国特色社会主义事业在这三十多年中取得重大成就，同时又产生和存在着许多突出问题，于是就出现了不少"拿起筷子吃肉，放下筷子骂娘"的现象，有些人质疑中国还是不是社会主义，或者干脆说成是"中国特色资本主义""国家资本主义""权贵资本主义""新官僚资本主义"等，把问题的存在全部归咎于中国特色社会主义本身，并因此认为中国特色社会主义救不了中国，对中国特色社会主义道路提出了怀疑和挑战，导致社会上一些人思想混乱。面对这些质疑，我们必须旗帜鲜明地予以回击。

中国特色社会主义是中国共产党人带领中国人民把科学社会主义基本理论与中国具体国情相结合的伟大实践。中国特色社会主义是从改革开放 30 多年的伟大实践中走出来的，是从中华人民共和国成立 60 多年的持续探索中走出来的，是从对近代以来170多年中华民族发展历程的深刻总结中走出来的，是从对中华民族5000多年悠久文明的传承中走出来的。在当代中国，坚持和发展中国特色社会主义，就是真正坚持社会主义。

习近平总书记指出：“我们党始终强调，中国特色社会主义，既坚持了科学社会主义基本原则，又根据时代条件赋予其鲜明的中国特色。”这就是说，中国特色社会主义是社会主义，不是别的什么主义。一个国家实行什么样的主义，关键要看这个主义能否解决这个国家面临的历史性课题。鞋子合不合脚，自己穿了才知道。一个国家的发展合不合适，只有这个国家的人民才最有发言权。在中华民族积贫积弱、任人宰割的时期，各种主义和思潮都进行过尝试，资本主义道路没有走通，改良主义、自由主义、社会达尔文主义、无政府主义、实用主义、民粹主义等也都“你方唱罢我登场”，但都没能解决中国的前途和命运问题，是马克思列宁主义、毛泽东思想引导中国人民走出了漫漫长夜、建立了新中国，是中国特色社会主义使中国快速发展起来了。

实践是最硬的标准，道路走得怎么样，最终要靠事实来说话。新中国成立六十多年特别是改革开放三十多年来，我国发生了翻天覆地的历史巨变，仅仅三十多年时间，先后超越加拿大、意大利、法国、英国、德国、日本，成为世界第二大经济体，世界影响力迅速提高，国际地位快速提升。这样的发展、这样的巨变，在人类发展史上都是罕见的。习近平总书记指出：“今天之中国，同新中国成立以前之中国相比，同鸦片战争以后之中国相比，有天壤之别啊！”同欧美一些国家受困于金融危机、债务危机相比，同一些发展中国家陷入发展陷阱相比，同西亚北非一些国家政治动荡、社会混乱相比，我国发展可以说是风景这边独好。事实雄辩地证明：中国特色社会主义这条路，走得对、走得好。

（刊载于2015年11期《思想政治工作研究》）

从延续民族文化血脉中开拓前行

——深入学习习近平总书记关于中华优秀传统文化的重要论述

党的十八大以来，习近平总书记站在实现中华民族伟大复兴中国梦的战略高度，陆续在国际国内不同场合就推动中华优秀传统文化传承和创新，发表了一系列重要论述，提出了一系列新思想新观点新要求，深刻阐述了中华优秀传统文化的历史地位和时代价值，充分体现了党中央对中华优秀传统文化的高度自信，为中华优秀传统文化创造性转化、创新性发展明确了方向，提供了基本遵循。通过学习，深感习总书记重要论述特别注重从中国优秀传统文化汲取智慧和营养，值得我们深入学习和思考。

一、深刻认识中华优秀传统文化的重要价值

漫溯世界历史长廊，饱览中华文明画卷，我们发现，一个国家、一个民族的崛起，必然伴随着文化的繁荣。作为国家发展的软实力，文化是人们长期创造形成的产物，是历史的积淀、智慧的结晶。它是孕育梦想的精神家园，是民族强盛的重要支撑。当今时代，文化在综合国力竞争中的地位日益凸显，约瑟夫·奈曾说："硬实力虽能使人屈服，但无法使人信服，终究不能长久。"因此，谁占据了文化的发展制高点，谁就能够更好地在激烈的国际竞争中掌握主动权。

先秦诸子，汉唐气象，宋明风韵……泱泱中华，五千年文明的薪火相传，涵养出灿烂的中华传统文化。中华民族之所以几千年屹立于世界民族之林，历经磨难，一次次凤凰涅槃，成为人类发展史上的奇观，最根本的就是深深植根于民族基因的伟大精神支撑和崇高价值追求。2014 年 10 月 15 日，习总书记在文艺工作座谈会上强调："没有中华文化繁荣兴盛，就没有中华民族伟大复兴。一个民族的复兴需要强大的物质力量，也需要强大的精神力量。没有先进文化的积极引领，没有人民精神世界的极大丰富，没有民族精神力量

的不断增强，一个国家、一个民族不可能屹立于世界民族之林。”中华优秀传统文化是中华民族的突出优势，积淀着中华民族最深沉的精神追求，为中华民族生生不息、发展壮大提供了丰厚滋养。中华优秀传统文化承载着中华民族最深沉的精神追求，是中华民族团结一心、不断进步、走向繁荣的有力支撑，是发展先进文化、传承民族基因的精神之根，是助推中国梦的精神动力。

党的十八大以来，习近平总书记多次强调要传承和弘扬中华优秀传统文化。在系列讲话中，从国家的文化意志层面、从政策和决策层面对传承、创新中华优秀传统文化做了极好的诠释与说明。他指出：“中华文明源远流长，孕育了中华民族的宝贵精神品格，培育了中国人民的崇高价值追求。自强不息、厚德载物的思想，支撑着中华民族生生不息、薪火相传。”强调了老子、孔子等人的思想中包含的许多正确反映人与人、人与社会、人与自然和谐生存发展规律的真理性认识，这些思想“思考和表达了人类生存与发展的根本问题，其智慧光芒穿透历史，思想价值跨越时空，历久弥新，成为人类共有的精神财富”。这种高度肯定中华优秀传统文化是人类共有精神财富具有世界普遍文化意义的思想观点，是我党历代领导人中第一次提出，它无疑体现了我党对于中华优秀传统文化的本质意义的新认识。这些论述昭示我们：在顶层文化设计中，中华优秀传统文化已成为中国特色社会主义文化的重要思想资源，已被视作国家主流文化意识形态的重要组成部分，反映出中国未来的施政纲领，体现了中国共产党在思想文化建设特别是复兴中华优秀传统文化方面所展示出的前所未有的主动性和能动性，因此对国人从当前过分追求物质功利向信仰高尚的文化过渡产生了积极的引领作用。我们如何让祖先留下的宝贵文化遗产走向世界，被世界所了解，是摆在我们面前的任务。

二、深刻认识中华优秀传统文化继承与创新性发展的关系

2014 年 9 月 24 日，习近平同志在纪念孔子诞辰 2565 周年国际学术研讨会暨国际儒学联合会第五届会员大会开幕会上发表重要讲话，强调要“努力实现传统文化的创造性转化、创新性发展，使之与现实文化相融相通，共同服务以文化人的时代任务”。习近平同志在与青年代表座谈、全国政协新年茶话会、布鲁日欧洲学院演讲、院士大会等多个场合引用了《大学》中“苟日新，日日新，又日新”这一经典名句，强调创新的持久性和连续性。对于中国传统文化，我们不但需要继承，更需要创新。结合新态势、新情况，我们应将中华优秀传统文化的继承与创造性发展和中国梦、社会主义核心价值观

联系起来。中华优秀传统文化凝结过去，承载现在，昭示未来，必须创造性转化、创造性运用、创新性发展，使中华民族复兴梦想植根于厚重的文化积淀之中。

保持扬弃，选择继承。“扬弃”是指在经过分析鉴别的基础上，取其精华、去其糟粕。对明显不符合当今时代要求的内容，要加以摒弃。2013 年 8 月 19 日，习近平总书记在全国宣传思想工作会议上的讲话中指出：“独特的文化传统，独特的历史命运，独特的基本国情，注定了我们必然要走适合自己特点的发展道路。对我国传统文化，对国外的东西，要坚持古为今用、洋为中用，去粗取精、去伪存真，经过科学的扬弃后使之为我所用。”2013 年 11 月 26 日，习近平总书记在山东考察时也强调：“对历史文化特别是先人传承下来的道德规范，要坚持古为今用、推陈出新，有鉴别地加以对待，有扬弃地予以继承。”中华传统文化在形成和发展过程中，不可避免会受到当时人们的认识水平、时代条件、社会制度等局限性的制约和影响，因而不可避免会存在一些陈旧过时或已成为糟粕的东西。子曰：“三人行，必有我师焉；择其善者而从之，其不善者而改之。”针对文化继承而言，我们也应坚持“择善而从，不善而改”的态度，坚决反对民族文化虚无主义。要有选择地吸收和创造性地综合，用历史和科学的观点来考察中国的传统文化，切实把握和深入理解传统文化的本质内容，弘扬优秀传统文化，并在新的历史条件下，根据现代化的基本精神理念，进行有选择性的、合理的吸收、改造、发展和创新。

古为今用，以古鉴今。尊重传统不能食古不化，不能一股脑儿都拿到今天来照套照用，更不能作茧自缚，应杜绝文化复古主义。文化的生命力在于创新。对中华优秀传统文化创造性转化、创新性发展的鲜明指向，就是立足于实践，把跨越时空、超越国度、富有永恒魅力、具有当代价值的文化精神弘扬起来，以兼收并蓄的包容精神，借鉴其他优秀文明成果，通过转化再造、丰富发展，使之焕发新的生命力。继承传统文化应以服务当今社会为导向。弘扬和践行中华优秀传统文化的基本精神，把优秀传统文化的元素和理念贯彻到自己的工作实践、日常行为中去，并以传统文化为当下社会提供借鉴。习近平总书记引用古文，从来都不是简单套用，而是紧密联系实际，用来说明现实问题。领导干部要自觉用中华优秀传统文化丰富、提高自己的文化素养，约束、规范自己的言行，成为一个既有马克思主义理论素养，又有中国气派、中国传统、中国精神的现代领导者。

因时制宜，与时俱进。鲁迅说过，“惟有民魂是值得宝贵的，惟有他发扬起来，中国才有真。”弘扬中华优秀传统文化，要与时代互动，与世界互动，与实践互动，寻求新突破新跨越新发展。融入强国梦想的时代要求，植根于生动的实践、健康的生活之中，不断催生与伟大事业相适应的时代风尚，与大国崛起相适应的民族风范，牢固根基，补充血脉，汲取营养。融入社会主义先进文化的时代特色，浇灌传统营养，汇聚时代元素，使优秀文化基因与当代文化相适应，与时代精神相一致，互为滋养，相融共生，与时俱进，同步发展，使中华优秀传统文化始终彰显经久不衰的磅礴力量。坚持社会主义核心价值观就要在马克思主义指导下，根据时代发展和现实需求，植根于中华文化沃土，反映中国人民意愿，广泛吸纳人类文明的其他优秀成果，总结我国社会主义建设的基本经验，为中华优秀传统文化注入新的内涵，适应中国和时代发展进步的要求。

三、深刻认识中华优秀传统文化的世界意义

中华优秀传统文化是世界文明的重要组成部分，对研究和解决全球化带来的一系列问题都有着十分重要的意义。1998 年，75 位诺贝尔奖得主聚首巴黎，提出了一个共同的观点：“人类要在 21 世纪生存下去，必须回到 2500 年前，从孔子那里寻找智慧。”事实上，我们先哲孔子的至理名言“己所不欲，勿施于人”早已被译成英文悬挂于联合国总部大楼里，并被写进了联合国的《人权宣言》之中。我们要深刻认识中华优秀传统文化的世界意义。

2014 年习近平总书记在省部级主要领导干部学习贯彻十八届三中全会精神全面深化改革专题研讨班开班式上的讲话中指出：“民族文化是一个民族区别于其他民族的独特标识。要加强对中华优秀传统文化的挖掘和阐发，努力实现中华传统美德的创造性转化、创新性发展，把跨越时空、超越国度、富有永恒魅力、具有当代价值的文化精神弘扬起来，把继承优秀传统文化又弘扬时代精神、立足本国又面向世界的当代中国文化创新成果传播出去。只要中华民族一代接着一代追求美好崇高的道德境界，我们的民族就永远充满希望。”

我们的发展是一种植根于传统文化沃土的中国特色社会主义发展道路，是一种坚持“和而不同”的和平崛起道路，能否为经济文化落后的发展中国家提供经验借鉴，能否打破“中国威胁论”和“中国崩溃论”的西方话语偏见，能否发出和传播我们自己的价值理念，能否为人类文明做出我们的独特贡献，需要我们始终坚持文化自信，保持战略定力，决不能在国际比较和国

际传播中数典忘祖、照抄照搬、削足适履。

始终坚持“为我所用”，虚心学习借鉴人类社会创造的一切文明成果，从不同文明中寻求智慧，汲取营养，融会贯通，打造具有中国特色、中国风格、中国气派的文化品牌，充分展示中华文化的独特魅力。始终坚持发声有力，着力推进国际传播能力建设，创新对外传播方式，加强话语体系建设，增强在国际上的话语权，讲好中国故事，传播好中国声音。积极搭建展示平台，拓宽交流互鉴渠道，推介中华文化，扩大对外贸易，提升国际竞争力和影响力，让各国人民感知实现中国梦的脉动，见证大国崛起的脚步，共同推动地球村成为和平发展、合作共赢的大舞台，汇聚中国智慧，让中华民族以更加自信、自强的姿态屹立于世界民族之林。

习近平总书记关于中华优秀传统文化的重要论述，饱含了对中华优秀传统文化的深厚感情，是我们党新时期发出的大力弘扬中华优秀传统文化的集结号和动员令。我们要深刻领会习近平总书记关于中华优秀传统文化的重要论述，把思想和行动统一到习近平总书记重要论述和指示精神上来，切实担负起传承中华优秀传统文化的神圣职责，谱写好中华民族伟大复兴中国梦的青海篇章。

（刊载于2016年7月4日《青海日报》第11版）

青海东部城市群建设的战略思考

摘　要：城市群建设是世界经济发展的重要力量和我国城镇化发展的主要方向。建设以西宁市为中心的东部城市群，不仅是青海省城镇化发展的必然选择，也是培育打造引领青海经济社会跨越发展新增长极的需要。应抓住良好的发展机遇，进一步完善建设规划，逐步建立长效发展机制和完善的政策体系，着力推进青海东部城市群的一体化建设。

关键词：东部城市群；战略任务；对策建议

一、青海东部城市群发展现状及存在的主要问题

“十二五”时期，青海推进以西宁为中心的东部城市群建设，范围包括西宁市4区和大通、湟中、湟源、平安、乐部、民和、互助等7县。2010年年底，青海东部城市群总人口达到327.83万人，占全省总人口的58.2%；人口密度为198.7人/平方公里，是全省人口密度的25.5倍；城镇人口为166.54万人，乡村人口为161.30万人，城镇化率为50.8%。东都城市群国内生产总值为764.3亿元，为全省的56.6%；人均GDP23313元，比全省平均水平低802元；地方财政一般预算收入为38.02亿元，全社会消费品零售总额为262.77亿元：城镇居民人均可支配收入为13956.65元，农牧民人均纯收入为5044.71元，分别为全省平均水平的100.7%、130.6%（见表1）。

表1　2010年青海东部城市群经济社会发展指标　　单位：亿元，万人

地　区	GDP	总人口	城镇人口	地方财政一般预算收入	社会消费品零售总额
西宁市区	440.41	119.83	115.34	30.04	212.00
大通县	80.77	43.59	14.45	3.01	8.97
湟中县	90.02	43.78	7.38	0.75	6.23

（续表）

地　区	GDP	总人口	城镇人口	地方财政一般预算收入	社会消费品零售总额
湟源县	17.08	13.66	3.52	0.72	3.06
平安县	25.70	10.30	5.05	0.61	6.83
乐都县	35.31	26.02	6.99	0.73	8.03
互助县	46.16	35.64	5.75	1.10	7.24
民和县	28.85	35.01	8.06	1.06	10.41
合　计	764.30	327.83	166.54	38.02	262.77

资料来源：《青海统计年鉴（2011）》。

（一）东部城市群建设现状

1. 规划编制工作快速推进

2011 年以来，青海把编制规划作为推动东都城市群建设的首要任务来抓，相继开展《青海省东部城市群发展总体规划》以及东部城市群交通、城镇体系、基础设施、电网、产业发展、公共服务、生态保护等专项规划编制工作，完成总体规划和交通发展、城镇体系等专项规划的编制。同时，通过成立城乡规划建设领导小组和规划委员会，指导完成《西宁市 2030 年城市空间总体发展规划》及平安、乐都、互助、民和 4 县城市总体规划和主城区控制性详细规划的编制。

2. 功能定位进一步明确

随着对东部城市群认识的不断深入，东部城市群的功能定位也进一步整合、拓展和延伸，东部城市群是全省经济社会发展中新技术、新产品、新业态、新体制、新模式的孵化地、扩散源和桥头堡，也是推动全省跨越式发展的重要引擎和引领经济发展方式转变的综合经济区。西宁市功能定位为东部城市群发展的龙头，全省政治经济文化中心，青藏高原现代化的中心城市，重要的现代物流中心、区域性金融中心和文化教育中心，全国有重要影响的新能源新材料产业基地，青藏高原重要的宜居城市；乐都县功能定位是海东地区政治经济文化中心，东部城市群副中心城市，高原生态宜居城市，人才教育培养基地；民和县功能定位是兰西经济区现代化重要节点城市；平安县功能定位是现代化园林空港城市；互助县功能定位是国家级高原休闲度假旅游名城。

3. 基础条件逐步完善

东部城市群基础设施建设力度不断加大，基础支撑条件不断改善。交通方面，以兰新第二双线铁路、绕城高速公路、西宁火车站综合改造、曹家堡机场二期扩建工程等重大项目建设为依托，加快区域交通网络化和园区道路标准化步伐，交通条件逐步改善和提高。能源方面，加快城乡电网一体化建设步伐，延伸油气干支线管道至区域内各主要城镇，实施西宁热电联产和综合利用项目等，着力打造能源供应和输送一体化。信息方面，加快推进“三网”融合试点，推动公共信息管理系统互联，积极构建城市群信息高速公路和信息资源共享平台。水利方面，加快“引大济湟”和城镇输水管网等重大水利工程建设，加大湟水河治污力度，不断提升水资源保障能力。城镇建设方面，西宁市着力推动海湖新区和西宁火车站中心商务区、中心广场商务区等重点区域建设，海东地区各县加强老区改建、新区建设、主街道拓展以及景观带建设，不断提升城市的功能和品位。

4. 政策效应不断显现

各部门纷纷出台政策措施，为加快推进东部城市群建设提供有力的政策支持。省国土资源厅从加快西宁市和海东各县土地利用总体规划的修编及报批、适当增加西宁市和海东地区土地利用年度指标、保障东部城市群各园区建设用地指标、实施优惠地价政策、支持东部富硒农业区建设、建立建设用地审批绿色通道、及时提供土地产权保障服务等 7 个方面出台具体措施，提高了国土资源保障和服务能力；省财政向西宁市一次性注资 3 亿元，向海东 4 县一次性注资 2 亿元（每县 5000 万元），专项用于补充市县投融资平台资本金；金融机构加强对城市群发展的信贷支持作用，鼓励和支持境内外各类金融组织设立分支机构。

（二）东部城市群建设中存在的问题

1. 城市体系不健全

城市群内部的城市体系结构应以大城市为核心，中等城市为支撑，小城市和卫星城市为依托，形成大、中、小紧密连接的城市体系。目前，青海东部城市群中只有一个核心城市——西宁市，缺乏次中心城市和小城市，只有“核心城市—县城”简单的两层架构，无法形成“核心城市—次中心城市—小城市（卫星城）—重点乡镇”四级城市体系，尚未形成真正意义上的“群”体结构。由于城市体系不健全，因而城市建设成本加大，城市群集聚和辐射功能发挥不够。

2. 城乡二元结构矛盾突出

青海东部城市群属于典型的“大城市”与“大农村”并存的经济社会发

展结构，既有全省唯一一个人口超百万的大城市，也包括7个贫困县（其中5个国定贫困县、2个省定贫困县），呈现较发达城市与相对落后农村并存的二元结构。同时，城市群农村人口达161.3万人，既需要大量的资金、就业岗位和社会保障能力，又需要强有力的政策支持和长效机制，统筹城市群发展的困难较多。

3. 产业趋同化明显

受历史、地理区位、发展路径等诸多因素影响，东部城市群以行政区划管理为主的产业发展格局尚未完全打破，区域产业发展的互补性不强，产业结构趋同，西宁市工业结构偏重，海东地区农业结构偏重，两地在工业产业链、现代服务业等领域联系松散，尚未形成合理分工与合作的局面。同时，县区之间产业同构现象普遍，特别是工业结构雷同：如冶金、建材、有色金属、农副产品加工等在各县都有布局，产业规模、技术水平、科技研发等无法实现优化和集聚，削弱了城市群发展的规模效益和竞争力。

4. 内部协调机制尚未建立

东部城市群内部经济发展的协调机制尚未建立，主要以行政上的联络机制为主，还没有形成市场化的区域协作饥制，各县之间的协调仍由上级政府出面，同级政府尚未建立平等、互信、高效的利益共享和协调机制，不利于城市群的资金、土地、矿产、劳动力、技术、人才等资源要素的自由流动和高效配置，在一定程度上制约了东部城市群综合功能发挥和长远发展。

5. 整体功能和服务能力不强

东部城市群整体经济实力不强，财力较弱，市场化融资渠道相对单一，基础设施建设投入严重不足，城镇综合服务功能不强。尤其是各县城市基础设施定位低、投入少、规模小，城镇供水及污水处理能力不强，人均道路和绿地面积低，严重影响城市整体功能的发挥。同时，长期以来各县公共服务设施投入不足，公共服务功能不齐全，城市管理水平不高，城市公共服务水平较低。

二、青海东部城市群发展形势分析

“十二五”时期是青海大力推进工业化和城镇化的关键时期，也是东部城市群发展的重要建设阶段，面临着难得的发展机遇。

（一）东部城市群发展面临的外部环境

1. 城市群成为推动世界经济发展的重要力量

伴随全球工业化进程的加快，城市化也进入快速发展时期，城市化的形态由原来的单个城市向成熟阶段的最高空间组织形式——区域内若干个城市的城市群过渡。经过上百年的发展，全球已形成英国伦敦城市群、美国大西洋沿岸城市群、日本太平洋沿岸城市群、法国巴黎城市群、德国莱因—鲁尔区城市群等，城市群已成为推动全球经济发展的重要力量。如美国大西洋沿岸城市群仅占美国国土面积的1.5%，拥有全国总人口的20%，却占全国经济总量的67%，是全国最大的制造业生产基地、商业贸易中心及世界最大的国际金融中心；日本太平洋沿岸城市群以不到1/7的国土面积，集聚了全国一半的人口以及70%的经济总量，是全国的政治、经济、文化中心。

2. 城市群是我国城镇化发展的主要方向

我国城市化经过30多年的发展，已取得了巨大成就，城市规模和数量大幅增加，建成一批大城市和特色城镇，形成十几个以特大城市为中心的城市群，城市布局进一步优化，城市化水平不断提升。2010年全国城市化率达到49.7%，城市人口达到6.66亿人，全国建成城市655座，其中百万人口以上的大城市122座，200万人口以上的超大城市41座，已形成长三角、珠三角、京津冀三大核心城市群以及辽中南城市群、山东半岛城市群、中原城市群、长株潭城市群、武汉城市群、环鄱阳湖城市群、海峡西岸城市群、成渝城市群、呼包鄂城市带、关中—天水城市群等一批新兴城市群，城市群已成为我国城镇化发展的主要方向和形态。

3. 青海东部城市群是全省城镇化发展的重大选择

经过多年的发展，青海省相继建成了一批城市和重点城镇，2010年全省城市化率达到44.7%，城镇化进入一个新的发展阶段。环顾周边省（自治区），陕西、甘肃、新疆、宁夏、内蒙古等都提出打造具有地域特色的城市群的规划，而青海省受人口、地理区位、经济社会发展水平等因素的影响，缺少带动区域乃至全省经济社会发展的城市群。在这样一个宏观背景下，加快建设以西宁为中心的青海东部城市群，既是青海省城镇化发展的主要选择和方向，也是培育打造引领全省经济社会跨越发展新的增长极的现实需要。

（二）东部城市群发展面临的机遇和挑战

1. 发展机遇

从全国看，当前我国正处在工业化和城镇化发展的关键时期。国家把推

进城镇化作为“十二五”期间的一项重要战略任务加以实施，通过大中小城市和小城镇协调发展，加快提高城镇化水平。国家实施新一轮西部大开发战略，对西部区域中心城市发展支持力度不断加大，提出打造“兰西经济区”的重大战略部署，加上京藏高速、兰新客运专线等一大批重大基础设施项目的建设，为青海东部城市群发展提供了新的发展机遇和条件。从青海看，经过改革开放30多年的发展，全省综合经济实力明显增强，发展基础和条件明显改善，为加快推动青海经济社会跨越发展和城镇化进程奠定了坚实基础。青海省实施“四区两带一线”区域协调发展战略、加快推动“四个发展”、稳步推进“十二五”经济社会发展规划、加快建设西宁（国家级）循环经济试验区和全省统筹城乡发展先行区、建设海东（国家级）现代农业示范园、积极承接东部产业转移等重大举措，为建设东部城市群提供了前所未有的发展机遇。

2. 面临的挑战

西宁市作为青海省省会中心城市，集聚了全省大部分人流、物流、资金流、信息流，发展基础和条件相对优越；而海东地区受人口、产业结构、市场发育等因素的影响，属于全省经济发展的滞后地区，区域之间发展不平衡问题突出，中心城市的集聚能力不断增强，使周边地区（县）成为城市集聚和辐射的“阴影区”。部分干部和群众的思想认识不到位、发展理念保守以及体制不适和管理低效仍然是建设青海东部城市群的重要制约因素。按照国务院关于设立县级市的标准划分，乐都县、民和县、平安县、大通县等撤县建市都存在制度约束。

三、加快青海东部城市群发展的战略任务

青海东部城市群发展受自然地理、经济社会发展等诸多制约因素的影响，历史欠账较多，建设任务重。“十二五”时期，应着力推进东部城市群的区域空间一体化、产业发展一体化、城乡建设一体化、市场建设一体化、公共服务一体化以及生态环境保护一体化。

（一）加强基础设施建设，推进区域空间一体化

完善交通运输网络，重点提高区域内公路等级，打造城市群高等级公路网，并适时建设城市群轨道交通；合理布局兰新复线、兰青铁路、青藏铁路站点和运输场站，加快各主要铁路场站扩能改造，适时开展西宁—成都、西

宁—玉树—昌都铁路等重大项目前期工作；加快曹家堡现代化航空港建设步伐。统筹建立湟水流域水资源共享机制，加快引大济湟工程及水利调蓄骨干工程建设，改造城市供水管网。加强城市群电网一体化建设，实现分层分区供电。建设油气干支线管网工程，延伸天然气管道至区域内各主要城镇。积极发展城镇集热利用，逐步提高城市清洁能源消费的比重。加快电信网、广电网、互联网三网融合，健全和完善社会保障、公共交通、空间地理、社会治安等公共信息管理系统，构建东部城市群信息高速公路和交流平台。

（二）整合优势资源和产业，推进产业发展一体化

整合东都城市群的资源和产业优势，统筹规划产业布局，强化城市群内部产业分工协作，注重产业配套与产业链延伸，促进产业互补发展和错位发展。依托西宁市区位、人才、资源、资金、技术等优势和现实基础，大力培养先进装备制造、高新技术产业、文化产业和现代服务业，培育壮大主导产业，提升服务业发展水平，形成全省现代产业战略高地；促进传统产业向周边城市和小城镇转移和集聚，有计划地引导产业链向下游中心城镇延伸，在周边城市和小城镇形成与区域中心城市分工合理、配套协作的加工、生产和制造基地，积极营造产业洼地。抓住国内产业转移的发展趋势和国家支持中西部地区承接产业转移的政策机遇，在东部城市群设立青海承接中东部高端产业转移示范区。

（三）完善城镇体系，推进城乡建设一体化

调整西宁市域区划，建设核心都市圈。按照构建圈层、网络化城镇体系的要求，以西宁为中心城市，乐都县为次中心，优选大通县、湟源县、平安县、互助县等作为区域重点发展城市，打造卫星城、都市圈。跳出各城市“一城一地”单独、个体发展模式，着眼于发展全局，以县域为中心，规划建设一批区位优势突出、产业特色鲜明、经济实力较强、辐射带动作用较大的中心镇和卫星城，通过适度优化行政区划、扩市提位等宏观政策和产业分级、市场重构等多种举措，完善区域城镇体系，打造东部网络化城市集群，使城镇与城市衔接、城镇与农村相连，加快形成以城带乡、以工促农、城乡一体化发展的新格局。

（四）培育要素市场，推进市场建设一体化

坚持区域统筹发展方向，立足培育市场共同体，加强西宁与东部各县城的物流联动，消除行政壁垒和市场障碍，建立统一、开放、竞争、有序的现代市场体系，促进劳动力、资本、技术、土地等生产要素合理流动与高效配

置。深化西宁和海东的联系互动，建立和培育一体化的资本金融市场、消费市场、信息技术市场、人力资源和产权交易市场及物流集散基地、建立区域市场准入和质量互认制度，构建区域市场一体化的管理体制。重点优化区域土地利用结构，尝试开展农村建设用地跨乡镇、跨县、跨区置换。

（五）加大统筹协调力度，推进公共服务一体化

整合城市群科技资源，加大资源精深加工和新能源、新材料、装备制造、生态环保等关键领域的科技研发，争取在开发重大科技项目、培育特色产业、增强创新能力、加速成果转化等方面取得新突破；健全区域技术创新体系，加强科研成果应用、重大产业项目与资源开发、企业运营管理等方面的合作与交流。加强教育交流与合作，支持西宁和海东两地的名牌学校跨地区设立分校，鼓励开展跨区域招生，实现教育资源优势互补；实施名校战略，以重点职中为核心，以建设职业学院为提升手段，推动西宁和海东职业教育“强强联合”办学，提升办学层次和质量。加强两地文化交流，创新文化产品，打造优秀文化品牌。培育骨干文化企业，发展壮大特色文化产业；创新公共文化服务方式，加快构建覆盖城乡、功能完备的公共文化服务体系。进一步整合卫生资源，探索建立西宁—海东医院对口帮扶和纵向业务合作为主要形式的公共卫生服务长效机制；完善农村和城镇社区卫生服务网络，提升医疗服务能力。统筹推进基本养老、基本医疗、失业保险、工伤保险和生育保险，完善社会保障体系，提升保障水平。

（六）强化节能减排，推进生态环境保护一体化

以建设资源节约型、环境友好型社会为目标，加快推动西宁市和海东地区的生态建设与环境治理共防共治。共同制定区域污染治理和生态环境保护规划，适时评估区域内的环境承载能力，强化节能减排和清洁生产，将环境友好型产业作为发展重点和项目审批的基本条件，严格控制环境污染项目的审批。加强湟水流域生态综合治理和区域环境污染防治。继续实施城乡绿化工程，建立废弃物资源化利用体系。通过共同规划、共同建设、共同监测、共同出资、共同治理，构建东部城市群发展的生态屏障。

四、加快推进青海东部城市群发展的对策建议

制订规划只是青海东部城市群建设的基础性工作，要实现东部城市群的跨越式发展，尚需建立发展的长效机制及完善的政策体系。

（一）健全规划衔接协调机制

突出规划在东都城市群建设过程中的引领作用。一方面，加强西宁市与海东地区的“十二五”经济社会发展规划的衔接，既包括总体规划的衔接，也包括产业发展、社会事业、基础设施、生态保护、改善民生等专项规划的衔接，突出发展重点，发挥比较优势，为东部城市群建设打好基础。另一方面，在东部城市群总体规划的统领下，统一编制西宁市和海东地区的交通体系、产业发展、城镇建设、土地综合利用、基础设施、生态环境保护等专项规划，统筹区域重大项目布局及各项建设任务，争取一步到位。同时，加强东部城市群建设规划与“十二五”经济社会发展规划的衔接，使二者在发展目标、发展定位、重大建设项目等方面体现一致性和协调性。

（二）建立城市群协调发展机制

进一步完善区域合作机制，突破现有行政管理体制束缚，健全东部城市群联席会议制度。创新重点专题合作机制，进一步提升重点专题的合作层次，深化合作内容，健全考评办法。在健全和完善西宁市、海东地区政府层面合作机制的同时，不断提高非政府层面的参与度，充分调动企业和社会组织的积极性，探索建立新型的管理体制和运行机制，加快构建“政府引导、企业主体、社会参与”的东部城市群区域合作新格局。通过建立重大项目责任共担机制、建设项目利益共享机制和产业转移引导机制，完善责任共担、利益共享的合作制度，加快推动东部城市群经济社会一体化发展。

（三）进一步完善政策支撑体系

产业政策方面，制定《青海东部城市群产业指导目录》，合理确定鼓励类、限制类、禁止类产业类型，明确鼓励类产业的相关优惠政策，并根据实际情况每年进行修订。投资政策方面，对东都城市群的重大基础设施、城镇建设、产业发展、生态治理等重大项目布局给予优先支持。财税政策方面，争取省上加大对东部城市群一般性转移支付力度和专项转移支付力度，确保每年增幅不低于20%；争取发行东部城市群地方政府债券；制定对企业用地减征耕地占用税、土地出让契税等各项优惠政策。土地政策方面，加大对城市群建设用地的倾斜力度，支持开展城镇建设用地增加与农村建设用地减少相挂钩试点，增加周转指标。户籍政策方面，进一步放宽西宁市区和县城落户政策，鼓励和支持居住环境恶劣的农村人口整体向城镇搬迁，建立城乡一体化的户籍制度。健全进城落户人员的就业、子女教育、基本养老、基本医疗、住房保障、低保救助等基本公共服务配套建设，保障其享有与其他城镇居民同等的权利和福利待遇。

（四）建议国家调整现行的县改市政策

按照国家现行县改市标准，东都城市群县改市条件还不具备。建议国家调整现行设市标准，根据东、中、西部地区省份在区域面积、人口、经济总量等方面的差异，实行差别化的设市政策。对青海等人口稀疏、区域辽阔的西部省份在参照人口、GDP、产业结构、就业结构等基础上，更多地从完善区域主体功能、优化区域空间布局、促进产业和人口积聚、提升公共服务水平等方面确定县改市标准和政策。

（此文发表于青海蓝皮书《2012 年青海经济社会形势分析与预测》）

党员干部要树立强烈的问题意识

所谓“问题”就是事物的矛盾、时代的声音、实践的向导，认识问题就是认识事物、把握事物的开始。所谓“问题意识”，就是指人们在认识活动中，对疑难或难以解决的实践及理论问题产生一种怀疑、困惑、焦虑、探索的心理，由此驱使人们积极思维并不断提出问题、研究问题和解决问题这样一种思想方法及状态。党的各级干部每天会遇到各种各样的问题，这就要求党员干部必须勤于学习、善于思考，树立强烈的问题意识。从某种意义上说，我们的工作就是不断发现问题、解决问题的过程，发现不了问题、解决不好问题，身为党员干部，就是失职。因此，党员干部要树立强烈的问题意识，悉心倾听时代的声音，真正了解社会问题，辩证认识问题、正确对待问题、及时解决问题，既是贯彻落实中央政策部署的现实需要，更是提高自身能力素质、推动各项工作的必然要求。

一、准确理解树立问题意识的丰富内涵

伟大的无产阶级革命导师马克思说：“问题就是时代的声音。”从辩证法的角度看，历史就是问题的消亡和解决，现实就是问题的存在和发展。在人类历史的长河中，不同的社会时空会出现不同的问题。虽然不是所有问题的提出和解决都会引起社会的进步和时代的变革，但问题意识对人类深化认识、探索未知领域和世界却是不可或缺的。

问题意识是推动时代发展进步的本质根源。爱因斯坦曾说过：“提出新的问题、新的可能性，从新角度去看旧的问题，需要有创造性的想象力，而且标志着科学的真正进步。”一个问题的提出和解决有时会影响整个领域研究的发展，甚至会带来革命性的变革，开创新的学科，导致整个科学体系的重新组合。物理学家伽利略、牛顿就是因为有问题意识，善于思考，才研究出了落体运动规律和万有引力定律。我国国学大师胡适先生在致毕业生的三点建

议中，谆谆告诫："每个人总得时时寻找一两个值得研究的问题，问题是知识学问的老祖宗，如果没有一两个值得解答的问题在脑子里盘旋，就很难保持求学问的热心。"科学研究中强烈的问题意识，为探知世界、改造世界提供了最基本的动力。我们的世界就是一个不断发现问题、解决问题的过程，问题意识成为认识和改造世界的根源，旧问题解决了，新问题又会产生，从而才有方法不断创新、制度不断完善，推动社会不断前进发展。

问题意识是中国共产党始终秉持的基本遵循。共产党人历来重视对"问题意识"的认识和把握。马克思正是始终坚持了以问题为导向的哲学研究精神，把握了时代的根本问题——资本主义存在的合法性问题，从而致力于研究人类解放和共产主义发展，才创立了马克思主义学说。毛泽东指出："问题就是事物的矛盾。哪里有没有解决的矛盾，哪里就有问题。"1919 年，青年毛泽东提出当时中国需要研究涉及政治、经济、文化、社会、国防、外交以及科学技术等诸多方面 71 项 144 个问题。革命战争时期，毛泽东正确地提出和回答了在半殖民地半封建国家无产阶级如何夺取政权、民族如何独立、人民如何解放等重大问题，有力地领导了中国革命的发展，最终取得了中国革命的胜利。党的十一届三中全会以来，党正是敏锐抓住并紧紧围绕什么是社会主义、怎样建设社会主义，建设什么样的党、怎样建设党，实现什么样的发展、怎样发展这些重大而紧要的问题，并在实践中逐步解决、取得突破，才成功创立了中国特色社会主义理论体系、开辟了中国特色社会主义道路、确立了中国特色社会主义制度。改革开放 35 年来，我们用改革的办法解决了党和国家事业发展中的一系列问题，并在解决问题中步步向前。可以说，党领导中国革命、建设、改革的历程，就是一个不断回答和解决时代课题的过程。当前，我国正处于全面建成小康社会的关键时期和全面深化改革开放、转变经济发展方式的攻坚时期，各级党员干部面临的机遇和挑战前所未有，新情况接踵而来，新问题层出不穷，客观上要求各级党员干部必须树立强烈的问题意识。

问题意识是个人思维和创新能力不断提升的现实需要。中国古代教育家十分重视问题意识，强调怀疑、思考对于学习、提高的重要性。孔子说"疑是思之始，学之端。"宋代陆九渊说："为学患无疑，疑则有时，小疑则小进，大疑则大进。"问题是思维的起点，也是创新的前提。这说明，我们每个正常个体对世界和社会的探究过程都会产生一种困惑、探究的心理状态，这种状态促使个体积极思维和不断创新。我们就是在这种不断提出问题、分析问题和解决问题的过程中逐步形成自我认知、自我思维，最终达到自我创新、自我提高的。问题意识是认识能力提升的表现，是实现自我思维价值的必然需求。在创建学习型、服务型、创新型政党的时代要求下，对于广大党员干部来说，问题意识不仅反映着一个党员干部的精神状态和思想境界，而且体现着一个党员干部的执政能力和执政水平。因此，问题意识必须成为每一个党员干部必备且不断强化的能力之一。

二、深刻把握党员干部必须增强问题意识的重大意义

问题无时不在，无处不在。向问题学习，不仅可以丰富经验和智慧，也可以磨砺意志和作风。作为党员干部，问题意识强不强，是衡量其认识水平、思想作风、工作标准、领导方法的重要标志。

增强问题意识是提高党员干部担当精神的重要前提。一事当前、敢于负责、善于担当是党员干部的使命所在，也是发现问题、解决问题的基石。有了责任担当，就会对问题不藏不掖，勇于提出问题、解决问题。增强问题意识，就会使党员干部提高发现问题和面对问题的勇气，增强工作的紧迫感和责任感，时刻保持政治清醒、方向清晰，自觉地把发现问题、认识问题、分析问题和解决问题作为工作的生命线和主旋律，切实做到“为官一任，造福一方”。

增强问题意识是提升党员干部工作能力的必然途径。在新的历史条件下，科技进步日新月异，知识更新不断加快，改革发展的任务繁重艰巨，对党员干部的综合素质和执政能力提出了新的更高要求。在错综复杂的事物中敏锐迅速、准确有力地抓住问题的要害，分析存在的根源，提出解决的路径，是对党员干部工作能力的考验。增强问题意识，就是增强党员干部工作的自信和自醒，客观看待社会发展趋势，澄清各种模糊认识，准确判断各种风险和挑战，以更加敏锐的眼光和广阔的视野，以高度的社会责任感和强烈的历史使命感，投身到推动社会进步的伟大事业中。

增强问题意识是提升党员干部做好群众工作能力的金钥匙。立党为公，执政为民，是我们党的执政理念，是我们做好一切工作的出发点和落脚点。新形势下，贯彻好党的群众路线，党员干部首先要认真回答好“为了谁”“依靠谁”“我是谁”这三个根本问题。弄清这“三问”，我们才能看清奋斗的目标方向，找到工作的力量源泉，把握自己的准确定位。这是我们做好群众工作、走好群众路线的根本保证。每一个共产党人特别是党员干部都要在深入思考“三问”的基础上，抓住人民群众最关切的重大问题，深入调查研究，

认真加以解决，让改革发展的成果能够惠及广大人民群众。

三、党员干部增强问题意识的方法和路径

党员干部要增强问题意识，关键在于培养科学的思维方式，养成向书本学习、向实践学习、向群众学习和善于发现问题、敢于直面问题、认真解决问题的良好习惯，唯有如此，才能真正洞悉我们身处的这个时代，把握时代发展的特点，深究时代发展的规律，将问题意识贯彻到抓工作、谋发展的方方面面。习惯成自然，问题意识的培养，必须抓住三个关键词，在三个环节上下功夫。

一是抓住调查研究这个关键词，在发现问题上下功夫。问题无处不在，直面问题的机会对每个人都是均等的，看不到问题才是最大的问题。古人讲："在可疑而不疑，不曾学。"不光学习要善疑，干工作同样要善于从"疑"中发现问题。问题就是矛盾，矛盾无处不在、无时不有，任何单位、任何领域、任何工作、任何实践活动和思维活动，都不可避免地存在各种各样的问题。这些问题，有的是显性的，一眼就能看到；有的则是隐性的，需要透过现象、深入分析才能认识到。然而，不管是显性的问题还是隐性的问题，都必须通过实地调查研究才能发现。存在决定意识，有战略问题的存在，才有战略思维的存在。问题是努力的方向，求真、求实，探寻规律是调查研究的本质所在。因此，各级党员干部只有转变作风，眼睛朝下，深入基层群众，实际调查研究，做到贴近实际、贴近生活、贴近群众，才能及时发现问题、正视问题、解决问题。当前，我们面临着错综复杂的国际形势、艰巨繁重的改革发展任务、前所未有的新情况新问题。这就更加需要我们深入实际调查研究，掌握基层第一手资料，发现问题症结所在，找到解决问题的有效方法，防止小事拖大、大事拖爆。

二是抓住科学思维这个关键词，在研究问题上下功夫。对于党员干部而言，面对形形色色的问题，绝不能"眉毛胡子一把抓"，而是要将关注的重点始终聚焦在"全局问题"上。党员干部要学会运用逆向思维，多问几个为什么，善于从司空见惯的现象背后挖掘出有价值的问题，善于在平常工作中识别风险，在取得成绩时看到不足，"研"到点子上，"究"在关键处。问题不是抽象而简单地存在的，而是渗透在形形色色、各式各样的具体事物中，需要由此及彼、由表及里，通过对现象的归纳、分析、概括、提炼，找准反映事物本质的问题。这就要求我们认真学习马克思主义基本原理，树立科学思

维方式；认真学习中国特色社会主义理论体系这一我们党在推进中国特色社会主义伟大事业中形成的重要理论成果，深刻认识在当代中国必须高举中国特色社会主义伟大旗帜、走中国特色社会主义道路，而不能举其他旗、走其他路的重要意义；认真学习掌握党的基本路线、基本纲领、基本经验，熟悉了解中央的大政方针，认识把握具体行业部门工作的规律和特点。在工作中学会运用辩证唯物主义和历史唯物主义这一科学思想武器，辨别哪些是真问题、哪些是假问题，哪些是现象问题、哪些是本质问题，哪些是事关全局的重大问题、哪些是细枝末节问题，哪些是亟待解决的问题，哪些是可以稍缓解决的问题，等等。只有这样，才能找准问题，有针对性地克服困难、化解矛盾、解决问题，取得工作实效。

三是抓住求真务实这个关键词，在解决问题上下功夫。问题的价值在于解决。发现问题是前提，研究问题是关键，解决问题是目标。后者是前两者的出发点和落脚点。能够发现问题说明有水平，善于解决问题代表高水平。对于党员干部来说，出现问题并不可怕，可怕的是不敢正视问题。有的党员干部遇到实际问题采取逃避主义，以为不闻不问问题就会自生自灭；有的党员干部把问题当作绊脚石，遇到问题绕道而行，以为不触碰问题就能越过问题。殊不知，回避问题、不去解决问题，只会使问题越积越多，成为发展前进的更大阻碍。掩盖问题更是最不可饶恕的问题。面对问题，有的党员干部为一己私利，不是抓住时机及时解决，而是想方设法隐瞒真相，结果问题越出越多，危害越来越大。因此，各级党员干部应当始终坚持全心全意为人民服务的根本宗旨，把实现好、维护好和发展好最广大人民的根本利益作为一切工作的出发点和落脚点。想人民之所想、急人民之所急、解人民之所忧，紧紧扭住发现的问题不松懈，千方百计地解决存在的问题。在处理矛盾问题时把问题考虑得细致些，把工作做得扎实些，把措施定得周全些，切忌坐而论道、纸上谈兵，切忌避实就虚、避重就轻，而要努力在“实招”上下功夫，以求真务实的科学精神和负责态度，彻底解决问题，在解决问题中让工作不断迈上新台阶。要时刻以问题为导向，绷紧为人民服务这根弦，巩固和发展团结稳定、安定祥和的局面，切实做到发展为了人民、发展依靠人民、发展的成果由人民共享。

问题意识折射的是宗旨观念、责任意识，彰显的是忧患意识、进取精神，展示的是积极向上、奋勇向前的工作状态。习近平总书记指出：“只有立足于时代去解决特定的时代问题，才能推动这个时代的社会进步；只有立足于时代去倾听这些特定的时代声音，才能吹响促进社会和谐的时代号角。”每一个

党员干部都要心怀大局，树立强烈的问题意识，倾听时代的声音，团结带领广大人民群众，不断破解改革发展中的难题，为中国特色社会主义事业的推进集聚更多正能量。

（原载于教材版《党课》2014 年 8 月版）

领导干部要“慎其所习”

习惯，是人们在长期生活中逐步养成的一种相对稳定的思维和行为倾向，是一种稳固的思维和行为定式。习惯一旦形成，就会在人的头脑中形成一种自动化的程序，进入人的潜意识里，使人难以察觉，却处处受其影响。就如一个人在凹凸不平的地面上走惯了，到平地上走路就很不适应。弗朗西斯·培根在《论习惯》中指出，“人们的思考取决于动机，语言取决于学问和知识，而他们的行动，则多半取决于习惯”。习惯是一个人修养、能力、气度和胸襟的集中体现。有人说，习惯是你最好的帮手，也可能成为你最大的负担。可见，习惯的力量是巨大的，良好的习惯不仅令人终身受益，也会给他人、给事业、给社会带来积极有益的影响。

三国时，魏国尚书何晏说：“善为国者必先治其身，治其身者慎其所习。所习正则其身正，其身正则不令而行；所习不正则其身不正，其身不正则虽令不从。是故为人君者，所与游必择正人，所观览必察正象，放郑声而弗听，远佞人而弗近，然后邪心不生而正道可弘也。”何晏这段论述的关键词是“慎其所习”。这一命题对于今天的领导干部来讲，仍不失其现实意义，更不乏其现实针对性。

领导干部为什么必须审慎自己的习惯和特别注重自己良好习惯的养成呢？近读清朝官员孙嘉淦写的有“天下第一疏”之称的《三习一弊疏》奏章，似乎找到了这一命题最好的注脚和佐证。他从人的本性及事物发展的规律之高度来分析坏习惯形成的原因及一旦形成后的严重后果，给人以振聋发聩之感。他在奏章里说：为官从政日久者，容易形成三种坏习惯，第一叫“耳与誉化”，即耳朵里经常听到赞扬、赞美的声音，听久了，就习惯了听这种声音，就会变得喜欢阿谀谄媚而厌恶直言进谏了；第二叫“目与媚化”，即眼睛里见到的都是俯首帖耳、阿谀谄媚的，见久了就习惯于这样奴颜媚骨的人，而一旦习惯，则见到献媚的人就高兴，见到刚正不阿的直士就讨厌；第三叫“喜从而恶违”，即喜欢柔滑恭顺而厌恶刚正耿直。最终自然而然导致一个总弊端产生，即所谓亲小人而远贤臣。

孙嘉淦在奏章中进一步深刻分析了“偏听”“偏见”“偏心”三者之所以能成为习惯的深层次原因。他说：高尚的道德是君子所独有的，而机敏的才能却是小人和君子共有的，并且小人更胜一筹。所以，在言语对答、工作汇报之时，君子往往木讷而小人却能见风使舵、机巧谄媚。作为上级，就慢慢地习惯于听后者，就慢慢地养成了有事找小人的习惯。久而久之，当领导的打内心里喜欢小人而讨厌君子便成了一种习惯思维。今天看来，作者的分析也仍然有相当的深度。由何晏、孙嘉淦的论述，汉文帝的虚心纳谏、励精图治从而成就“文景之治”和齐桓公晚年因亲近小人而在饥渴中悲惨死去等正反两方面史实可见，领导干部审慎自己的习惯和注重自己良好习惯的养成，是何等的重要。

孙嘉淦在奏折最后指出，要预防这三习一弊，关键在人君须自懔自敬，“时时事事，常存不敢自是之心”。关于领导干部要注意良好习惯的养成，胡锦涛同志早在十七届中纪委七次全委会上就作出了明确要求，要求我们的领导干部要培养健康的生活情趣，保持高尚的精神追求，并提出了四个具体标准，即生活正派、情趣健康、讲操守、重品行。党的十八大报告从保持党的纯洁性高度提出了“四自”要求，即“自我净化、自我完善、自我革新、自我提高”。“四自”一言以蔽之，即要求“兴利除弊”，兴良好习惯养成之利、除以往不良习惯之弊。新一届中央政治局第一次会议就研究决定并向全党、全社会颁布了八项规定，新一届省委也出台了落实中央八项规定的二十一条措施，均旨在破陋习树新风。

习惯重于制度，制度是他律而习惯是自律。自律是护身符，自律是幸福门。苏联教育家乌申斯基对良好习惯有这样恰当的比喻——“良好习惯乃是人在神经系统中存入的道德资本，这个资本不断地在增值，而人在其整个一生中就享受着它的利息”。良好习惯一旦养成，便会利己利人，终身受益。如此，领导干部慎其所习，做到“自我净化、自我完善、自我革新、自我提高”也就不成其为难事了。习近平总书记在十八大记者见面会上语重心长地说：“责任重于泰山，事业任重道远。”我们只有“夙夜在公，勤勉工作”才能“向历史、向人民交一份合格的答卷”。“打铁还需自身硬”，让我们从践行群众路线、坚决反对“四风”入手，从培养从政为官所应具备的良好习惯、坚决摒除“三习一弊”开始吧。

（刊载于2013年9月20日《青海学习报》）

为官当有作为

最近，时有发生的“为官不为”事件，再次刺痛了人们的神经：2014 年初，最高人民法院特别通报了一起甘肃省天水市公安机关因出警过慢导致被害人身亡、最终被判赔款 20 万元的“为官不为”受追究案例；同年 7 月，《人民论坛》在干部中进行了一项对当下官员的心态调查，结果显示，有 64.4% 的受访者认为当下官员最怕“工作上出事儿”，78.8% 的受访者认为当下官员干事最大的顾虑是“触动利益，易得罪人”……

过去的一年中，从各地频频曝光官员因懒散、不作为、慢作为而受到处分的案例，到中共中央将“坚决纠正不作为、乱作为，坚决克服懒政、怠政”写进十八届四中全会《决定》，再到前不久召开的全国两会上，政府工作报告中提出的具体措施，都表明中央对“为官不为”的整治已经全面拉开了序幕。

“为官不为”现象之所以时有发生，是因为一些党员干部在思想观念、行为习惯、工作作风上宽于待己，之前没有受到应有的监督和束缚，过惯了奢侈浪费、腐化挥霍的日子，因而在离开“温床”之后便难以适应，在真抓实干的大环境中难以适从。

为官应当立志。坚定理想信念，立志当官为群众办好事、办大事，这要求领导干部“在官惟明，莅事惟平，立身惟清”。领导干部是党的中坚力量和中流砥柱，面对改革任务的繁重和艰巨，时代要求领导干部树立正确的从政观念：为官必须有为，而且必须有大为。应当有足够的智慧和勇气，责任感和进取心，以敢担当、勇创新的精神，紧紧抓住发展机遇，主动作为，为依法治国和改革发展保驾护航。

为官要靠实绩说话。做好本职工作，是对一个岗位上的工作者最基本的要求，对领导干部来说更是如此。应当把真才实学当作成功的敲门砖，而不是处心积虑地拉关系，走后门，搞人身依附；通过干好本职工作，正确处理人与人之间的关系，建立清清爽爽、干干净净、简简单单的朋友圈。

为官须有担当。“贪官猛如虎，庸官害如狼”，不作为的懒政也是一种腐

败。习近平同志曾告诫：“我认为认认真真当好共产党的官是很辛苦的，我也没有听到哪一个称职的领导人说过当官真舒服。”为官就意味着担当和奉献，是规避风险、绕着困难走还是面对改革正劲的势头迎难而上，这里体现的是领导干部的职业追求和内心选择。

梁启超言：“今天下之可忧者，莫中国若；天下之可爱者，亦莫中国若。吾愈益忧之，则愈益爱之；愈益爱之，则愈益忧之。”斗转星移，今天我们的爱国之心依旧不变，对党员干部甚至我们每个人而言，做好本职工作，敢担当，力有为，就是爱这美丽中国最直接的体现。借用那句话：“你怎样，中国便怎样；你是什么，中国便是什么。”

（原载于《青海日报》2015 年 4 月 24 日第二版）

教子当如廉福章

有的人活着，他已经死了；有的人死了，他还活着。

——题记

2015 年 1 月 23 日，凛冽的寒风横扫着青藏大地！它，枯萎了青海湖畔青翠的小草；它，卷走了我们身边亲爱的同志。但它亦将春天的希望带给我们，它亦将深沉的教化留在人间！

廉福章同志走了，走得安详而无愧，走得平凡而伟大。日前，中共中央宣传部授予廉福章“时代楷模”荣誉称号，他的先进事迹很多，在严以用权、严以教子方面也堪称典范。

这位曾任青海省海北藏族自治州副州长、人大常委会主任的老同志，为官四十载，淡泊明志，两袖清风。他从不利用职权为亲戚朋友谋私利，在担任煤矿领导六年间，没有安排过一个亲朋好友到矿上工作，即使很多亲戚不理解，甚至断绝了来往，但依然如同他的姓氏一样——“廉”！他不仅对亲戚朋友是这样，对自己的家人也是这样，四个子女的工作没有一个是靠他安排的。

身教重于言教。据干休所医生回忆，廉福章同志生前多病缠身，老伴金存玲也患眼疾多年，可是他们二老能自己看病，就绝不麻烦组织。廉福章重病期间，用颤抖的双手在药盒上写下遗嘱：“在我头脑还清醒的时候，特缴一万元党费，这可能是最后一次交党费，请党组织收下……”他的孩子们生活并不宽裕，但他说：“是党给了我政治生命，给了我为人民服务的工作，给了我和全家幸福的生活。”不让孩子“沾”老子的“光”，是廉福章一生践行的对子女的“特殊要求”。“从我记事起，父亲就一直担任领导职务，但他从来没有利用职权谋取过私利。”大儿子廉健全回忆父亲时这样说道。不为家人谋私利，不给儿女开后门，这是一个党员对党纪国法的无限忠诚，也是一位父亲对子女的深情挚爱。

官员如何教育子女及亲属，历朝历代都是个问题。汉代名臣刘向给儿子刘歆写《戒子歆书》，既语重心长又措辞严厉，告诫儿子“受福则骄奢，骄奢则祸至”，要做到“恐惧敬事”，不要忘记，“吊者在门，贺者在闾”。宋代黄庭坚曾作《家戒》，“以为吾族之鉴”，因为他曾亲见“衣冠世族金珠满堂”，不数年间，已呈败象，又越数年，已是明日黄花，门庭破落。这大概就是“富不过三代”的民间谚语之意。而宋徽宗时期，更是由于大小官吏腐败无能，各种“高衙内”专横跋扈、欺压百姓，成为“靖康耻”的重要原因，教训不可谓不深刻。清代林则徐的家训有异曲同工之处：“子孙若如我，留钱做什么？贤而多财，则损其志；子孙不如我，留钱做什么？愚而多财，益增其过。”曾国藩也有类似的看法：“子孙若贤，则不靠官囊，亦能自觅衣饭；子孙若不肖，则多积一钱，多造一孽，后来淫佚作恶，势必大玷家声”。曾国藩认为“做官发财可耻”，把做官得来的金银留给子孙更是“可羞可恨”！

古有刘向、黄庭坚、林则徐、曾国藩，今有廉福章！廉福章同志不但自身秉持清廉，而且还以身作则，言传身教。弥留之际，廉福章同志仍叮嘱子女，在他去世后，儿女四人不管遇到什么困难，都要互相照顾，永远跟党走！

前不久，国家发展改革委原副主任、国家能源局原局长刘铁男，因受贿罪一审被判无期徒刑。令人感慨的是，刘铁男的儿子刘德成在案件中，有着极高的“出镜率”：97%的贿金，都是通过刘德成收受的。刘铁男坦言，自己一心想往上爬、当大官，这种扭曲的人生观和价值观既害了自己，也在一定程度上“传染”给了儿子刘德成，不仅将走“捷径”当作自己的人生目标，还教会了儿子想方设法走“捷径”。

父母之爱子，则为之计深远！教子当如廉福章。学廉福章，学什么？大抵有两条，一是管住自己；二是管教子女。各级领导干部不妨把廉福章当作一面镜子，时常照照，自警自励，按党纪国法的要求管好身边人。这样，就不会被所谓“官二代”的教育问题所困扰，不会被“我的爸爸是某某”的负面新闻所烦恼，而会成就为官廉、儿孙福、口碑佳的美好人生。

（原载于《党的生活》2015 年第 6 期）

领导干部要注重提高人文修养

“人文”一词在《辞海》中定义为人类社会的各种文化现象，也就是人类文化中的先进部分和核心部分，即先进的价值观及其规范。它涵盖的内容非常广泛，包括文化、艺术、美学、教育、哲学、国学、历史、社会等。“人文修养”是人文科学的研究能力、知识水平以及人文科学体现出来的以人为对象、以人为中心的精神，也就是人的内在品质，它是人类文明进步的最重要体现之一，是人类优秀文化长期作用于人的结果。是否拥有良好的人文修养，是衡量一个人、一个国家乃至一个民族的最重要指标或尺度。

领导干部是党和国家机关里按照法定程序赋予一定公共权力的人员和企事业单位及群众团体里代表党和国家行使权力的人员，是构建社会主义和谐社会的政治精英和骨干力量，承担着社会管理、资源分配、道德引领等众多责任。毛泽东同志曾经说过，“政治路线确定之后，干部就是决定的因素。”领导干部素质如何关系到国家的强盛，关系到民族复兴，关系到社会主义现代化建设的大局，关系到社风、民风、党风。人文修养是领导干部素质结构的重要组成部分，是衡量领导干部领导水平、执政能力的重要指标。所谓领导干部的人文修养，是指领导干部在人性品格、人文知识和人文氛围的滋养熏陶下形成的思想观念、价值取向、人格模式、道德境界、审美情趣、思维方式、学识才华等精神收获的总和。

在贯彻落实科学发展观和努力构建社会主义和谐社会的新形势下，迫切需要一大批高素质的领导干部。然而，当前有很多领导干部不重视科学决策，服从于权贵，工作上顺大流，政治生活上“委曲求全”，不愿意直抒己见。不少领导干部，如杨达才、雷政富之流奢侈浪费，对人民群众的痛苦麻木不仁，甚至走上贪污腐败的犯罪道路。据统计，今年上半年，全国检察机关共查处地厅级以上领导干部贪污贿赂犯罪案件87人，其中省部级干部2人。1月至6月，全国检察机关共立案侦查贪污贿赂犯罪案件17416件、23939人。

一些落马的领导干部在剖析落马原因时，大都会归因于“理想信念丧失”

"法制意识淡漠""律己不严"等等，一个更深层的原因则是这些领导干部的人文修养不足。一是因品位低下而使权力异化，进而导致滥权和腐败。人文修养低下意味着精神空间狭隘，文化素养不高，人文知识积淀不够，同时过分注重物欲和感官刺激，对权力的生成和来源，以及对权力的把握和运用，没有正确和清醒的认识，结果就是不择手段获得权力，得到权力后又从满足自己欲望的角度用足用活权力最终葬送了自己，也损害了群众的利益。二是对人生真谛缺少深刻感知，未能拥有真诚为人民服务之心。许多领导干部之所以奢侈浪费，对人民群众的痛苦麻木不仁，重要原因在于不能真切理解何为人生、人性和人生价值，他们只能通过功名利禄甚至是声色犬马来获得价值感。三是不能理性对待官场氛围，无法清醒把握和处理人际关系，使不少领导干部苦于被动应酬，无法感受到更高层次的精神愉悦。甚至有人说，官场没有真感情，一切都是利益和相互利用。导致这一结果的根源在于领导干部缺乏人文修养，不会以学识能力和人格魅力来征服部下，而是用权力来征服部下，造成上下之间只是利用和被利用、金钱与官帽的关系，很难有真感情，也更难体会到人生的意义和价值。

怎样才能提升领导干部的人文修养呢？

一要加强学习，夯实理论基础。人文修养由诸多因素构成，其中理论修养和文史修养对于领导干部而言是最重要的。恩格斯说："一个民族想站在科学的最高峰，就一刻也不能没有理论思维。"江泽民同志说过："无论对党还是对党的干部来说，理论上成熟是政治上成熟的基础。"理论修养是领导干部素质的灵魂。领导干部要学习马克思主义哲学，掌握马克思主义的基本原理和方法论，广泛涉猎马克思主义理论著作中涉及思想理论资源和现当代有代表性的思想理论著作，从而扩大自己的理论视野，使自己的马克思主义理论修养具有较为广阔的思想背景。同时，要积累深厚的文史知识底蕴。唐太宗说过："以铜为镜，可以正衣冠；以史为镜，可以知兴替；以人为镜，可以明得失。"我们现代领导干部要多读史书，熟知史事，鉴古知今，明辨是非，提高自己的执政水平和领导能力。只有用科学的理论武装头脑，才能有坚定正确的政治方向和政治立场，提高政治敏锐性，增强政治鉴别力，自觉遵守党的纪律，树立起正确的世界观、人生观、价值观，成为新时期合格的领导者。

二要勤于思考，铸炼人生智慧。"学而不思则罔，思而不学则殆"。领导干部因其特殊的社会角色，要真正发挥其独特的社会作用，必须养成勤思考、多动脑的习惯，将自身的理论修养和文化知识内化为人文修养，把自己所学到的知识，密切联系国内外复杂形势，联系党和国家改革和建设发展的实际，联系自己的本职工作进行思考，不断提高思维的敏锐性、系统性和创造性。同时，领导干部在思考问题时还要讲究方法，遇到自己拿不准的事情，首先要听取上级领导、群众及有关部门的意见建议，然后提出处理方法和工作思路，事后要及时进行工作总结和思考，梳理出对指导下一步工作有用的经验和做法，做到边学、边干、边思考，不断提高认识问题、分析问题、解决问题的能力，进一步提升领导水平和驾驭全局的能力，更好地完成各项工作。

三要知行统一，提升能力水平。知识只有通过亲身实践才能转化为能力。“古人学问无遗力，少壮工夫老始成。纸上得来终觉浅，绝知此事要躬行。”这是我国宋代著名诗人陆游的诗作。这首诗一方面说明了学问的持久性，另一方面说明了学问的实践性。知是行的前提和基础，行是知的目的和归宿。只有坚持知行统一，才能有效提高人文修养。读万卷书行万里路。知与行是有机的统一体，读书最终要落脚在应用上，指导我们的工作。对于领导干部来说，读书的意义就是通过读书的过程，不断增强运用知识的能力，在运用的过程中提高思想水平，真正做到学以致用。要读以立德，努力改变自己的主观世界，树立正确的权力地位观和利益观，永葆共产党员的政治本色。要读以明理，找准定位，站好位置，摆正心态，善于换位思考，营造良好的工作氛围和人际关系。要读以成事，高标准定位，高起点谋划，以扎实的作风推动工作落实，以一流的业绩检验工作成效。

四要注重培育，拓宽培训渠道。领导干部人文修养的提升，除了主观方面的努力外，客观因素和外在力量所产生的推动作用也是毋庸置疑的。中共中央颁布的《干部教育培训工作条例》提出：“加强干部教育培训机构建设，构建分工明确、优势互补、布局合理、竞争有序的干部教育培训机构体系。”因此，需要打造提升领导干部人文修养的平台，开辟多种培训渠道。首先，充分发挥党校、行政学院和干部学院的作用，它们是培训领导干部的主阵地、主渠道。其次，积极利用高校人文学科的优势，开拓党校、行政学院、干部学院与高校合作培养的模式。要对培训机构的自然环境、教学条件进行人文化的设计和配置，营造人文环境，熏陶领导干部。开展领导干部人文教育培训需求情况调查，全面深入地了解领导干部的人文培训需求，实行菜单式培训，丰富教学内容，以多元化的人文课程培训领导干部。改变过去纯理论灌输的教学方法，广泛采用研讨式、互动式、案例式等多种培训方式和手段，使领导干部提升用理论观点分析、研究和解决实际问题的能力。

五要心系群众，发扬奉献精神。郑板桥曾在《潍县署中画竹呈年伯包大中丞括》中写道，“衙斋卧听萧萧竹，疑是民间疾苦声；些小吾曹州县吏，一枝一叶总关情”，充分体现了郑板桥对百姓疾苦的关心。当前，全国各地都在开展党的群众路线教育实践活动，领导干部应该充分认识到党群干群是鱼水情的关系，密切联系群众，切实转变机关作风，无条件做人民公仆，要心甘情愿为群众做好服务工作，竭力做到情为民所系，权为民所用，利为民所谋。要深入基层，认真倾听群众的心声，关心群众的疾苦，真心实意为群众排忧解难，实实在在为群众谋取利益。尤其是要解决好人民群众在医疗、卫生、教育、社会保障等方面存在的现实困难，让他们切身感受到党和政府的温暖。领导干部应该发扬“舍小家顾大家”的奉献精神，诚心对待群众，真心关注群众，热心帮助群众，做人民群众的贴心人。

（2014 年 3 月）

关于建设学习型党组织的几点思考

党的十七届四中全会明确提出建设学习型党组织，这是建设马克思主义学习型政党的基础工程。建设马克思主义学习型政党是加强和改进新形势下党的建设的一项重大而紧迫的战略任务。

那首先什么是学习型党组织。

要回答这个问题，就要首先了解学习型组织理论，学习型组织理论认为，管理不是让被管理者强制执行管理者的意图，而应该让被管理者通过学习了解管理者的意图，把自己的愿景同组织的前途融为一体，从而在组织内部形成自觉的共同愿景。这就为我党建设学习型政党提供了思路。我们党历来重视学习、善于学习，党领导中国革命、建设和改革的历史就是一部创造性学习的历史。党中央在每一个重要的历史转折时期总是号召全党同志加强学习，而每次这样的学习热潮都会推动我们的事业实现大进步大发展。党的十七届四中全会关于建设马克思主义学习型政党的战略部署，是我们党在深刻认识党的建设历史经验和新鲜经验基础上作出的重大决策，体现了对时代发展脉搏和新形势下党的建设新要求的高度自觉和清醒把握。学习型党组织，就是把搞好党员学习作为完善党的组织生活的有机组成部分，使党组织成为党员增强党性修养、提高思想觉悟的大熔炉，成为党员学习新知识、增长新本领的大学校。

为什么建设学习型党组织。

首先，这是保证我们党保持在理论上实践上先进性的本质要求。我们党作为马克思主义执政党，要始终成为中国工人阶级先锋队、同时成为中国人民和中华民族的先锋队，只有不断学习、善于学习，努力掌握和运用一切科学的新思想、新知识、新经验，把党建设成学习型的政党，党才能始终走在时代的前列，引领国家不断发展进步。

其次，这是提升党的领导干部素质的基本途径。党的十一届三中全会以来，我们党确立了干部“四化”的方针，新形势对党的领导干部提出了更高

的要求和新标准，这就是十七届四中全会提出的四条：科学理论武装、具有世界眼光、善于把握规律、富有创新精神。党的领导干部要达到这个新要求、新标准，基本的途径就是要学习、学习、再学习。

再次，这是解决当前党的建设中存在的严重问题的重要举措。当前党内存在的不适应新形势新任务要求、不符合党的性质和宗旨的主要问题，是一些党员、干部忽视理论学习、学用脱节，理想信念动摇，对马克思主义信仰不坚定，对中国特色社会主义缺乏信心。应该说，这些问题的存在，无不与这一条有直接关系。通过对马克思主义和中国特色社会主义理论体系的学习，解决理想信念问题，是解决其他一切问题的关键所在。

怎样建设学习型党组织。

首先要导入先进学习理念。要充分发挥党的政治、思想和组织优势，借鉴和吸收学习型组织先进理念，在党内大力宣传学习工作化、工作学习化，终身学习、团队学习，时时学习、处处学习，会学习、能学习等先进的学习理念，使这些先进理念在全体党员中深入人心，并化为自觉行动。要大力营造浓厚的组织学习环境，使党组织成为广大党员共同学习的课堂、交流思想的精神家园和团结奋进的战斗堡垒，成为广大党员能全身心投入、并持续提升学习力、不断创造自我和超越自我的学习型的组织。

其次要修正组织学习行为。建设学习型党组织，绝非把原有的学习模式推倒重来，而是要对传统学习行为进行梳理，保持好的，摒弃旧的，创新没有的，就是要丰富与完善原有的学习模式。一是要坚决铲除学习上的形式主义，改被动学习为主动学习，做学习的主人，切实提高学习的针对性与实效性；二是要努力提高学习效率，认真总结和探索团队学习规律，努力提高团队学习力，把相同时间内学得快、学得好作为新时期党组织学习的一种追求；三是要坚决杜绝学习简单化，防止在方式上把学习简单理解为书本学习、课堂学习，在内容上仅仅开展一些理论和技能的学习。而要牢牢树立全方位、全天候学习新概念，工作也是学习，实践也是学习。理论、技能知识要学，修身、养性知识也要学。要变无心学习为有心学习，做学习的有心人；四是要克服学习中急功近利的倾向，防止埋头苦学、蛮学、为学而学，而要更多地掌握学习方法和学习技巧，学会如何学习。

第三要拓宽组织学习领域。当今时代是一个知识信息爆炸的年代，知识更新正以前所未有的速度在进行。建设学习型党组织，就是要不断拓宽学习领域，与时俱进地更新学习内容。党组织不仅要使自己努力成为用马列主义、毛泽东思想、邓小平理论和“三个代表”重要思想武装起来、全心全意为人民服务，思想上政治上组织上完全巩固、能够经受住各种考验，始终走在时代前列的马克思主义政党组织，而且还要适应时代的变化和自身发展的需要，调整自己的组织结构和运行方式，形成有利于实现显性知识和隐性知识共享的机制，拓宽组织学习领域，不断学习、吸收和处理外界各种知识信息等，提高党组织运用集体智慧进行应变和创新的能力，以最大限度地形成面向时代的应变能力和面向未来的发展能力。

第四要重整组织学习机理。主要是对原来党组织一些学习制度、阵地及学习载体进行整合和规范。一是要建立“导学”机理。党的各级领导干部要带头成为勤奋学习、善于思考的模范，解放思想、与时俱进的模范，勇于实践、锐意创新的模范。要建立开放型的学习模式，善于借助国际国内社会各种学习资源开展学习。要建立健全党组织的各项学习规章制度，进一步明确新时期党组织的学习内容、方式和要求。二是要建立“助学”机理。要组织全体党员开展团队学习，促进信息共享、坦诚交流、取长补短，实现全体成员共同提高。要创造必要的学习条件，确保组织内成员学习有其所；建立学习辅导员制度，确保学习无障碍。要不断创新学习载体，开展反思式学习、研究式学习，努力改善组织全体成员的心智模式。三是要建立“督学”机理。要明确新时期党员及党组织的学习标准，制定切实可行的考学、评学制度，把一个组织内全体党员学习的态度、效果作为衡量新时期这个党组织和党员保持先进性的标准之一，纳入学习考评激励约束机制中去，确保党组织学习的连续性、持久性。

（刊载于2010年2月22日《青海日报》）

构筑青海精神高地的四个关键词

省委十二届十次全会审议通过的《中共青海省委关于制定国民经济和社会发展第十三个五年规划的建议》提出，“十三五”时期，全省经济社会发展总体要求是：实现“一个同步”、奋力建设“三区”、打造“一个高地”。“一三一”总体要求，把握了发展趋势，回应了群众期待，凸显了比较优势，是治青理政的最新成果。这一要求必将有力鼓舞全省各族人民的信心和干劲，奋力开辟青海“十三五”发展的新天地。

思想引领实践，精神激励行动，伟大的事业需要伟大的精神作支撑。青海要走出“发展洼地”，迫切需要用思想、精神凝聚力量，以精神的力量奏响奋进的乐章。打造“一个高地”就是要弘扬党的优良作风，铸就青海精神高地。这是动力和保障，是青海省委的希冀、倡导和要求，也是多年来形成的具有青海特点的优秀精神的集中展现，更是全面从严治党、加强作风建设的内在要求。

忆往昔，构筑精神高地，青海有着丰厚的实践基础。在各个时期，青海人不断塑造了紧扣时代脉搏、反映时代特征、具有地域特点的精神品格。“挑战极限、勇创一流”的青藏铁路精神，“特别能吃苦、特别能战斗、特别能忍耐、特别能团结、特别能奉献”的青藏高原精神，“大爱同心、坚韧不拔、挑战极限、感恩奋进”的玉树抗震救灾精神……这些由党传承、人民书写、薪火相传的精神品格，是青海各族人民追求发展进步强烈愿望的生动写照，是当代中国先进文化和时代精神的集中体现。这些精神不仅是青海各族人民的宝贵精神财富，也成为当代中华民族精神的重要组成部分。它孕育了尕布龙、廉福章、昂嘎等一大批优秀共产党员，孕育了一大批英雄模范、青海好人……

看今朝，构筑精神高地，青海有着丰富的时代条件。时代在发展，探索在推进，精神内涵也在丰富。今天的青海，以求同存异的包容精神、求新思变的创新精神、百折不挠的坚韧精神、无私无畏的奉献精神，不断丰富着青海精神的内涵，拓展着青海精神的外延，为青海精神高地提供了更深、更高、更广的理解空间。从理论上构筑青海精神高地，其最本质的核心，笔者认为可以概括为四个关键词，即“和合、创新、坚韧、奉献”。

一、和　合

和合，是青海精神高地之魂，是青海各族人民的传统美德的完美传承。“和合”意为和睦、和谐、和平、祥和、谦和等。在我国春秋战国时代就有和合文化这一概念。和合使家庭、社会、群体凝聚在一起，形成不离不散的社会和谐的整体结构，这就是说，和合是社会和谐、安定的调节剂。《墨子·兼爱》写道：“昔越王勾践，好士之勇，教驯其臣，和合之。”意为君臣、将士之间能和合，便能团结一致，国家就会富强，社会就能和谐协调。在中华文化历史传统中，“和合”被视为很高的道德理念，是中华传统文化的核心，诸如“和为贵”“和气生财”“家和万事兴”。

青海“和合”精神既有历史传统，又有时代特点。千百年来，青海各民族在这片土地上繁衍、生息、迁徙、融合，休戚与共、和睦相处、亲如一家，发展并形成了多民族共聚、多宗教并存、多文化荟萃的水乳相融的和合精神。昆仑文化作为青海最具有代表性的地域文化，博大精深，内涵丰富，凝结着中华文化中“和谐、和平、和睦”“天人合一”的思想，是中华民族的文脉之根、灵魂之乡，从古至今不仅对海内外中华儿女产生着巨大而深远的影响，在世界文化史上也有很高的地位。

随着时间的推移，在今天作为昆仑文化的集中体现，和合主要有两层含义：一是开放、融入。开放是立足青海，放眼全国和世界，在更大范围、更高层次、更宽视野上谋划发展思路、谋求发展良机、谋取发展实效。融入是以积极主动、与时俱进的姿态，积极参与国内外经济技术合作与竞争，积极融入丝绸之路经济带建设，不断丰富发展新内涵，拓展发展新空间，集聚发展新实力，与全国同步迈入全面小康社会。二是和谐、包容。和谐是各民族相互尊重，和睦相处，谁也离不开谁，共同建设祖国，共同团结奋斗，共同繁荣发展，着力建设民族团结进步先进区。包容是海纳百川、雍容大度的胸襟和气度，是博采众长、兼容并包的思维方式和精神境界。

因此，无论是从历史发展、人口迁徙还是从地域位置和文化的交汇方面看，青海始终处于不同民族交流与融合的交错线上，从古到今，青海也一直在各种文明的碰撞与融合过程之中，形成了尊重差异、包容多样、和谐共生的文化特质和独特品格，青海和合精神在此中得以传承和发展。

乘着落实“十三五”规划、全面建成小康社会的东风，我们将继续弘扬“和合”的精神品质，巩固和发展最广泛的爱国统一战线，深化民族团结进步先进区创建活动，引导宗教与社会主义社会相适应，巩固和发展平等、团结、互助、和谐的社会主义民族关系，形成群众和乐、民族和睦、宗教和顺、社会和谐的生动局面。

二、创　新

创新，是“十三五”规划建议倡导的五大发展理念之首，也是青海精神高地的支点，更是新时期青海要着力打造的核心价值理念。创新即推陈出新、继往开来。最早见于《魏书》第六十二卷：“革弊创新者，先皇之志也。”创新作为一种理论，最初是由哈佛大学教授 J. A. 熊彼特在 1912 年德文版《经济发展理论》中提出的。创新精神是人类求生存、求发展所必备的心理素质，是人类改造自然、改造社会所要求的意志品质。《易经·系辞上》载：“富有之谓大业，日新之谓盛德。”《礼记·大学》载：“汤之盘铭曰：‘苟日新，日日新，又日新。’”创新是中华民族的优良传统，“四大发明”加快了世界走向现代文明的脚步，为人类做出了巨大贡献。习近平总书记指出：“创新是一个民族进步的灵魂，是一个国家兴旺发达的不竭源泉，也是中华民族最鲜明的民族禀赋。”创新精神是人类求生存、求发展所必备的心理素质，是人类改造自然、改造社会所要求的意志品质。

当今世界，创新精神作为人类文明的驱动力日益凸显，青海也不例外。青海创新精神的核心是科学发展观指导下的与时俱进、开拓创新，是为奋力打造“三区”、全面建成小康社会而勇于献身的巨大热情和创造力。正是基于创新精神，青海各族人民全面掌握跨越发展的主动权，成功攻克了高原铁路建设中的各种难题，开通了青藏铁路要道，打造了“大美青海”，连续成功举办了国际环青海湖公路自行车赛、青海湖国际诗歌节、世界山地纪录片节、三江源国际摄影节、水与生命音乐之旅、昆仑文化与丝绸之路经济带学术论坛等重大而极富影响力的节事活动。这些创意之作、创造之举，使青海成为创新高地，让世人瞩目。

在青海小康社会建设进程中，一些突出难题的破解，许多民生问题的改善，三江源等重点生态工程的建设，文化名省建设工程的全面谋划和推进，社会治理的创新，玉树灾后重建的科学推进，“苦干三年，跨越二十年”，无一不是创新精神的内在体现。

“十三五”时期，青海要大力推进创新驱动战略，提升发展的质量和效益。坚持把发展的基点放在创新上，充分发挥市场在资源配置中的决定性作用，更好地发挥政府在推动创新中的作用，培育发展新动力，开拓发展新空间，打造发展新优势，构建发展新体制，健全人才新机制，形成促进创新的体制架构，塑造更多依靠创新驱动的引领型发展。

三、坚　韧

坚韧，是青海精神高地的内核，是青海各族人民代代相传的优良传统。环境造就人，也造就一种精神。青海地处青藏高原，气候恶劣，生态环境脆弱，自然灾害频繁。干事难、干成事较难，干成实事、好事、大事难上加难。千百年来，青海各族人民在地处世界第三极的雪域高原上战严寒、斗冰雪，挑战荒漠戈壁、暴风狂沙，缺氧不缺精神，在极其恶劣的自然条件下坚韧不拔、生生不息、繁衍发展，在与贫困落后顽强斗争中，推动了经济发展和社会进步。

昆仑文化博大坚韧、自强不息、富于创造等核心精神与价值是中华文化复兴的源泉之一，是时代精神传承与发展的重要精神基因库，也是青海精神的源头活水。“五个特别”精神中的“特别能吃苦、特别能忍耐、特别能战斗”和玉树抗震救灾精神中的“坚韧不拔、挑战极限”，都是无数青海人敢于坚韧顽强、苦干实干精神的真实写照，生动地诠释了青海各族人民敢于改天换地、自强不息的崇高行为。

正是在一代代青海人忘我奋斗、刚强坚毅的创业历程中，青海经济社会发生了翻天覆地的巨变，一个一穷二白、民生凋敝的旧青海，已经发展成为一个欣欣向荣、人民幸福的新青海。实现“十三五”时期发展目标，确保到2020年与全国同步全面建成小康社会，我们不但要有宏图大志和过人本领，更需要有只争朝夕的奋起拼搏的劲头。

四、奉　献

奉献，是青海各族人民的崇高品质，也是时代精神的鲜明表达。青海的生态地位独特而重要，是我国乃至全球重要的生态屏障。青海生态环境保护和建设不仅仅关系到青海自身的发展，而且还关系着全国的可持续发展和中华民族的长远发展，甚至关系到全球的生态安全。省委十二届十次全体会议指出，青海最大的价值在生态、最大的责任在生态、最大的潜力也在生态，必须把生态文明建设放在突出位置来抓。

为了保护孕育中华文明、哺育中华民族、支撑东部发展的长江、黄河、澜沧江这“三江”清流，青海人做出了巨大的牺牲和奉献：矿产开发受到限制、工业发展受到制约，但是青海人民无怨无悔。青海各族人民甘于奉献，就像母亲一样，用甘甜的乳汁哺育了子女。这种牺牲、奉献和忍耐精神，就是人世间最崇高、最圣洁、最伟大的母亲情怀！

省委书记骆惠宁在谈及青海水情时曾指出，青海是天上缺水，地上有水，贡献了水，用不上水。许许多多来自全国各地的建设者更是献了青春献终身、献了终身献子孙。这一切都充分体现了青海人民崇高的牺牲奉献精神。同时，“五个特别”精神中的“特别能奉献”充分体现了一代代青海人忘我奋斗、忘我奉献的优秀品质。

今天，新时代赋予青海奉献精神以新的内容，这就是毫不动摇地构筑国家生态安全屏障，推进国家生态文明建设先行区、国家循环经济先行区建设，推动青海在发展绿色经济、实现绿色发展方面走在前列，让山川呈现“生态之美”，营造崇尚生态文明、推进保护建设的社会氛围，为国家生态安全做出新贡献。

构筑青海精神高地，是开放的、长期的、与时俱进的。“和合、创新、坚韧、奉献”是以爱国主义为核心的民族精神和以改革创新为核心的时代精神在青海的生动体现，是社会主义核心价值观在青海的生动体现，与玉树抗震救灾精神、“五个特别”的青藏高原精神一脉相承。这四个关键词不仅能充分体现青海人民的独特气质和崇高品质，而且能够成为青海各族人民奋力打造“三区”、全面建成小康社会的精神动力和思想支撑。相信在开辟“十三五”发展新天地、确保全面建成小康社会的伟大征程中，青海人将秉承和合、创新、坚韧、奉献的精神品质，打造独具魅力的“青海魂”，大美青海必将矗立起独具特色的精神高地！

（2015 年 4 月）

问题意识 政研情结

——怎样写好政协提案

政协提案是政协委员、参加政协的党派、人民团体和政协专门委员会向政协全体会议或者常务委员会提出的，经提案审查委员会或者提案委员会审查立案后，由承办单位办理的书面意见和建议，是人民政协行使政治协商、民主监督和参政议政职能的一个重要方面。它涉及经济社会的方方面面，既有对党和政府工作重点的意见和建议，也有对群众反映强烈的热点问题的呼吁，蕴含着大量社情民意。写好政协提案有利于领导层了解基层和广大群众的实际情况，不仅为有关部门的决策科学化、民主化提供重要参考，也有利于化解社会矛盾，增进团结和保持社会和谐稳定，对加快推进社会主义民主政治建设具有重要意义。

一、如何遴选案由——问题意识和政研情结

问题是时代的声音，是实践的向导。国学大师胡适先生在致毕业生的三点建议中告诫："每个人总得时时寻一两个值得研究的问题，问题是知识学问的老祖宗，如果没有一二个值得解答的问题在脑子里盘旋，就很难保持求学问的热心。"古人说，"待文王而兴者，凡民也。若夫豪杰之士，虽无文王犹兴。"意思是真正的豪杰之士，是自己知道奋发向上、有所作为的人。物理学家伽利略、牛顿就是因为有问题意识，善于思考，才研究出了落体运动规律和万有引力定律。因此，政协委员要树立问题意识，善于发现问题、提出问题、直面问题，敢于和善于分析回答现实生活中和群众思想上迫切需要解决的问题。路是走出来的，办法是在实践中探索出来的。实践提出什么问题，我们就要研究什么问题。当前，政协提案要围绕十八大、省十二次党代会提出的奋斗目标，深入研究经济社会发展的深层次问题，着力解决人民群众反映强烈的突出问题，不断提高党的建设科学化水平，努力推进各项工作。

在具体的遴选案由的过程中，要掌握一些提炼、筛选的方法。从提案内容的外部来源角度提炼提案，有三种方式：一是自上而下式。党和国家及上级有关部门号召、要求做的工作而本地区及有关部门没有做，可作为提案的内容的一个来源。本地应该做的工作很多，需要做的工作的条件成熟程度也各不相同，应首先对那些条件成熟性高但没有做到的工作提出提案。当然，对那些条件虽然差但关系重大，特别是经济、社会、生态效益极高的工作也应提出提案。二是自下而上式。从周围干部群众的日常议论中，从群众关心的热点、难点问题中发现有提案价值的意见、要求、希望、主张、建议等。然后深入研究论证，提炼提案。三是横向移植式。通过报纸杂志、电视广播、会议、参观调查及其他材料中搜集适用本地的经验之谈，移植过来，形成提案，如同推广外地的先进经验那样。

案由主要有六个类型：一是前瞻性命题。涉及长远规划、科学决策和可持续发展战略目标的命题，比如城市发展规划，经济建设和社会发展取向等。二是指示性命题。现实中政府及其部门未尽到责任、该做而未做到、带有失职性质的命题。比如制止乱收费、打击拐卖人口等。三是警示性命题。现实存在的现象，如果不采取措施会造成严重不良后果的命题。比如生态资源破坏的危机等。四是重要性命题。现实中该列入省委省政府议事日程的重要事务，比如农民工劳动保护、社会养老保障等。五是艰巨性命题。涉及群众切身利益、尚无有效解决措施的事务，比如环境污染、贪污腐败等。六是紧迫性命题。具有造成恶果的事物，比如豆腐渣工程的揭露、交通管理等。通俗一点说，凡是政府及其部门没想到、没看到、没做到的关系到本地区发展和人民群众切身利益的事物，均可作为提案的命题。

总之，提案质量高低关乎政协委员参政议政的能力和水平。政协委员要想写好提案，必须勤于学习思考，树立强烈的问题意识，持有浓厚的政研情结，深入调查研究，精心撰写政协提案，积极高水平地参政议政。

二、政协提案的基本框架与书写规范

政协提案包括五个要素：一是提案者只能是参加政协的单位和政协委员。二是提案的承接单位是政协全体会议或常务委员会，表明提案是一种有组织、有领导的行为。三是须经提案委员会审查立案后才能成为正式提案。四是立案要交有关部门办理答复。五是书面的意见、批评和建议属于政治协商、民主监督、参政议政性质。它的基本框架由案由、提案者和提案内容三部分组成。案由，即提案的题目，用简明的文字说明提案要求解决什么问题，和提案内容要一致。提案者，即提出提案的委员姓名。提案内容，包括提出提案的理由根据和建议两个部分。

规范书写政协提案是提案工作制度化、规范化、程序化、信息化的基本要求，也是高质量提案的标准之一。规范的政协提案必须具备三个基本要求：一是案由要醒目。“案由”是指提案的主旨、题目。即用简明的文字，鲜明地表达主题，说明提案要求解决什么问题。案由和提案内容要一致，不能出现脱节和矛盾现象。案由是“纲”，提案内容是“目”，纲目衔接要一致。提案题目一般规范写法是：《关于……的提案》，以此与调研报告、信息等体裁相区别。设计好提案的题目，其意义绝不只局限于题目本身的醒目，更在于通过题目，为人们对提案的分析、把握和处理提供方便。二是“理由”要充分。“理由”是指提案所提出的理由、原因和根据。它是提案的核心部分。在阐述理由时，要尽可能抓住问题的实质，要做到明确、扼要、具体，避免笼统、空泛。三是“办法”要切实可行。“办法”是指针对“理由”所反映的问题，提出提案人的主张和办法。四是文本要规范。提案要写在提案专用纸上，专用纸正面顺序号、类别号和里面的“初审意见”以及背面的“提案办理情况结果”栏，由提案委员会和承办单位填写，其他各项由提案人填写。如各栏填写时的文字较长，内容较多，可另加附页。填写时要求用钢笔或圆珠笔，字迹工整，以便保存和查对。

三、撰写政协提案的原则

提案质量是提案工作的生命。提案工作做得怎样，是检验政协工作的一个重要标志。一个高质量、高水平的提案，应遵循以下几个原则：

第一，要抓大事。提案内容很广泛，委员们所接触的各个方面都可以写提案，大至物质文明、精神文明和民主法制建设的大政方针，小到吃、穿、住、行等具体问题，都可以作为提案内容。但要提高提案质量，必须以自己建言献策的成果能否进入党政决策为目标，找准服务中心和发挥自身优势的最佳结合点和切入点，有针对性地围绕省委省政府的中心工作、事关青海发展改革稳定的重大问题及人民群众普遍关心的社会热点、难点问题选题，这是提案能引起重视和可能被采纳的重要前提。

第二，要搞好调查研究。调查研究是写好提案的前提和基础。只有调查研究工作做好了，提案才能提到点子上，抓住问题的实质，提出实事求是的、有价值的、有分量的建议和批评。提案不同于人民群众来信，它是委员们行使民主权利的重要方式，必须严肃认真地对待。不能随随便便、马马虎虎，想起什么写什么，也不能道听途说，以讹传讹，光靠“听说”，“据反映”，而没有进行认真的调查研究，须知，不掌握确凿的事实，是不能写提案的。

第三，既要“看病”，又要开“药方”。一个好的提案，应该是事实准确，论据充分，建议、办法和要求得当，切实可行。如果只提问题，不提解决问题的办法、措施，只“看病”不开“药方”，提案作用只发挥了一半，不利于政府及有部门改进工作。提交提案的目的是解决问题。提案要事实明确、言之有物、持之有理，避免空洞、抽象，否则承办单位无从下手，只好笼统提案笼统答案，什么问题也解决不了。写提案文字要简捷，开门见山，直截了当，不能下笔千言，离题万里。

第四，要一事一案。就是一件事写成一份提案，不要一份提案包纳几件事。这样提案人容易把意见谈清楚，办案人也便于落实。如果几事一案，承办时涉及几个部门，提案委员会不能准确地确认承办单位，形成多次转送，就会拖延时间，影响办案效率。同时，承办单位这一部门无法代替另一部门办案，容易出现办案过程中遗漏的现象。所以，委员在填写提案内容时，一定要“一事一案”，切莫“多事一案”。同时，对所涉及的问题也要有主次之分，不能面面俱到：对于主要问题，要不惜笔墨，讲深讲透；对于次要问题，要高度概括，点到为止。

第五，提案“三不限”的要求。“三不限”是指委员写提案的时间不限制、人数不限制、内容不限制。这是根据政协作为统一战线组织的特点提出的，也是对政协委员民主权利的充分尊重。时间不限制，是说委员随时都可以写提案。全会期间的提案，由大会秘书组工作人员到小组收集；闭会后的提案，可寄交本会提案委员会。人数不限，是指一件提案，一位委员可以提出，数位委员也可共同以联名的方式提出。内容不限，是指对委员所提提案的内容不加限制，但委员们必须知道，凡不符合立案标准或内容涉及党和国家机密、司法、诉讼；民事争议、党派和人民团体内部事务；指名揭发及提出本人、亲属某些要求的提案均不予立案。

委员们掌握了以上五点要求，就可以在提案中充分发表自己的意见和建议，提出高质量的、有价值的提案，充分行使委员的权利。

（刊载于2013年5月省政协《学习资料》）

文化的缺失与泛滥

近几年来，文化的重要作用逐渐被人们认识，文化工作的地位日益提高，对文化的投入明显加大，文化事业有了长足发展，但是由于我国经济社会发展的不平衡，农村文化与城市文化之间的差距日益拉大；与教育、卫生、广电等社会事业部门相比，文化事业经费投入不足的问题仍然突出；文化基础设施相当落后，已建的许多乡镇文化站由于面积狭小，年久失修，简陋破旧，无法开展阵地文化活动，已建的不少图书馆、文化馆、文化站设施陈旧落后，活动器材和设备奇缺。很多乡镇文化站难以满足规模性文化活动的需要，有的则有站无舍，名存实亡，服务能力逐渐削弱，广大群众看戏难、看书难、看电影难的问题在一些地方仍很突出；基层文化工作队伍人员素质偏低。此乃文化缺失的一面。

另一方面，现在“文化”是个时髦字眼，无论什么事情和什么东西只要一加上“文化”两个字似乎鲤鱼跳了龙门——身价百倍了。许多活动都冠以“文化”的名义，从眼下文化节的称呼来看，可以说是五花八门、名目繁多。但大多以当地特产为主题，似乎当地只要有特产、有典故、有传说、有遗迹，就绝不愁推出个名称独特的文化节，于是文化节有泛滥之嫌。热衷于搞“文化节”，并不说明某些地方的官员多么有文化或多么热爱文化，无非是找一个名义，请几个“大腕”，搞几场演出，在媒体上炒作一番，搞出点“知名度”。“文化节”泛滥，凸显了某些领导干部在抓发展上的浮躁心态、投机心理。劳民伤财的“文化节”，大多最终还要由群众“埋单”，侵犯的是群众利益，影响的是党和政府的形象。

于是，几年下来文化节便成了“鸡肋”。继续按以往思路搞，得大把大把往里扔钱；不搞了，以前的努力和经费就打了水漂。据悉，不少文化节组织者正处于这样的两难处境。看来已到了真正树立科学的文化发展观的时候了。

第一，文化建设应该从文化本体出发。

那些以当地土特产命名，没有什么文化内涵的文化节，是曾经盛极一时的“文化搭台，经济唱戏”口号的产物，反映出一些地方官员在文化与经济关系上的简单化和片面化认识，将“文化”当成经济的“侍女”，反映出他们在文化上的工具论思想和经济发展上的急功近利心态。举办文化节不是以当地特色文化为根基，不是以发展文化事业为目的，而简单化地用文化给当地招商引资，用文化的梧桐树招来金凤凰。但结果呢？人们稍为留意就会发现，文化节期间签订的协议看起来数量可观，但大都是落实不了或者是根本不打算落实的意向性协议。

文化节办得成功，确有一定的辐射力和影响力，能够产生多重效应，包括招商引资。但问题是，如果仅仅把文化节当作招商引资的幌子，仅仅把文化当作经济唱戏的台，这就不是对待文化的正确态度了。

其次，文化建设应该重在日常、重在基础、重在积累。

一些领导习惯用运动的方式来对待文化工作，轰轰烈烈、热热闹闹、风风光光便好。再加上有些人存在不正确的政绩观，把文化节搞成了形象工程、政绩工程。工作能上简报给领导看，新闻能上报纸给群众看。这样的心态决定了文化节的办节方式，当然也决定了文化节的最后命运。于是我们就看到，许多文化节严重脱离当地经济发展的实际，脱离群众的文化需求。虽然在文化节期间，群众也能跟着看几场广场演出，吃上几次“文化大餐”，但是，正像一些群众所说的，如果把这笔钱用在文化基础设施上，用在日常的文化活动中，就要实惠得多。

根据当地情况，办个文化节让群众集中享受一下文化成果，当然是很好的事情。但是文化建设的重点应该是满足群众日常的文化需求。这就要求文化工作要在群众文化的基本阵地、基本队伍、基本活动内容、基本活动方式这“四基”上下功夫。近年来，越来越多的地方着力于让文化进入社区和乡村，进入群众的日常生活，着力于搞好群众“过日子的文化”，代表了一种积极的趋势。

第三，文化建设应该面向市场、面向大众。

尽管办文化节富有富的办法、穷有穷的办法，但相对而言，仍然是一种投入较大的项目，完全由财政拨款，对于许多地方来说是不可承受之重。一些地方尝试以市场化运作，已经取得了初步成功。市场化运作不仅是能够为文化节提供资金保障，它还是文化面向大众的重要通道，因此赠票只能让文化节蜷曲在极少部分的圈子里。有的地方用巨款邀请明星参加文化节演出，群众很有意见，批评它是“官员看戏，国家埋单”。有的地方采取向单位和个人硬性摊派票务的办法，加重了群众的负担。

目前在不少地区，特别是一些中小城市乃至于农村地区，文化的产业化程度还很低。要想用市场手段运作文化节，还难以做到。在这种情况下，暂时停办文化节，倒不失为务实之举、明智之举，何必死要面子活受罪，花钱买吆喝，劳而无功。

第四、强化办文化节的政府调控，要减少数量，提高质量，实行必要的审批，最大限度地控制办文化节的随意性。

文化部部长孙家正在全国文化节局长会议上强调："文化建设是一种在积累中发展、在发展中创新的渐进过程，树立科学发展观要防止和警惕急功近利的思想，以求真务实的态度，从国家和人民的根本利益出发，从社会主义初级阶段的基本国情出发，扎实推进文化建设。"只有坚持科学的文化发展观，文化节才能真正地取得圆满成功，文化建设才能得到真正的前进。

（刊载于《青海文化》2006 年第 3 期）

高原文化，青海旅游的灵魂

旅游是人类文明的体现，是广义的文化活动。旅游其最本质的特征就是旅游者变换原有的文化环境和生活节律，探索求知，以领略和吸收其他地域的人文氛围和文化精粹。所以，无论是有意识还是无意识，有益的旅游活动都是为了满足旅游者的精神文化的需求。而今天，文化旅游已成为青海旅游业的重要组成部分，异彩纷呈，前景广阔。

一、青海，一片被艺术青睐的土地

青海，是一片被艺术青睐的土地，被人们誉为歌舞之乡，“花儿”的海洋。从5000年前同德县宗日遗址出土的舞蹈彩陶盆中，我们能够看到中华乐舞早期的影子。居住在青海的汉、藏、回、土、撒拉、蒙古等各族群众，人人都有一副唱民歌的金嗓子，更有一副跳舞蹈的好身板。每到夏日，雪山之下，草原之野，万人起舞，惊天动地。

青海是中华文明的重要发源地之一，是中国西部的古代文明中心。4000年来多元文化的不断积累、变异和发展，为我们留下了神奇的自然世界、神秘的文化世界和奇妙的心灵世界三个方面的不可多得的人文遗产，极大地拓展了青海文化的丰富内涵。

青海文化旅游资源类型十分丰富，同时各类文化旅游资源以其种类的相异性和区域分布的相对完整性，形成了以“花儿”创作演唱为代表的民间民俗文化，以玉树歌舞为代表的民族民间歌舞文化，以绘画、雕塑、建筑为代表的藏传佛教文化，以彩陶精品为代表的史前博物文化，以都兰热水墓群及其出土的大量中西文物为代表的中国古代西部开放文化，以那达慕大会、九曲黄河灯会、土乡纳顿节、热贡艺术节、撒拉族艺术节为代表的民族民间节庆文化和藏族、土族、撒拉族为代表的民间风情文化，共同构成了青海文化旅游区带结合、相对集中的空间组合布局。可以说，多样性、独特性的民族民间文化、绚丽多彩的民俗风情、悠久灿烂的史前文化是我省人文景观的重要支撑点，也是发展文化旅游资源的优势所在。

二、文化旅游，新思路创出新天地

如今，经过我们不懈的开拓和挖掘，青海文化旅游端倪初现，前景无限。但是我们要跳出文化看文化，跳出旅游看旅游，处理好文化与旅游的关系，认识到旅游和文化产业是创意性产业，富于创造、敢于创造、善于创造，把民族民间文化与时代精神结合起来，将文化、旅游事业发展与青海的经济社会发展真正结合起来，就能创造出极大的生产力。

所以，我省文化旅游发展，应该具有这样的思路：整体规划，突出特色，明确重点；挖掘资源，打造精品，推出亮点；发展优势文化产业，推动文化旅游，加快文化资源优势向旅游品牌化转化，促进文化和旅游协调发展。

发展青海文化旅游，怎样把青海丰富的文化资源优势转化为旅游优势、产业优势，促进文化旅游更快、更好的发展，以下七个方面的工作，是我们今后工作的焦点和亮点。

继续办好青海民族文化旅游节。由青海省人民政府主办，省文化厅、省旅游局、六州一地一市人民政府共同承办的青海民族文化旅游节从2003年成功举办以来，对弘扬青海优秀民族文化，推介民族文化旅游资源，打造文化旅游品牌产生了积极影响，吸引了数以万计的海内外游客。今后，我们要按照政府主导、社会参与、市场化运作的原则，突出特色，精心策划，继续办好青海民族文化旅游节，将其逐步打造成为体现青海特色、有一定影响力的文化旅游品牌，打造成为外界了解、认识青海的重要窗口。利用目前文化旅游节的带动作用，基层举办文化节庆活动的热情，整合基层文化旅游资源，共同搞好文化旅游资源的综合利用和开发管理。通过上下联动，最终形成以青海民族文化旅游节为龙头，黄南“热贡文化艺术节”、玉树“川、滇、青、藏毗邻省区艺术节”、果洛“玛域《格萨尔》文化艺术节”、海北“王洛宾音乐艺术节”等州级文化节庆活动为骨干，以互助“中国土族旅游文化艺术节”、循化“中国撒拉族旅游文化艺术节”等县级文化节庆活动为基础的全省文化节庆活动网络，从不同侧面、不同层次向外界宣传展示青海绚丽多彩的文化资源，催生一批新的文化艺术成果，让国内外游客与我们一起共享青海丰富的文化旅游资源和多彩的文化艺术成果。

大力发展工艺美术产业。青海的工艺美术资源非常丰富，发展工艺美术具有得天独厚的资源优势。据调查，全省现有的传统工艺美术品达200余种，分21个大类，上千个品种。目前，全省拥有工艺美术企业近百家，年产值近6亿元，从业人员3万人，有两家国家文化产业示范基地，11家省级文化产业示范基地。这些企业为进一步发展我省的工艺美术产业奠定了一定的基础。我们要通过发展工艺美术产业带动和促进民族特色旅游纪念品的生产经营，重点开发具有民族地域特色的唐卡、堆绣、雕刻、刺绣、农民画、藏式挂件等民间工艺品、艺术品，大力培育市场主体。积极扶持以公司加农户、专业户等从事农牧区特色文化产品生产经营的文化能人。鼓励有实力的文化企业从事民间艺术品、工艺品的加工生产、收购销售、创作研发。引导农牧区文化能人带头成立文化行业协会，提高自我管理、自主经营能力。逐步打造以同仁、湟中为中心的唐卡、堆绣、雕刻艺术品生产基地；以互助、循化为中心的民族刺绣艺术品生产基地；以湟中、湟源、大通为中心的农民画创作基地；形成各类民族民间艺术品规模化生产基地，使小产品、小作坊逐步实现规模化、产业化经营生产，推出民族艺术精品，丰富旅游纪念品市场。

积极发展旅游演艺业。今后，我们应该以市场为导向，以投资融资为纽带，整合旅游演艺资源，促进演出单位、演出场所、旅游公司强强联合，共同培育旅游演出市场。并且积极引导专业艺术表演团体加强与旅游部门的合作，优势互补、实现双赢。积极鼓励和支持艺术表演团体，打造体现青海民族地域特色的艺术精品。注重发挥农牧区业余文化团体在文化旅游、文化增收中的作用。大力扶持民间职业团体和农牧区业余团体，引导他们走出大山、走向市场。积极开发“纳顿”节、“六月歌会”、“赛马会”等民间民俗传统艺术，打造民族风情园，带动更多的像贵南石乃亥民间艺术团、平安阿伊赛迈歌舞团等出类拔萃的民间艺术团体到演艺场所如歌舞厅、“花儿”茶馆从事藏族民歌和“花儿”表演，靠文化打工增加收入、改善生活。

加强文化遗产的保护工作和开展合理的开发、利用。目前，我省有文物保护点4300个，国家非物质文化遗产项目19个。其中，全国重点文物保护单位18个，省级文物保护单位315个，县级文物保护单位394个。塔尔寺、瞿昙寺、隆务寺、桑周寺、海北原子城、省博物馆、都兰吐蕃大墓、民和喇家遗址、省柳湾博物馆已成为我省的重要旅游景点。我们应该继续做好国保单位、非物质文化遗产申报工作，以申报带动文化遗产的保护和开发、利用，以申报带动文化遗产的宣传，加强文化遗产地和文化遗产项目的资源整合。将文化遗产资源特别是历史遗址与文化景观、地域民俗活动纳入旅游大区规划，整体捆绑，合理布点，使文化遗产地和文化遗产项目成为旅游者关注的热点。

进一步优化馆藏文物，努力提升各类博物馆陈列水平。近年来，我省博物馆事业得到了快速发展，国家办、企业办以及民营博物馆呈现出百花齐放的局面。全省现有县级以上公共博物馆 15 个。特别是青海雪域民俗博物馆、青海藏医药文化博物馆等博物馆的建立，改变了曾经“千馆一面”的格局，丰富了博物馆的内涵，成为国办博物馆的重要补充。要充分发挥各级各类博物馆在文化旅游中的重要作用，特别是省博物馆、省柳湾彩陶博物馆、省民俗博物馆等省级博物馆要找准定位，功能互补，进一步丰富馆藏文物，提高陈列展览水平，不断推出有特色、有吸引力的展览项目。加强馆际有偿转让，弥补文物保护经费和文物征集经费的不足，增进国有博物馆之间互相交流，优化藏品结构，形成各自的馆藏特色。力求使更多的国办博物馆形式特色化、内容信息化、服务优质化、环境温馨化，吸引更多的人到博物馆参观。同时，要大力扶持和发展地方博物馆事业，鼓励个人、法人和其他组织建立博物馆。鼓励优先建立填补我省博物馆门类空白和体现行业特性、区域特点的专题性博物馆。鼓励各级各类博物馆以馆藏精品文物为内容，大力开发民族特色文物复制品、仿制品的生产经营。

加大文化旅游线路的设计和推广力度。近年来，我省先后完成了瞿昙寺、隆务寺、桑周寺等国家重点文物保护单位的维修工程。兴建了我国唯一的彩陶专题博物馆——省柳湾彩陶博物馆，以及以省级文物保护单位——“馨庐”（原马步芳公馆）为基础而建设的青海民俗博物馆。被称为东方“庞贝古城”的喇家遗址和被誉为东方“金字塔”的热水大墓，已经纳入了国家大遗址保护范围。这些人类早期活动在青海高原留下的大量宝贵的精神财富和文化遗产，为文化旅游开发提供了宝贵的资源。发展文化旅游的一项重点内容，就是做好重点文物景区的开发，文物旅游线路的设计和推广，设计类似“乐都一日游”（瞿昙寺、西来寺、省柳湾彩陶博物馆）线路，使更多的文化遗产纳入“两圈两带一区”建设，充分发挥效益。

加大文化交流力度，实施文化“走出去”战略。我们要积极建立对外文化交流项目库，扎实做好图片、音像、文字等基础性工作。以民族歌舞演出、民间艺术品、文物精品展览为重点，利用官方、民间等多种渠道，加大青海特色文化“走出去”战略的实施力度，开展多层次的对外文化交流，让青海

高原的多元文化走出国门，不断扩大我省文化旅游的覆盖面和国际影响力。通过展览展示，更多的旅游者将被吸引到青海观光旅游，领略高原独特的人文景观。

青海，一个文化旅游名省的崭新形象正在我们的不懈努力之中变得高大起来……

（刊载于2007年3月23日《青海日报》）

努力推动康巴文化的保护与发展

玉树风光独特、历史悠久、人文荟萃，进一步加强对康巴文化这一珍贵的历史文化遗产的研究保护开发与利用，具有重要的学术价值和现实意义。

说起康巴，在藏族传统历史地理概念中，康巴地区处在汉藏过渡地带，人们通常称作横断山区，著名学者费孝通先生把它称为“民族走廊”或“藏彝走廊”。在这一地区生活的康巴藏族，他们和各民族人民一道，在漫长的历史发展过程中，和睦相处，交流融合，形成了涵盖康巴地区社会、经济、政治、宗教、艺术、风俗乃至人们心理等各个方面的康巴文化。康巴文化是康巴地区各族人民创造并积淀下来的物质文明与精神文明的总和，它以藏文化为主体，兼容其他民族文化，具有厚重、多元、包容、开放等特征的地域文化。其核心是人与自然和谐统一、不同文化和谐兼容、人与人和谐共处的“香格里拉”人文意境。独具特色的康巴文化作为中华民族文化的重要组成部分，是中华民族共有的精神家园，在国内乃至国际上都具有唯一性、不可替代性，具有很高的历史价值、文化价值和科学价值。

玉树州处于康区的中心，是联结康巴地区各部的交通枢纽，在行政上是康巴地区的政治中心，在文化上是康巴文化的发祥地，是民族融合的大走廊。这里有东西方文化的相互碰撞，有游牧文明和农耕文明的神奇交融，中原文化和宗教文化的相互交织，多元文化自然继承，多种宗教和谐共存，显现出康巴文化的独特魅力。

我与玉树结缘已久。2006 年 10 月份，因为《大藏经》的事，第一次与玉树结缘。后来因为玉树重建公共文化和游客服务设施布展，有了与玉树更加亲密接触的机会。玉树的一草一木、一山一水，都已经很深地融入我的生命当中。玉树地处三江之源，有着雄奇壮美的自然风光和以藏传佛教为代表的灿烂丰富的民族文化。在这片神奇的土地上，巍巍唐古拉、茫茫昆仑山、绵绵巴颜喀拉横空出世，留下无数动人的传说和神话；终年积雪的冰峰、广袤无垠的草原、纵横交错的三江溪流，勾勒出一幅幅原始、纯净、神奇的壮观画卷；结古寺、竹节寺、尕乃寺、文成公主庙、嘛尼石堆等十多处宗教文化活动场所，远离尘世的喧嚣，矗立在蓝天白云之间，任千年时光悄然流逝，显现出其宗教文化的神奇、神圣、神秘特色；世界上最长的史诗、跨越千年的《格萨尔王传》说唱，生动再现了青藏高原古老藏族文化和古代藏族的社会生活；世代相传、年代久远，囊括有佛教教义和几乎所有藏学学科内容的东仓《大藏经》，堪称青藏高原藏传佛教文化发展的“活化石”；果卓、果谐、康谐舞、赛马会、赛牦牛会等民俗节庆文化活动，舞姿、服饰、音乐独特，宗教色彩浓郁，神秘而粗犷，处处体现了多元文化的融合。这些均是康巴文化标志性的文化遗产。

十八大尤其是玉树地震灾后重建以来，党和国家明确提出要“加强对各民族文化的挖掘和保护”，“弘扬中华文化，建设中华民族共有精神家园”。《国务院关于印发玉树地震灾后恢复重建总体规划的通知》提出，重建要特别注重保护民族宗教文化遗产，充分体现当地民族特色和地域风貌。可以说，康巴深厚的文化底蕴和丰富多彩的民族风情，对于玉树灾后重建意义非常，玉树灾后重建成败之关键在于对本土文化的挖掘与保护，作为独有的标志性本土文化——康巴文化，无疑在玉树灾后重建中发挥不可替代的“核心吸引物”作用。挖掘、保护、传承、弘扬康巴文化迎来了前所未有的巨大历史机遇。玉树重建涉及1248个项目，投资420多亿元，使得玉树重获新生，尤其是新玉树十大标志性工程，宛若一座融入康巴文化和民族建筑艺术的博物馆，成为中华文化大观园的一朵奇葩。

面向未来，康巴文化应与时俱进，随着时代、社会的发展而发展，不断满足藏区各族群众日益增长的精神文化需求。我们应准确把握康巴文化内涵，推陈出新、百花齐放，促进文化发展；进一步创新思路，体现康巴文化特色，挖掘文化底蕴，切实加强文化保护，树立先进典型，创造一批适应时代需求的文化精品；加大资金投入力度，加强基础设施建设，把精力和资源向文化事业倾斜，推动康巴文化的大发展大繁荣。

（2014年7月）

慎提“文化产业化”

党的十六大报告指出，发展文化产业是市场经济条件下繁荣社会主义文化、满足人民群众精神文化需求的重要途径。这充分说明了发展文化产业的重要意义。

在积极发展文化产业之时，要防止两种倾向：一是把经营性文化产业混同于公益性的文化事业，由政府包揽，并游离于社会主义市场经济体制之外，缺乏活力和竞争力；二是防止把公益性的文化事业混同于经营性文化产业，笼而统之地提“文化产业化”。“文化产业化”实质上是将文化商业化或者市场化，把经济效益放在首位，这与党的文化政策是相悖的。党的十六大报告指出，发展各类文化事业和文化产业都要贯彻发展先进文化的要求，始终把社会效益放在首位。一提“文化产业化”，减少文化事业单位的经费似乎就有了口实和依据，导致对党的文化政策的曲解；同时，一些文化事业单位的领导对依托文化事业发展文化产业也心存疑虑：一旦产业发展起来就会减少或取消经费的疑虑，这是对党的文化政策的误解。最近中央要求深化文化体制改革，强调要坚持和完善支持公益性文化事业发展的政策措施，加大投入。这不仅是我们国家的社会主义性质所要求的，其实也是国际上无论什么性质的国家的通例。经营性的文化产业必须面向市场，政府要制定文化经济政策加以扶持，这是文化产业发展的必备条件。

因此，我们要有清醒的认识，要正确区分公益性文化事业和经营性文化产业，切忌泛化文化产业，简单地不加区分地提“文化产业化”，谨防提法误导。

（2007年10月）

以科学决策促进科学发展

科学发展观的实质，是实现经济社会又好又快的发展。实现科学发展观离不开科学决策，科学决策是科学发展的重要环节。深入学习实践科学发展观，迫切需要各级领导干部增强科学决策意识，提高科学决策水平，切实做到以科学决策促进科学发展。

所谓决策，就是决定做事情、干工作的策略和办法。古人云："凡事预则立，不预则废。"决策具有基础性、战略性、引领性作用，关乎工作和事业的全局，意义极其重大。正确的决策有利于提高效率、少走弯路，促进经济社会全面协调可持续发展；错误的决策则必然导致劳民伤财、事与愿违，给工作和事业带来损害。所以，最大的失误是决策的失误。

发展必须是科学发展，要求决策必须是科学决策。当今时代，国际形势错综复杂，科学技术突飞猛进，社会生活瞬息万变。在我国经济社会发展的新阶段，改革发展稳定的任务更加繁重，新事物、新情况、新问题层出不穷，社会矛盾逐步增多，利益关系日趋复杂。所有这些，都使决策的深度和广度不断拓展，决策的风险性和随机性不断加大，决策的难度和要求不断提高。各级领导干部要更好地履行职责，就必须切实增强科学决策的意识，努力掌握科学决策的方法，不断提高科学决策的水平。

重视调查研究。正确的认识源于实践，科学的决策来自实际。只有从客观实际出发，而不是从主观愿望出发，才能作出科学决策。毛泽东同志指出：没有调查就没有发言权。江泽民和胡锦涛同志也多次强调，调查研究是谋事之基、成事之道。陈云同志也曾指出："领导机关制定政策，要用90%以上的时间作调查研究工作，最后讨论作决定用不到10%的时间就够了。"重视调查研究，坚持理论和实际的统一是革命和建设事业的基本保证。调研工作是保证科学决策与实现正确领导的基本前提。一切决策都应在调查研究之后，都应建立在对真实情况、准确信息深刻把握的基础上，而不能以道听途说、一知半解为依据。领导干部必须自觉地深入实际、深入基层、深入群众，进行认真的而不是敷衍的、缜密的而不是片面的调查研究，努力掌握第一手的材料和最可靠的信息，并对之作出必要的甄别、分别和取舍，然后再拍板定计。

坚持发扬民主。一个人的力量和智慧总是有限的，只有发扬民主、集中民智，依靠集体的智慧，才能掌握全面情况，作出科学决策。实现科学决策，一个重要的途径是在决策过程中坚持民主集中制原则，建立健全民主决策的机制。运用制度来规范决策程序，对决策过程实施监督，可以有效防止决策的随意性和盲目性，克服“长官意志”，提高决策的质量和水平。江泽民同志曾经指出：“一切重大问题，都要集体讨论，集体决定，作出决定之后，分工负责，坚决贯彻。”这既是党的纪律要求，也是实现科学决策的保证。

善于集思广益。兼听则明，偏听则暗。群众是真正的英雄，群众中蕴藏着丰富的智慧。俗话说：“智者千虑，必有一失”；“三个臭皮匠，顶个诸葛亮”。科学决策要求广开言路、广集民智、广纳良谋，充分体现人民群众的愿望和意志。集思广益，就是要在决策过程中坚持走群众路线。特别是对那些涉及群众切身利益、专业化程度比较高的事情，注意倾听智囊机构、专家学者、广大群众的意见和建议，尤其是不同意见乃至反对意见，不仅有利于作出科学决策，而且有利于决策的贯彻执行。

注意瞻前顾后。一般来说，任何工作都有一个稳定性和连续性的问题。决策既是过往工作的总结，又是以后工作的起点。因此，作决策需要注意瞻前顾后，切不可只见树木、不见森林，主观臆断，盲目行事。“瞻前”，就是善于汲取过去的经验教训，搞好前后工作的衔接；“顾后”，就是具有战略眼光和历史眼光，把握方向、照顾全局、从长计议。心中无数胆子大，凭想当然作决策，没有不栽跟头、不吃苦头的。三思而后行，慎重又慎重，这样作出的决策才能真正经得起历史、实践和群众的检验。

（2009 年 3 月）

正确处理外经贸发展的几个关系

自1980年开展自营进出口业务以来，我省外经贸事业有了长足的发展。自营进出口额由1980年402万美元发展到1995年的16226万美元，增长40.36倍；出口商品由自营初期的几种发展到1995年的303种，出口商品结构也有了较大改善，1995年工业制成品出口比重已上升到74.56%；出口国别与地区由自营初期的中国香港地区、日本、东南亚等发展到1995年的58个国家和地区；外贸经营主体不断发展壮大，从自营初期的几家省级外经贸公司发展到16家省级外经贸公司，9家自营进出口商业、物资、生产企业，127家三资企业，大外贸的格局初步形成。但是横向地与沿海省市相比，与我省加快资源开发新形势的要求相比，我省外经贸事业的发展尚有较大差距，存在的主要问题是进出口贸易额的绝对值太小，外贸专业公司亏损严重，企业的经营管理水平普遍偏低，利用外资的总规模不大，三资企业数量不多，出口创汇型和技术先进型的三资企业更是屈指可数，外经贸队伍业务素质不高，等等。

江泽民总书记在《正确处理社会主义现代化建设中的若干重大关系》讲话中，号召全党同志特别是领导干部都要来研究带全局性的重大关系问题，以便提高领导水平，把我国的社会主义现代化建设更好地推向前进。

加快外经贸发展，促进我省外经贸事业登上新的台阶，更好地为我省经济建设的大局服务，我认为必须正确处理好以下几个关系：

一、一业为主与多种经营的关系

所谓“一业为主”，就是以进出口贸易为主，这是外贸企业的老本行，外贸企业通过几十年的苦心经营，建立了广阔的外销渠道，结识了诸多的客户，熟悉国际贸易惯例，拥有一批懂业务、会外语的外向型人才，这些都是外贸企业的“无形资产”、优势所在。过去，由于外贸公司和经济合作公司分工过细，经营范围限制过严，制约了企业经营的发展，所以要强调向一业为主、多种经营、内外贸兼营、贸易和经济合作相结合转变。我认为，外贸企业必须在充分挖掘和利用自身优势的基础上开展多种经营，否则，企业的发展将成为无源之水、无本之木，难以为继。但是，多种经营绝不能理解为不顾主客观条件什么都经营，而是要根据自身的优势和现代经济专业分工的一般原则，来选择和扩大自身的经营范围，培育发展具有自身优势的骨干商品和业务，围绕骨干商品和业务发展系列化经营，创造自己的名牌和良好信誉。透视有的企业在经营上出现的重大失误，有两点是值得引以为戒的：一是不熟，既不熟悉商品，也不熟悉客户和市场；二是开始做的时候，都认为能赚大钱，想一口吃成个胖子，结果是欲速则不达。总之在处理一业为主与多种经营的关系上，要紧紧把握两点：一是要吃“外贸饭”，不能舍本逐末；二是牢记商场上的至理名言：隔行如隔山，不熟不做。

二、出口规模与经济效益的关系

从经济理论上讲，没有规模就没有效益。具体到出口规模与经济效益关系上，由于宏观经济参数的影响，情况就很复杂。就我省外贸企业而言，有这么几点要认识到：第一，由于全省经济总量小，自营出口起步晚，出口绝对值小，尽管纵向比较，增幅较大，但由于我们是在低水平上的增长，不少企业现有出口规模赚取的利润还满足不了“人头费”的需要，所以出口规模还要适度增长，否则就没有效益可言，这是企业行为，而不是政府行为；第二，在目前亏损严重的情况下，能不能不出口，回答是否定的，出口亏一些，不出口的话，亏得更多，因为管理费支出是刚性的；第三，出得多亏得多，原因是多方面的，主要是政策因素，当然经营粗放、决策失误、管理不严也是不可讳言的事实。就全省经济而言，1995 年全省外贸出口占国内生产总值的比重为 6.99%，也就是说全省 165 亿元的国内生产生产总值有 11.53 亿元是通过外贸出口实现的。如果出口规模下滑或者出口增长赶不上国民经济增长幅度，势必拖全省经济的后腿，产品实现不了价值，也就无效益可言。一言以蔽之，在提高经济效益的前提下，多出口、多创汇。

三、单纯地搞流通与走实业化道路的关系

外贸企业是搞国际流通的，在社会主义市场经济条件下，单纯地搞流通、

搞出口，回旋余地太小，竞争力不强，后劲不足。面对异军突起的乡镇企业，咄咄逼人的三资企业，势力雄厚的大中型生产企业，跃跃欲试的商业、物资企业，外贸企业出口垄断地位正逐渐被打破，实行贸易自由化政策，外贸经营权全面放开也不会为时太远。所以说外贸企业面临的形势是严峻的，挑战大于机遇，必须从过去以收购为主，转向发展实业，建立必要的货源基地，同时推行代理制。外贸公司的实业化应该是发展某些对经营的出口骨干商品有带动作用的龙头项目。实业化的另一条重要渠道是贸工（农、技）结合。现在搞社会主义市场经济，自负盈亏，外贸和生产两方面的优势结合为商品的优势，要比各干各的取得更好的经济效益。要因势利导，推动结合。再一个就是实行企业间的兼并，兼并一些有条件的关键生产企业。现在国际经济生活中一个明显的特点是经济区域集团化发展步伐加快，竞争更趋激烈。为应付这种竞争，各国的外贸企业特别是发达国家的企业都纷纷实行兼并联合，增强竞争实力。

四、外贸与外资、外经的关系

外贸、外资、外经（简称“三外”）是整个外经贸工作的重要组成部分，对“三外”在整个国民经济中的重要地位和作用的认识，应该说不存在什么问题。但是，无论是省级外经贸主管部门，还是省级专业外经贸公司，对外贸与外资的结合、外贸与外经的结合重视不够，工作上抓得不紧，在一定程度上既影响了外贸的发展，也制约了利用外资总水平的提高。因此外经贸主管部门和省级专业外经贸公司、地县外贸企业在实现两个转变过程中，要切实做好外贸与外资、外贸与外经两个结合这篇大文章。就外经贸主管部门而言，要加强两个结合的政策指导、信息服务、调查研究工作，营造有利于两个结合的机制和环境。就外经贸企业而言，要充分利用自身熟悉客户、熟悉市场、熟悉国际经贸惯例及外向型人才较多的优势，立足资源优势，积极、合理、有效地利用直接和间接投资，嫁接改造现有的自属生产企业或兴办出口创汇型三资企业，调整出口商品结构，开发技术含量高、附加值高的出口商品，实现出口商品结构的第二次转变，即由出口粗加工产品转向出口精加工产品。同时，要大力加强国际工程承包和劳务出口工作，努力带动本省工程机械、建材等相关产品的出口工作，以外经带外贸，以外贸促外经。切实克服外贸与外资、外经在实际工作中的“两张皮”的现象，真正做到“三外”并举，“三外”联动。

五、分配与效益的关系

实事求是地讲，我省外贸系统的人均收入与沿海地区同行比低得多，与省内的“条条”管理的单位及部分企业比，也并不高。1995年全系统年人均收入4972元。在效益好的情况下，为保证职工实际生活水平不因物价上涨而下降，给职工多发一些，并不为过。目前存在的主要问题是分配与效益没有很好挂钩，使职工没有什么危机感，对企业效益的好坏麻木不仁、漠不关心。众所周知，外贸公司自有流动资金少得可怜，主要依靠银行贷款经营。在贷款条件趋紧的情况下，只要银行对资不抵债的公司一停贷，就有相当一些公司发不出工资，这是摆在我们面前的严峻的现实。为增强职工的危机感和忧患意识，也为了企业今后的生存与发展，在分配与效益的关系上，必须强调两点：一是企业职工工资收入的增长幅度必须低于企业效益的增长幅度；二是坚持效益优先、兼顾公平和按劳分配原则，切实做到分配与效益挂钩，彻底打破分配上的“大锅饭”。

六、业务骨干匮乏与人浮于事的关系

长期以来，由于历史的原因，我省外经贸系统在人员问题上存在一种比较突出的矛盾：一方面懂业务、会外语、善经营的业务人才匮乏，而另一方面又存在较为严重的人浮于事的现象。大量富余人员不仅增加了企业负担，更为严重的是其中一部分人相当散漫，工作缺乏责任心，挑肥拣瘦甚至搬弄是非，但工资奖金却一分不少拿，这极大地挫伤了广大职工的积极性，影响了企业经济效益的提高。针对这种情况，各公司要以合理配置劳动力资源为基础，竞争上岗，在岗位选人上引入竞争机制，按照《劳动法》的有关规定，逐步建立起新型用工制度。懂业务、会外语、善经营的人才要用在业务一线或者领导岗位，“好钢用在刀刃上”；不适宜在领导岗位的下到一般岗位，不适宜在外销岗位的下到生产岗位；对下岗后的富余职工，可本着“内部消化为主，社会安置为辅，保证基本生活”的原则另外安排适合其工作的岗位。再不能适岗的，只要符合《劳动法》的规定，可限期调出，下岗期间发基本生活费。通过以上措施，真正做到“能者上、平者让、庸者下”，逐步建立起新型用工制度和激励机制，充分调动广大职工的积极性，为企业扭亏增盈工作奠定良好的基础。

（刊载于1996年第8期《青海对外经贸》）

关于进一步改革和完善外贸体制的思考

——参加香港工商业研讨班的学习体会

为时一个月的香港工商业研讨班即将结束，一个月来我们聆听了三十多位教授、讲师、资深专业人士、企业家和香港政府官员关于香港概况、工业、贸易、经济、司法、企业管理、金融及房地产等的演讲、介绍，实地参观并座谈。时间虽短，但我们受益匪浅，不仅从感性和理性上知道香港现在是什么样子，还知道它为什么成为这个样子；不仅了解香港腾飞的过程，还了解了它持续高速发展的规律。第二次世界大战后的几十年间，香港以很高的速度走在世界新兴工业经济地区的前列，成为亚洲“四小龙”之一，获得了“东方之珠”的美誉。香港的“经济奇迹”在国际上，特别在亚洲引起了广泛重视，近年来研究香港问题的人越来越多，有人还建议建立一门“香港学”。可以说，我们参加了一期“香港学”速成班，对今后的实际工作必将产生积极的推动作用。

香港的成功，有其独特的地理环境和历史背景，其他地方不能完全照抄搬“香港经验”，但其有些经验是值得借鉴和不无启发的。进出口贸易是香港最早兴起的经济行业。香港的经济史，可以说主要是外贸发展史。在商言商，本文拟比照香港的外贸运行机制，谈谈进一步改革和完善我国乃至我省外贸体制的意见

外贸体制，是整个经济体制的一个重要组成部分，同时又与国际市场息息相关。外贸体制改革，既要考虑到国内宏观经济环境，又要顾及与国际市场的发展趋势相适应。

一、我国外贸面临的国际国内形势

从国际形势看：

1. 冷战结束后，整个世界从两极走向多极化，和平与发展是当今世界的

主题。世界经济呈缓慢增长趋势，国际贸易的增长幅度略高于世界经济的增幅，国际市场竞争日益激烈。

2. 区域经济集团发展，贸易保护主义抬头。欧盟实行贸易自由，采取统一关税，区内互相免税，人员自由出入境。美国不甘落后，与加拿大、墨西哥建立北美自由贸易区。亚洲也在考虑地区联盟。近年来，由于中国出口贸易增长较快，贸易摩擦频频，使中国的出口环境恶化。

3. 中国“复关”谈判一波三折，迟迟复不了关，其中作梗的主要是美国，其借口是中国的贸易管制太严，市场不开放，违背关贸总协定奉行的自由贸易政策。中国面临开放市场和实行对外贸易自由化的强大的外部压力。

从国内形势看：

1. 宏观调控继续奉行偏紧的政策，宏观经济调控的手段越来越市场化，税率、汇率、利率都发生了不利于外贸出口的变化，而从事进出口的外贸企业又表现得特别不适应。

2. 通货膨胀虽得到一定程度的遏制，但物价总水平仍在相当高位上运行，出口成本上升，外贸企业经营环境恶化，亏损增加，外贸出口形势为40年来最为严峻。

3. 目前中国外汇储备已急增至近700亿，虽然外汇短缺的情况在中国仍将长期存在，但已不是需要担心国际收支不平衡的时候了，且高额的外汇储备，令中央银行为此而投入的人民币基础货币剧增，又会增大通胀压力。所以，指望采取人民币贬值的办法来摆脱外贸出口面临的困难，是不现实的。

4. 外贸企业经营进出口业务的垄断地位已被打破，多渠道、多层次外贸格局逐步形成，大中型国有企业势力雄厚，三资企业咄咄逼人，乡镇企业异军突起，商业物资企业跃跃欲试，但人才素质、外销渠道、信息还远远不适应其外贸业务骤然发展的需要，制约了我国外贸的快速、健康发展。

面对上述形势，我们的外贸体制尚有许多需要加以改革和完善的地方，下面主要从三个方面谈谈个人不成熟的意见。

二、关于改革和完善外贸体制的意见

（一）健全外贸促进体制

香港贸易促进的机构可分为官方机构、半官方机构和工商团体三种。

在官方机构中，财政司署工商科是港府管理对外贸易的最高统筹决策机构。它属下的贸易署是直接管理香港贸易的政府部门，负责处理香港对外贸易关系，执行纺织品出口配额制度和进出口签证工作。香港政府派驻海外的多个办事处，大部分工作也同贸易有关。

香港有十多个半官方贸易机构，最重要的是1966年成立的贸易发展局。它的主席由港督任命，成员包括大商会代表、工商界领袖和两名政府高级官员。这个机构担负统筹和策划整个出口拓展工作，并通过以下方式协助和促进香港外贸企业拓展业务：

1. 在海外进行有关香港外贸的宣传、拓展工作。例如组织香港商品展览，派出和接待贸易访问团，向海外新闻机构提供信息，出版杂志在100多个国家发行，等等。

2. 建立贸易咨询部门，提供电脑咨询服务。设立研究部和图书馆，向香港企业提供海外各地外贸经营情况的信息。

3. 在世界各地开设近50个办事处。它们是香港在海外和中国内地拓展贸易的基地，也是向香港企业提供世界市场信息的前哨站。

半官方机构还有香港出口信用保险局，为香港出口商和制造商提供贸易保障。投保的出口商最高可以获得出口货值90%的赔偿。香港出口信用保险局由工商界知名人士和政府高级官员组成的咨询委员会指导。

香港有200多个工商团体，包括综合性商会（例如，香港总商会、香港中华厂商联合会、香港中华总商会）、行业商会（例如，香港制衣业总商会）和外商团体（例如，美国商会）等。这些工商团体起联络同业、传递信息和对付贸易保护主义作用。

香港的官方和半官方外贸机构相结合，联合民间工商团体，组成一个有效率的促进、协助和为外贸事业服务的体系。

中国的贸易促进体制很不健全，贸促会也是半官方贸易机构，但其功能、实力、在中国外贸行业中的地位以及对于对外贸易的促进作用，不能与香港贸发局同日而语。要进一步强化贸促会的宣传、贸易拓展功能、咨询服务功能，增强贸促会自身的实力和服务手段。贸促会不能仅仅组织出国展览，更不能单纯地、片面地追求盈利，否则就失去其应有的地位和作用。

在出口信用保险方面，也有文章可做。中国政府多年来一直致力于市场多元化工作，扩展对外贸易的回旋余地和生存空间，努力开拓第三世界国家市场，而实际效果不佳，企业的积极性不高。原因固然是多方面的，其中一个重要原因是出口信用保险服务跟不上。目前中国没有专门为出口服务的保险机构，只在中国人民保险公司设有国际业务部，其出口信用保险险种开设时间不长，其取费标准太高，企业难以承受，服务又跟不上，亟待改进。为促进我国外贸快速、健康发展，提高金融服务质量，实施出口市场多元化战略，最好能成立专门为出口服务的出口信用保险机构。一些经济学家预言，在可以预见的将来，一个国家、一个地区的经济发展水平将在很大程度上取决于经济服务的水平。可见服务之重要。

商会，中国也有为数不少的行业商会，在理论上是政府和企业的桥梁和纽带，也是本行业的协调机构，其会员不是完全自愿，而是带有一定的强制性，有很强的行政色彩。其功能不同于香港的商会，要发挥商会的作用，一定要对商会本身进行改革，减少行政色彩，增强服务功能，改善自身形象，提高人员素质，不能把商会办成老弱病残的安置所。

总之，要确保中国的外贸能快速、健康发展，一定要健全外贸促进机制。

（二）简化手续，提高效率，增强竞争力

香港政府的“积极不干预”政策，是不干预与有限干预相结合。对各个行业，有的以不干预为主，有的以干预为主。在对外贸易方面以不干预为主，有限干预为辅；而有限干预则以协助、促进、提供服务为主，监管为辅。香港政府实行自由贸易政策，让价值规律和市场机制的“无形之手”去自发调节贸易活动，不给贸易企业直接净贴、补助，也很少进行限制；既不采取贸易保护主义来维护本港的制造业，一般也不对外国企业采取歧视措施。任何贸易都可在相对平等的条件下自由竞争。有条件发展、竞争力强的企业得到发展，竞争力弱的企业自然淘汰。

香港政府对外贸实行有限监管，主要目的不是调节外贸商品的品种、数量、价格，不是实行计划管理，而只是对部分影响居民生活、健康、安全的物品进行管理，并履行香港参加的国际贸易协定，控制极少数进出口商品的数量。

香港海关只对六种商品征收进口税，即烟、酒、甲醇、汽油和汽车用柴油、化妆品和非酒精饮料。征收进口税的目的不是保护本地制造业，而是增加收入。这些商品转口或出口是免税的。被列为“禁制商品”的少数货物，要有进出口许可证才能出口进口。纺织品及成衣要有进出口许可证，出口受国际贸易协定的配额限制。

目前，我们的进出口管理手段仍然烦琐，依笔者之见，在出口上，除影响国计民生、履行国际贸易协议的一律放开。也许有人会担心，这样做易造成抬价抢购、低价倾销。回答是否定的。因为以前外贸行业之所以有倾销行为，主要是因为外贸行业享受国家诸多优惠政策，有利可图，有钱可赚。倾

销只是少赚一些，但不会亏本。现在国家已取消任何出口优惠政策，外贸企业已真正步入市场，实行平等竞争，绝不会干亏本的傻事。就进口而言，其调节的手段应主要是关税调节，除适当保护幼稚工业、危害公共安全及人们身心健康的以外，其他一律放开。实行管制的进出口商品配额的分配要公开、透明，条件要公开，不要“黑箱”作业，以杜绝不正之风。目前试行的招标方式需要进一步完善，否则达不到实行招标的真正目的，甚至有可能成为新的阻碍出口的办法。

（三）建立现代企业制度

香港的对外贸易企业同制造业企业一样，以小型为主，运作特别灵活，能够迅速顺应国际市场的需要，转换或开拓货源和销售市场。

香港的大型企业集团，一般具有多功能、多元化的特点。它们既经营外贸，也经营股票、房地产、银行和保险等事业。一些大型贸易企业常常只是某企业集团的一个组成部分，它们的机构比较复杂，经营管理比较现代化，不像中小型企业那样实行业主家长制，而是由董事会代表股东进行管理。有些大型企业股票上市，向社会集股经营。这些大型贸易企业同大量的中小型企业一样，都是在自由贸易的广阔天地中进行条件相对平等的自由竞争，不同的是争夺的地盘和竞争力，前者比后者大得多。

大陆的外贸企业是计划经济烙印最深的企业，在计划经济体制向市场经济体制转轨的过程中，外贸企业弊端百出，显得很不适应，人浮于事，规模不经济，机制不灵活，产权不清晰，管理不科学，面临一场生存危机。面对众多问题，从何入手进行改革、抓住外贸企业的主要矛盾呢？我认为只能是建立现代企业制度。

建立现代企业制度是社会化大生产和社会主义市场经济的要求，也是外贸企业实现与国际惯例对接的必经之路。由于这是一项新制度，也是一项复杂的系统工程，因此要从抓好试点入手，积极探索，逐步推开。

当前应抓好三个方面工作：一是完善企业法人制度；二是搞好公司制改造；三是改善国有资产管理。为了解决建立现代企业制度下不可逾越的投资主体问题，创造企业整体改组、改制的先决条件，发挥外贸企业资产的整体效应，实现政企分开、所有权与经营权分开的目标，适时组织外贸国有资产经营公司，统一管理经营原外贸企业的国有资产，实有必要，势属必然。

（1995 年 10 月写于香港）

涉外政策出台的报道应慎重

众所周知，我国加入WTO之后，涉外经济政策必须与WTO的规则相衔接、相一致。按WTO的规则，对出口商品不得实行或明或暗的各种补贴，否则就有可能招惹国外反倾销诉讼。一旦败诉，涉案商品不得不退出国际市场。这次APEC会议上，各国领导人也承诺不出台刺激出口的措施。

近期多家媒体报道，为应对国际金融危机的影响，省财政安排资金支持外经贸企业进出口。报道称："近日安排资金3040万元，扶持外经贸发展促进项目36个，其中有进出口业绩的项目20个，扶持资金2410万元；有进出口潜力的企业项目16个，扶持资金630万元。这一举措，将有效地支持和引导我省外经贸企业渡过难关，保持进出口较快增长水平"。对此，笔者认为欠妥，这一举措是与WTO规则相悖的。通常的做法是，只做不说，更不能公开报道。所幸未公开报道受扶持的企业名单。否则，此报道，若被国外的相关企业获悉，就可以此为依据，提起反倾销诉讼，以致惹上国际官司，给企业带来不必要的麻烦。为此，希望有关单位涉及此类报道一定要慎重，以内参形式报道为宜，千万不要弄巧成拙，干"此地无银三百两"的傻事。

（2009年4月）

政府要首先“入世”

2001 年 12 月 11 日，我国正式成为世界贸易组织第 143 个成员。加入 WTO 这个“经济联合国”，可谓机遇和挑战并存。如何抓住机遇，迎接挑战，有人认为这主要是企业的事，应该说这是一种误解和偏见。实际上经济“入世”的前提是政府要“入世”，政府先要从过去的所谓“全能”政府向“有限”政府和“市场”政府转型。据统计，在 WTO 的 23 个协议中，有 21 个与政府有关。WTO 主要义务的承担者是成员方政府，其约束的主要对象和被提出争论的主体也是政府。“入世”已迫在眉睫地要求我国依照 WTO 各成员国政府之间的贸易政策条例，拆除地方保护主义的屏障，不人为地干预市场交易和扭曲市场。我国市场继续对内、对外开放的一个基本条件，就是要求各级政府从各种管理职能上要切实转变。中国“入世”首席谈判代表龙永图最近强调，中国加入 WTO，政府权力应最大限度地淡出市场，而对此现状，达到这一要求，还有不少路要走。

那么，政府怎样才能首先“入世”，我认为必须从以下几个方面入手：

一是加强学习培训，了解世贸规则。各级政府，应对 WTO 的最大的风险其实来自对规则的不了解。为此，必须加大政府公务员 WTO 知识学习培训的力度，让公务员了解熟悉 WTO 的基本规则；学习 WTO 有关货物贸易、服务贸易、与贸易有关的知识产权、与贸易有关的投资等方面的知识；加强公务员英语和电子政务的培训，并有针对性地对不同人员进行专门知识培训。

二是约束和调整政府权力。“入世”意味着游戏规则的变化，实质是利益格局的调整，而在中国，对权力的约束和调整也就显得尤为关键了。美国高特兄弟律师事务所北京办事处首席代表陶景洲先生分析：“入世后政府权力和管理模式将受到前所未有的冲击，有些部、委、局会被撤销、合并或削减职能。各级政府机关必须实现从管理到服务的观念转变。高质量的政府服务要求科学的决策规划，依法行政，为企业提供及时而周到的服务和尽量少的管制，不增加企业负担。而法制服务则不仅体现在立法过程上，更体现在执法过程上。”

首当其冲的，也许就是对外政策部门。国家发展计划委员会宏观经济研究院对外经济研究所王允贵研究员，在最近的一篇文章中指出，重组对外政策部门有三个主要方面：其一，加强经济外交，提高各驻外使馆处理经济和商务问题人员的比重，加强驻外使馆为国内工商企业提供商业信息的服务功能，使使馆变成经济战、贸易战中的桥头堡。其二，调整机构设置。根据加入 WTO 后外经贸工作的变化，应调整或重组涉外经济管理部门的机构设置、责任权限，实行管理职能单一归口，并突出反倾销、反补贴、信息采集和发布等机构设置的地位。其三，增设商务机构。在我国主要国际市场选择一些具有代表性的城市，设立直属外经贸主管部门的商务中心，帮助我国企业在国外市场追踪商业线索，获得当地市场第一手资料，预测市场行情，寻找和评估可靠的贸易伙伴等。

三是依法行政。市场经济讲究公平公正。那种以言代法、以权压法的做法，完全有悖于 WTO 的非歧视性原则。从世界发达国家的经验来看，一个政府最难做到的就是一方面对某些部门或企业的垄断行为猛烈抨击；另一方面却对自己掌握的某些公共部门的垄断现象温情脉脉。具有创业精神的政府必须学会把竞争引入为公众提供的服务中，这就不仅要求政府信息要公开，而且要有确保政府信息公开的法律保障。上海的经验说明，只有营造一个公正的环境，外国外地的企业和组织才能享受平等的机遇和平等的待遇；只有通过合理合法公平执法，政府才能创造出一个较为透明、开放的经济环境。

四是服务第一。政府对市场的管理本身就是一种服务，政府要为经济发展铺路，必须清除“官本位”的思想，牢固树立“为企业服务”“为投资者服务”“为大众服务”的意识。与此同时，面对复杂市场中可能出现的各种问题，政府也应当未雨绸缪，尽量把市场资源直接交给企业，由企业选择由谁来提供服务，由市场来决定公益事业的组织安排。要真正做到这点非常不容易，因为政府通常不愿意为“预防”市场变化而花费时间和金钱，总是等到问题严重甚至酿成危机之后才向市场受害者提供解决问题的办法和新的服务。这样做的结果常常是忙于“治标”而忘“治本”。“入世”之后，这种缺乏预见的政府经营状况必须得到改变。

五是求真务实。一个懂得如何在市场经济中进行管理的政府一定是一个具有创业精神的政府。如果说传统的政府往往忽视市场的存在，以粗暴的手

段控制市场，那么今天中国各级政府已经明白要利用行政系统为市场提供服务这个道理。但是这还远远不够。“入世”之后，我们的政府必须知道如何使用各式各样的软性和硬性的行政手段来进行市场管理，知道如何比传统的政府更多地发挥提供服务的作用，更好地发挥市场经济完善过程中的推动作用、桥梁作用和促进作用。

（刊载于2002年第2期《昆仑文荟》）

正确认识自由贸易试验区

日前，国务院正式批复辽宁、浙江、河南、湖北、重庆、四川、陕西7个自由贸易试验区，并于3月31日在中国政府网上发布了各自的总体方案，相比于此前的上海、天津、福建、广东自贸试验区，这次新设的主要集中在中西部和东北地区，自此我国自贸试验区建设形成“1+3+7”的新格局。关于自由贸易试验区社会上流传着许多似是而非的说法，领导干部要正确认识，准确把握。

自2013年9月29日上海自由贸易试验区正式挂牌运作以来，自由贸易试验区成为举国关注的“新事物”。报纸、电台、网络都在热议自由贸易区，但称谓有“自由贸易区”“自由贸易园区”和“自由贸易试验区”等，似乎三者可以通用，其实三个称呼之间存在很大的差异。自由贸易区（FTA）是多个国家之间协议设立的包括协议国（地区）在内的经济体。自由贸易园区（FTZ）是一国（或地区）在自己境内划出一块区域，自己制定规则，作为对外做买卖的市场，其目的是降低贸易成本。自由贸易试验区则成为我国推进改革和提高开放型经济水平的试验田。为避免混淆，商务部等部门2008年专门提出将FTZ和FTA分别译为“自由贸易园区”和“自由贸易区”，以示区分。

一、从保税区、自由贸易园区到自由贸易试验区

（一）海关特殊监管区、保税区、自由港

保税区、保税物流中心、出口加工区、综合保税区、保税港区和跨境工业区等都属于海关特殊监管区。自由贸易园区也属于海关特殊监管区的一种

形式，因此有必要从什么是海关特殊监管区开始讲起。

1. 海关特殊监管区域

在我国，海关特殊监管区域是经国务院批准，设立在中华人民共和国关境内，赋予承接国际产业转移、连接国内国际两个市场的特殊功能和政策，由海关为主实施封闭监管的特定经济功能区。国务院新批准设立的综合保税区或保税港区内的出口加工区、保税物流园区、保税区、跨境工业园区和保税物流中心都属于海关特殊监管区域。

在监管模式上，海关特殊监管区域具有一线和二线的通关特征，总的来说是一种“O”形监管方式；自由贸易试验区在贸易便利化和国际规则的衔接上属于“一线放开，二线管住”的区内自由的“U”形监管模式。

2. 保税区

保税区是设立在一国境内的特殊贸易区域，在这些特定的区域内实行保税制度，包括保税仓储制度和保税加工制度。比如外国商品存入保税区免税或保税，区内生产交易免增值税、营业税。同时，外经贸、外汇管理等部门对保税区也实行较区外相对优惠的政策。

我国的保税区设立要经国务院批准，是目前中国大陆开放度和自由度最大的经济区域。保税区的功能定位为“保税仓储、出口加工、转口贸易”。已运入保税区的货物可以进行储存、改装、分类、混合、展览，以及加工制造，以便于销售或者转售，可自由出口，只需缴纳存储费和少量费用，但如果要进入关境则需缴纳关税。各国的保税区都有不同的时间规定，逾期货物未办理有关手续，海关有权将其拍卖，拍卖后扣除有关费用后，余款退回货主。

在保税区注册的企业均可开展包括进出口贸易、转口贸易和过境贸易在内的国际贸易业务。企业可以充分利用保税区有关免税、减税和保税的优惠政策，利用国际市场间的地区差、时间差、价格差、汇率差，做到进出并举，实现销、储、运的最佳结合，从而获得最佳的经济效益。具体操作形式有：商品从生产国运往保税区储存，再销往消费国；商品从生产国运到保税区加工或委托区外加工后再销往消费国；商品从生产国直接销往消费国，但成交手续可由设在保税区的中转商进行办理；商品从中国国内出口到保税区经储存加工后销往消费国；商品从生产国进口到保税区经储存或加工后销往中国国内；商品在区内企业间交易，与中国其他保税区企业间交易。

保税区的类型：

（1）综合保税区

综合保税区是指设立在内陆地区具有保税港区功能的海关特殊监管区域，实行封闭管理，是中国开放层次最高、政策最优惠、功能最齐全的海关特殊监管区域，是国家开放金融、贸易、投资、服务、运输等领域的试验区和先行区。

（2）保税物流园区

保税物流园区享受保税区的相关政策，同时在进出口方面比照实行出口加工区的相关政策。保税物流园区仍是海关特殊监管区，主要设立在靠近保税区的港口，通过保税区和港区的协同，整合物流园区与原保税区的优势，主要功能是仓储与物流。

（3）保税物流中心

保税物流中心是指经海关批准，由中国境内企业法人经营、专门从事保税仓储物流业务的海关监管场所。物流中心按照服务范围分为自用型物流中心和公用型物流中心。自用型物流中心是指中国境内企业法人经营，仅向本企业或者本企业集团内部成员提供保税仓储物流服务的海关监管场所。公用型物流中心是指由专门从事仓储物流业务的中国境内企业法人经营，向社会提供保税仓储物流综合服务的海关监管场所。物流中心应当设在国际物流需求量较大、交通便利且便于海关监管的地方。

（4）出口加工区

出口加工区主要为加工出口产品的区域，在以出口为导向发展其经济的一些发展中国家较为普遍。货物可以在区内自由流转，区内对区外贸易视同一般对外贸易，出口享受退税优惠，进口的企业自用的设备等免进口税，企业生产所需的原材料等予以保税。

（5）保税港区

保税港区是经国务院批准设立，在港口作业区和与之相连的特定区域内，具有口岸、加工、物流等功能的特殊经济区。保税港区的功能具体包括仓储物流，对外贸易，国际采购、分销和配送，国际中转，检测和售后服务维修，商品展示、研发、加工、制造，港口作业等9项功能。享受保税区、出口加工区、保税物流园区、港区的政策。主要税收政策可概括为：境外货物入港区保税，国内货物入港区视同出口，实行退税，港区内企业之间的货物交易不征收增值税和消费税。保税港区叠加了保税区和出口加工区的税收和外汇政策，在区位、功能和政策上的优势更明显（见表1）。

表 1　保税区与非保税区政策比较

项　目	保税区	非保税区
海关管理	实行保税制度，货物从境外运入或运出保税区，免进口税，免许可证	只是对保税仓库或保税工厂实行保税制度
	货物从保税区运往国内非保税区，视同进口；货物从国内非保税区运入保税区，视同出口	国外货物到达口岸后必须办理进口手续；国内货物离开口岸必须办理出口手续
	区内企业与海关实行电脑联网，货物进出采取 EDI 电子报关	只有少数大企业实行 EDI 电子报关
	以《保税区海关监管办法》为法规保障	
外汇管理	外汇收入实行现汇管理，既可以存入区内金融机构，也可以卖给区内指定银行	经常性外汇收入实行强制结汇，外汇必须卖给指定银行
	无论是内资企业，还是外商投资企业，均可以按规定开立外汇账户；不办理出口收汇和进口付汇核销手续	内资企业未经批准不得保留外汇账户；企业必须办理出口收汇和进口付汇核销手续
	经常项目下的外汇开支，中资企业和外商投资企业实行统一的管理政策，由开户银行按规定办理	内资企业在结、售汇等方面都与外商投资企业有区别
	以《保税监管区域外汇管理办法》为法规保障	

资料来源：祁欣，孟文秀：《全球自由贸易园区发展模式及对比分析》，《对外经贸实务》，2010 年第 6 期。

3. 自由港（自由贸易港区）

13 世纪法国将马赛港开辟为世界上第一个自由港，之后许多国家都开辟了自由港。自由港区由海港或者空港与自由贸易园区结合形成，一般设置在该国港口（包括机场空港）内、港口附近。自由贸易港区可以由一港一区组成，也可以由多港多区组成；既可以包括像新加坡、中国香港这样高度自由化的港口城市和地区，也可以包括像巴哈马群岛、百慕大群岛和开曼群岛等提供离岸金融服务的离岸自由贸易港。

自由港与保税区相似，不同之处仅在于适用税收优惠的空间范围。自由港顾名思义都是在港口城市，最初的税收减免是为了便利转口贸易，一般来说不从事保税区的加工、旅游、服务等内容。自由贸易港区绝大部分凭借其优越的地理位置、良好的港口和先进的运输、装卸设备，以豁免货物进出口关税和海关监督的优惠，以及开展货物储存、分级挑选、改装等业务便利，通过吸引外国货船、扩大转口贸易，发挥商品集散中心作用，以达到赚取外汇收入的目的而发展起来。目前自由贸易港区已经发展为包括物流、商业、金融和加工等综合利用业务的区域。

（二）自由贸易园区

1. 自由贸易园区（Free Trade Zone）的定义

1973 年世界海关理事会签署的《京都公约》对自由贸易园区的定义是：一国的部分领土，在这部分领土内运入的任何货物就进口税费而言，通常被视为在关境以外，并免于实施惯常的海关监管制度。

广义上的自由贸易园区包括自由港、自由区、对外贸易区、出口加工区、自由工业区、自由边境区、过境区、保税仓库区等经济区域。这些经济区域是设区国或地区为达到一定经济目的，通过特殊的经济政策和手段而开辟的与其他区域隔离的特别经济区域。

表2　自由贸易园区的概念演变及国别差异

称呼或提法	主要使用者及首次使用时间
自由贸易区（free trade zone）	19 世纪以来的传统称呼
对外贸易区（foreign trade zone）	美国（1934 年），印度（1983 年）
工业自由区（industrial free zone）	爱尔兰（20 世纪 50 年代，如 Shannon free zone）
自由区（free zone）	阿联酋（1983 年）
边境加工区（maquiladoras）	墨西哥（20 世纪 70 年代早期）
出口自由区（export free zone）	爱尔兰（1975 年）
免税出口加工区（duty free export processing zone）或自由出口区（free export zone）	韩国（1975 年）
出口加工区（export processing zone）	菲律宾（1977 年）
经济特区（special economic zone）	中国（1979 年）
投资促进区（investment promotion zone）	斯里兰卡（1981 年）

2. 自由贸易园区的“一线放开，二线管住”

改革开放以来，中国内地的海关特殊监管区实行的仍是“境内关内”政策，而国际通行的自由贸易园区则实行“境内关外”政策，即放开一线，管住二线。随着时间的推移，对相关领域进行改革的呼声渐增。

对自由贸易园区而言，“一线”为对外，即国境线；“二线”为对内，即与非自由贸易园区的连接线。“一线放开”是指境外的货物和服务可以自由地、不受海关监管地自由出入自由贸易园区，自由贸易园区内的货物和服务也可以自由地、不受海关监管地自由运出境外，进入自贸区的货物零关税。“二线管住”，是指货物和服务从自由贸易园区进入国内，要重新征税；货物和服务从国内进入自由贸易园区时，可办理退税。

3. 自由贸易园区之特殊性

（1）低税政策

自由贸易园区之所以特殊，是因为享受低税收政策，不仅仅是在流转税上实行进出境免税政策，还在所得税上实行低税政策，低于非自由贸易园区。低所得税负担分为两种情况：一是自由贸易园区所在国的所得税税率较低；二是在自由贸易园区内通过降低税率、实施减免等政策措施，来减轻自由贸易园区所得税负。我国香港就是地区所得税税率低，而我国经济特区、开发区以及前海保税区是通过降低税率、实施减免来减轻企业税负。

（2）竞争中立规则

竞争中立规则本质上是指政府的商业活动不得因其公共部门所有权地位而享受私营部门竞争者不能享有的竞争优势。目前，相关国际法则已经涉及竞争中立规则，但未成文，美国力推该规则，一旦该规则实现法制化，将对服务贸易领域产生深刻影响。

（3）海关监管原则

国际上，自由贸易园区海关监管的共同原则是：其一，强化进入国内市场货物的卡口监管，严惩走私行为；其二，货物入区备案，区内存储不监管，出区核销；其三，简化报关手续，实行电脑管理；其四，免征关税。

（4）监管制度

根据《京都公约》，自由贸易园区内货物自由流动，不征收增值税和消费税，货物在自由贸易园区内与境外可自由流动；非自由贸易园区货物进入自由贸易园区视同出口，货物从自由贸易园区进入非自由贸易园区视为进口。在自由贸易园区内便利海关手续，加强海关对企业的备案，而不对货物进行备案，除国家明令禁止的进出境货物外，允许货物在自由贸易园区自由流动。

（5）贸易管理制度

分为货物贸易服务和货物贸易增值服务。货物贸易服务是全球一般自由贸易园区都具有的功能，例如保税仓储、分拨配送和展示销售等。货物贸易增值服务则突出了基本货物贸易功能，增加服务贸易的比重，体现自由贸易园区未来的发展方向，也成为全球主要自由贸易园区相互竞争的重要内容。它包括辅助货物贸易的服务贸易，例如维修检测、数据处理和售后增值服务等，以及其他服务贸易功能，例如贸易融资、跨境支付、跨境信用等。

4. 自由贸易园区的特征与核心制度安排

（1）自由贸易园区具有四大特征，即区位优势明显、围网隔离运作、法律制度独特、管理体制特殊。

（2）“三自由、一保障”的核心制度安排。“三自由”包括以下三点：一是货物进出自由，不存在关税壁垒和非关税壁垒，凡法律禁止以外的货物进出均畅通无阻，免于海关惯常监管；二是投资自由，投资不因国别差异而形成行业限制与经营方式限制；三是金融自由，外汇可以自由兑换，资金出入与转移自由，资金经营自由，没有国民待遇与非国民待遇之分。“一保障”即法律法规保障。自由贸易区依法设立，法律明确规定自由贸易区的区域性质和法律地位，保障自由贸易区的发展。

5. 自由贸易园区的发展趋势

顺应全球经济一体化发展的新态势，自由贸易区发展呈现以下趋势：

（1）由货物贸易为主向货物贸易与服务贸易并重转变，更加注重服务贸易的发展。

（2）由贸易功能为主向贸易功能与投资功能并重转变，更加注重投资自由化、便利化。

（3）由在岸业务为主向在岸业务与离岸业务并重转变，更加注重离岸功能拓展。

（4）由贸易自由制度安排为主向贸易自由、投资自由、金融自由制度联动创新转变，顺应国际贸易投资新规则。

（三）中国自由贸易试验区（China Pi lot Free Trade Zone）

目前我国已设立的11个自由贸易园区是自由贸易试验区。2013年4月11日，汪洋副总理在听取上海市和商务部领导汇报时说：“将来这个名字，就叫中国（上海）自由贸易试验区，是国家对外的，国与国的，但是现在先在国内一个区域进行自由贸易的试验，这样就可能把它的层级、价值从这里面体现出来。”中国的自由贸易试验区既不同于FTA，也不同于FTZ，它是在FTZ范围内进行FTA的试验（见表3）。因此，它既是国际贸易业务创新引领区、国际投资新规则试验区，也是政府职能转变的试验区。它是试验以开放促改革、以改革促转型发展的国家战略的区域。

表3 FTA与FTZ的异同比较

<table>
<tr><th colspan="2"></th><th>FTA</th><th>FTZ</th></tr>
<tr><td rowspan="5">相异</td><td>设立主体</td><td>多个主权国家（或地区）</td><td>单个主权国家（或地区）</td></tr>
<tr><td>区域范围</td><td>两个或多个关区</td><td>一个关税区内的小范围区域</td></tr>
<tr><td>国际惯例依据</td><td>世界贸易组织</td><td>世界海关组织</td></tr>
<tr><td>核心政策</td><td>贸易成员国之间贸易开放、取消关税壁垒，同时又保留各自独立的对外贸易政策</td><td>以海关保税、免税政策为主，辅以所得税税费的优惠等投资政策</td></tr>
<tr><td>法律依据</td><td>双边或多边协议</td><td>国内立法</td></tr>
<tr><td>相同</td><td colspan="3">两者都是为降低国际贸易成本、促进对外贸易和国际商务的发展而设立的</td></tr>
</table>

整体来看，建立自贸试验区是我国深化改革开放、促进经济转型升级，以应对国际经济体系变革的制度创新，是“外在性变化促使潜在利润或外部利润形成，进而导致制度创新”的结果，是马克思关于“生产力推动制度变革”的具体体现。自贸试验区以“负面清单”管理模式为突破口，推进综合监管制度创新、投资管理制度创新、贸易监管制度创新、金融制度创新，进而加快政府职能转变、探索管理模式创新、扩大服务业开放、深化金融领域开放的战略举措；是以开放促发展、促改革、促创新，转变经济发展方式、优化产业结构、推进可持续发展，获取可复制、可推广经验的战略试验；是破除现有体制机制障碍、构建新的制度框架、形成以制度创新拓展开放层次、提升投资贸易便利化水平、促进经济结构调整升级的重大战略部署。

二、中国自由贸易试验区，没有特殊优惠政策，重在制度创新

改革开放近40年来，我国建立了很多开发区，比如海关特殊监管区、高新区等各种各样的开发区。但是以前所有开发区都是划出一个区域，给予优惠政策。而中国自贸试验区，没有特殊政策，就是制度创新。

李克强总理在多个场合强调，上海自贸区不是政策洼地，而是改革高地或称“制度高地”。上海自贸区将成为我国推进改革和提高开放型经济水平的试验田，应把制度创新放在第一位，这是我国建设自由贸易试验区的核心内涵。自由贸易区制度创新将取代政策优惠，成为改革的着力点。自由贸易区跟过去几十年各地招商引资、吸引人才的做法不同。

在目前全国各个自贸区试点中，作为核心举措的“负面清单”管理，恰恰是要减少政府在市场经济运行中的活动范围，避免行政权力对市场竞争的破坏，重新界定地方政府自身在市场活动中的地位。因此，与其说自贸区试点包含着政策优惠，倒不如说自贸区试点体现着“行政收缩”和“政策克制”。

以各种“特区、新区”为载体，实施包括税收优惠在内的各类特殊政策，是我国改革开放曾经走过的路径。政策（包括税收）洼地越多，越会阻碍各类要素高效流动，越会阻碍市场配置资源的决定性作用，困难也会越多。税制是国家统一的，今后不可复制、不可推广的税制，在自贸试验区不能做。

上海自贸试验区更像在扮演“长跑冠军”的角色，自贸试验区几乎没有特殊的税收优惠政策（如股权激励个税政策、融资租赁、进口环节税、中资“方便旗”船等，基本上已在国内其他地区试点），上海自由贸易区内实行15%企业所得税优惠政策还不具备可行性。当然，就算不享受15%的企业所得税优惠政策，上海自贸区制度改革所带来的效益也远比税收优惠大。上海自贸试验区不搞“土地招商”“财政招商”，上海自贸区照样在通关便利化、国际贸易“单一窗口”、自由贸易账户等方面取得了改革突破。

上海自贸试验区不是政策洼地，主要承担全国开放先行先试的新使命新战略，为中国经济升级版起到示范作用。上海自贸试验区要主动承担全国开放战略的先行引领使命，成为新时期上海贯彻国家战略、服务国家战略、体现国家战略的战略突破口和战略新载体。经过两到三年的改革试验，力争建设成为具有国际水准的投资贸易便利、监管高效便捷、法制环境规范的自由贸易试验区，使之成为推进改革和提高开放型经济水平的“试验田”。

三、自贸试验区是国家战略而非地方战略

自贸试验区形成“可复制、可推广的经验”，是国务院对中国自由贸易试验区最基本的要求。上海市委书记韩正说过：“自贸区是国家的试验田，不是上海的自留地。”

要从国家战略的高度来看上海自贸试验区。在很多方面，试验区可以为同类改革积累有益经验。比如自贸试验区的管理机构设置，可以遵循“扁平、小型和授权”的原则。有学者建议，在暂停实施有关法律的基础上，能不能更进一步，由人大授权自由贸易试验区制定法律。

此外，还有区内、区外的统筹问题。据了解，试验区内将实行“一线”（国境线）逐步彻底放开，“二线”（与非试验区的连接线）高效管住，区内自由流动的政策。“二线”如何管住？这需要在试验中转换观念。原来搞保税区，是管住里面的东西不要跑出来，不能走私。现在搞自由贸易试验区，是管住外面的传统体制不要渗进去。

在人民币国际化方面，上海自贸试验区也将扮演重要的角色。未来在试验区内，可以建立以人民币计价结算的国际及跨境金融资产交易平台，为本币走出去服务。环球银行金融电信协会（SWIFT）发布的数据显示，在2014年12月，人民币超越加元成为全球第五大支付货币。作为人民币发行国，可以在上海自贸试验区把人民币计价结算的国际及跨境金融资产交易平台建立起来。

四、“负面清单”之外不一定就是当然允许的

以上海自贸试验区为例来谈这一规定，上海自贸试验区的“负面清单”与现行《外商投资产业指导目录》（2011年修订）相比较，其内容并无实质性突破，更多的是从分类、编排上做调整。我国《外商投资产业指导目录》是经国务院批准施行的。《外商投资产业指导目录》是按鼓励类、限制类和禁止类来规范外商投资市场准入的。长期以来，对《外商投资产业指导目录》是“正面清单”模式还是“负面清单”模式，学界有着争论。由于鼓励类、限制类和禁止类同时列举，无法确认“鼓励类”（即正面清单）是原则，还是“禁止类”（即负面清单）是原则。

上海自贸试验区的“负面清单”将“禁止类”和“限制类”合并，从而明确了该清单的“负面”性质，即除非“清单”中提到的禁止或限制，否则就不存在禁止或限制。目前对“负面清单”之外是否就是当然允许的，存在理解分歧，即“法无禁止即可为”的法理是否适用？

上海自贸试验区的“负面清单”一方面依据《外商投资产业指导目录》；另一方面又超越了该指导目录，把散见于其他部门规章中对外资准入禁止或限制的内容加到上海自贸试验区的“负面清单”中。例如，有些在《外商投

资产业指导目录》中没有列入的，在负面清单里列为禁止项目，包括：禁止盐的批发；禁止投资文物拍卖；禁止投资文物商店；禁止直接或间接从事和参与网络游戏运营服务；禁止投资经营因特网数据中心业务；禁止投资经营性学前教育、中等职业教育、普通高中教育、高等教育等教育机构。这并不是说上海自贸试验区的“负面清单”反而比《外商投资产业指导目录》的内容更长，而是将已经存在的禁止或限制性规定，以更透明的方式将之列出来。

一个值得思考的问题是，上海自贸试验区的“负面清单”没有列举出来的措施或部门，是否可初步认定就是允许性的措施或部门？例如外资想投资殡葬相关的服务业，这是否属于上海自贸试验区“负面清单”之外的允许类？上海自贸试验区“负面清单”并没有将殡葬业列到“负面清单”中。一种解释认为，在上海自贸试验区中不可能有殡葬业存在的物理空间，但这不等于说相关的衍生产品或服务没有存在的物理空间。据称，尽管殡葬业不列入上海自贸试验区的“负面清单”中，但我国民政部实际是对这个行业有市场准入的限制的。“可以做”与“做不成”应该是两个层面的问题。上海自贸试验区的“负面清单”不是单纯的《外商投资产业指导目录》的翻版，而是经过思考后的调整，因此，不将殡葬业放入，应推定是经过思考的含糊。如果一方面不在“负面清单”上，另一方面又称在其他分散的“负面清单”中，本身是有违上海自贸试验区追求的透明度带来的预见性的“国际化和法治化”要求。类似殡葬业的其他行业的外资市场进入有同样的问题。因此这一类问题在法律上是否有合理解释，很可能引发相关的行政诉讼。接下来，我国法院（包括上海自贸区法庭）在诉讼处理中必然面对“法无禁止即可为”法理在司法实践中落实的考验。

上海自贸试验区的“负面清单”是对外商投资“准入”的特别管理措施，也就是说，在清单之外，外资获得的只是“准入前国民待遇”。地方政府为招商引资给外资一点“超国民待遇”不足为奇，但“准入前国民待遇”是个陌生词。这个词主要覆盖三个环节：国家发改委的项目核准，商务部的企业设立、登记和变更时的合同章程审批，以及工商营业登记。也就是说，它管的是“拿到营业执照这个时间节点之前”，还远未涉及准入之后的运营、经营、资产处置等环节。同时，为了引导外商投资有序发展，维护国家安全，对影响或可能影响国家安全、国家安全保障能力，涉及敏感投资主体、敏感并购对象、敏感行业、敏感技术、敏感地域的外商投资需要进行国家安全审查。

五、“一线放开，二线管住”并不适用于自贸试验区的金融创新举措

上海自贸试验区的金融改革并非是为“金融而金融”，不是飞地、洼地，更不是所谓的离岸中心，而是强调服务实体经济，以及基本形成可复制、可推广的金融管理模式。

在上海自贸试验区总体方案里，金融改革的主要内容：一是资本项目开放；二是人民币的跨境使用；三是金融利率市场化；四是外汇管理体制改革。其中，人民币资本项目的可自由兑换是上海自贸区金融改革的核心。

在“成熟一项，推进一项”的原则推动下，2014 年央行上海总部围绕第三方机构跨境人民币支付、扩大人民币跨境使用、小额外币利率存款上限放开、外汇管理、反洗钱和反恐怖融资，发布了五项金融细则。

其中，最受关注的是利率市场化改革，2014 年 3 月 1 日正式在区内放开小额外币存款上限时，央行不仅希望上海自贸区在“先贷款后存款，先外币后本币”的“四步走战略”下在全国率先实现外币存款利率完全市场化，更希望借此为更重要的资本账户改革和利率市场化“试水温”。

值得一提的是，“一线放开，二线管住”这一谈及自贸区区内区外管理的词并不适用于自贸区的金融创新举措。

在政策制定者看来，资金与货物不一样：货物放在保税区，就是“一线放开，二线管住”，但资金很难实现，考虑到资本账户放开最大的风险是资金大进大出，放开可能会遇上类似东南亚金融危机和日本 20 世纪 90 年代经历的状况，不应该按“一线放开，二线管住”的方式来管理。

上海自贸试验区目前在推动金融开放中存在几个难题。首先，全球宏观经济环境的不确定性，给扩大金融开放、放宽金融部门准入条件带来巨大阻力。第二，中国经济去杠杆化逐步给金融机构带来巨大的经营风险压力，形成了金融创新和风险可控之间的悖论。第三，上海定位于我国金融改革开放的试验田，金融改革开放的政策与节奏缺乏协调，细则操作不到位，影响了区内金融机构的业务拓展与创新。第四，自贸区资金流动的开放性和离岸性需要严密合围的“金融围栏”加以防范，而目前“一区一议”的监管原则不利于金融资源和金融监管的协调统一。

事实上，要探索资本项目可兑换，不管“一线”和“二线”，都可以宏观审慎管理，这不是传统的微观审批式管理。所以从这个意义上看，“一线

也不会完全放开，二线也不会完全管住”，才能用来概括自贸区可尝试的思路。在现阶段监管能力较弱的情况下，上海自贸试验区采取“一线放开，二线渗透”，与上海国际金融中心建设保持联动，同时采取“FT 账户管理系统实体交易平台合格主体”的方式，加快资本项目下人民币投资自由化步伐，建立以上海为中心的全球人民币循环机制，为将来真正实现人民币自由化做准备。

（刊载于 2017 年第 14 期《学习参考》）

建言

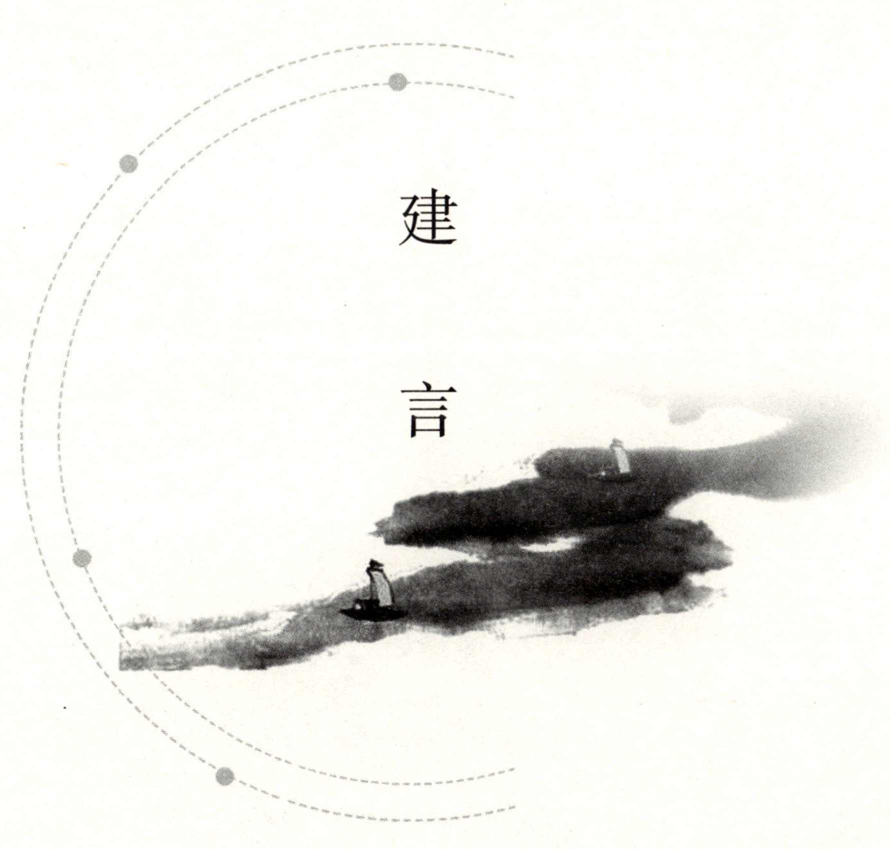

西部大开发面临的新情况及政策建议

世纪之交，党中央、国务院从实现我国现代化战略全局出发，做出了实施西部大开发的重大部署，为西部地区的全面发展带来了千载难逢的历史机遇。这是中国特色社会主义理论的一次成功实践，得到了西部地区近4亿各族人民的热烈拥护和全国人民的积极响应，成为深刻影响西部地区发展的最大的德政工程和民心工程，对解决我国区域协调发展，促进各民族共同繁荣富裕，全面建设小康社会，不仅具有重要的经济意义，也具有重大的政治意义，并将继续产生深远的影响。同时，西部大开发也面临着一些值得关注的新情况、新问题。我们应当正确认识和深刻把握这些新情况、新问题，有针对性地采取有效对策，以保障西部大开发继续有效推进。

一、西部大开发面临的新情况新问题

总结分析西部大开发政策的实施情况，目前存在五个方面的新情况和亟待解决的问题。一是西部大开发政策制定得较早，现有政策已不具有优惠和倾斜特征，多数政策已成了普惠性政策，在吸引外部投资、增强西部地区自我发展能力上有明显减弱的趋势。二是随着东部率先、中部崛起、东北振兴等战略的实施，加之国家没有设立专门的西部大开发资金渠道，中央财政在西部投资的绝对金额和相对比例不增反降，西部大开发的力度呈明显减弱趋势。三是一些政策落实尚不到位。2000年国家出台了西部大开发政策，但没有制定相应的实施细则，一些投资政策、财政政策、收入分配政策落实不到位，影响了西部大开发政策的实施效果。四是政策支持体系不完善。比如目前的西部大开发政策没有形成有效刺激西部经济加快发展的政策环境，缺乏生态补偿和资源有偿使用政策等。五是西部地区仍然是全国经济发展最落后、社会公共服务水平最低的地区，并且发展差距继续呈扩大趋势。以青海为例，主要表现在以下几方面：

（一）发展差距仍在扩大

仅从青海全社会固定资产投资来看，9 年共完成 3061 亿元，不及东南沿海地区一个省半年的投入（2008 年浙江省固定资产投资 9299.8 亿元），1999 年青海全社会固定资产投资总额占全国的比重为 0.43%，2008 年下降到 0.34%；进出口贸易总额从 0.03% 降到 0.027%；社会消费品零售总额由 0.26% 降到 0.23%。这些数据说明，地区发展差距仍在拉大。

（二）基础设施依然薄弱

目前，青海有 25 个乡、1584 个村仍不通公路。铁路仅有一条干线，青海到毗邻的四川、新疆两省区无直接的铁路相通，运力与经济社会发展需求的矛盾十分突出。大中型水利工程建设严重滞后，农田水利设施薄弱，耕地有效灌溉面积仅占总耕地面积的 32.7%，全省尚有 124 万人的饮水困难和安全问题没有解决。重点资源开发地、工业园区和一些重点企业的公路、水、电等方面的基础设施难以配套。

（三）生态建设任务繁重

全省水土流失面积达 34 万平方公里，其中主要人口居住区域占 60% 以上。沙漠化面积达 13 万平方公里，并以每年 1300 平方公里的速度扩大。中度以上退化草场占全省可利用草场面积的 53.8%。三江源地区冰川、雪山、湖泊、湿地面积逐年缩小。据新华快讯报道，长江源区冰川面积每年减少 233 平方公里，萎缩 18%。由于生态十分脆弱，生态保护建设实施期短，区域面积大，生态恶化的趋势尚未得到根本遏制。

（四）产业支撑能力不足

资源开发是青海经济的主要支撑和增长点，但由于受资金、科技等因素的制约，主要以粗放式开采为主，缺乏精深加工，开发层次不高，产业延伸不长，就地加工转化能力弱。虽有较为丰富的煤、油、气、非金属矿产和金属矿产，由于尚未建立资源有偿使用制度和生态补偿机制，地方获益极少。

（五）贫困问题仍然突出

2008 年，青海城镇居民人均可支配收入为全国平均水平的 73.8%，由全国第 21 位降至第 28 位；而农牧民纯收入仅为全国平均水平的 64.3%，由全国第 26 位降至第 29 位。全省城镇现有 20 万低保人口，农牧区有贫困人口 75.7 万，二者之和占全省总人口近 1/5。

（六）公共服务能力不足

由于地广人稀，欠账过多，目前，青海仍有9个县未实现“普九”，人均受教育年限仅为7.28年，比全国人均受教育年限少1.2年，青南地区少得更多；接受过中高等教育的人口比例、每万人中专业技术人员比例和居民健康水平都低于全国平均水平。全省尚有539个村不通电，1474个村不通邮，763个村不通电话。

（七）社会稳定任务艰巨

青海少数民族人口占比为46.3%，青海藏区是达赖集团进行分裂渗透破坏活动的重点地区之一。但青海藏区基层政权和公检法司基础设施建设长期落后，不利于维护社会稳定。

（八）金融危机导致宏观经济环境进一步趋紧

受国际、国内严峻和复杂的经济环境影响，宏观环境趋紧、外部需求减弱，通过金融、投资、市场等多种传导机制，对青海经济增长、就业、企业生产和效益等方面产生了较大的负面影响。同时，青海财政刚性支出多，调节余地小，财政资金面临极大压力。

二、进一步推进西部大开发的政策建议

持续推进西部开发战略，不断创新开发西部的思路，加快西部地区发展，不断缩小发展差距，是贯彻中央“两个大局”方针、实现共同富裕的中国特色社会主义的本质要求，是进一步扩大国内需求、改善全国生态环境、实现可持续发展的迫切需求，是保持全国社会稳定、民族团结和边疆安全的当务之急，这是一项长期而艰巨的历史性任务。比如青海是一个特殊的省份，是面积大省，却又是少数民族占总人口的46.3%、民族区域自治占总面积98%的人口小省；是资源大省，却又是经济总量小、财政收入少、贫困面广、贫困人口多、贫困程度深、扶贫成本高的经济穷省；是全国乃至亚洲重要的生态屏障，生态保护与建设范围广、生态地位非常重要的省，却又是自然环境恶劣、海拔高、生态十分脆弱的省；是民族宗教工作复杂，维护稳定工作任务艰巨的省，却又是社会事业发展滞后、社会发育程度低的省。要根本改变像青海这样欠发达地区面貌，不仅需要本地区各族人民付出长期艰苦的努力，同时更需要国家一如既往、持久稳定的支持和帮助。

当前，加快西部地区发展，逐步缩小与全国的差距，必须继续加大西部

大开发战略的实施力度，进一步完善开发西部的各项政策措施。一方面，坚持长期性。着力构建长效机制，使西部开发政策在区域经济协调发展中发挥更大的作用。另一方面，突出特殊性。国家在制定宏观调控政策时，应尽量避免“一刀切”，不断加大对西部地区的倾斜扶持力度。同时制定更加具体的配套政策措施，把国家的扶持政策真正落实到资金、项目上，体现到改善民生上，并由国务院有关部门督察配套政策的落实情况，让青海等西部地区广大群众真正得到实惠。对进一步推进西部大开发的具体政策建议如下：

（一）进一步完善推进西部大开发的体制机制

一是加快完善税制。提高资源税赋，通过普遍提高税额标准，合理确定计税办法，对市场价格变化较大的煤、气、油等采取从量和从价复合计税办法扩大征税范围。二是完善对青海等省区的财政政策。如中央在实施转移支付时，充分考虑青海特殊省情造成的支出成本差异，结合国家主体功能区建设，加大对禁止开发区和限制开发区的转移支付力度，增加计算转移支付的相关因素，扩大专项资金规模，提高补助系数，增加补助额度，逐步减少或取消州县两级配套资金，将部分公益性项目国债转贷资金逐步转为拨款。三是加快建立和完善地区间利益补偿机制。比如，建立三江源水资源补偿基金，对中下游受益地区征收水资源费，专项用于对水源涵养地区的补偿。建立以帮助青海加快建立和实施长期稳定的、以生态保护为重点、以改善民生为核心、以发展经济与维护社会稳定为基础的生态补偿机制、对口帮扶机制。完善矿产资源有偿使用办法，支持建立地方性矿产开发生态补偿基金。对青海等省区因大面积设立军事禁区而影响资源、旅游开发带来的损失给予合理补偿。积极探索中央财政购买青海独有的生态公共产品的路径和办法。四是建立西部地区社会公共服务持续稳定的投入增长机制。在项目安排上，充分考虑青海的特殊因素造成的成本高、投入大的现状，以及自我发展能力弱、供给不足的实际，提高中央专项补助的比例和标准，增加补助总量。探索建立藏区科教文卫发展基金，切实增强藏区的公共服务保障能力，改善西部地区社会事业发展的基础条件，特别是结合医疗卫生体制改革，加大中央对西部地区医疗卫生投入，改善西部地区基层医疗卫生工作中存在的房屋不足、设备短缺老化、人员技能不高等突出问题。五是着力构建有利于三江源生态保护的体制机制。转变政府职能，提高管理和服务水平，理顺中央与地方、省内各有关部门和地区之间的行政管理职能，完善考核评价、激励约束等保障机制。

（二）加大对基础设施建设的支持力度

一是加大基础设施建设投入力度。对青海等省区重点基础设施项目尽快研究，将一些成熟的项目纳入专项规划，并在核准立项、资金投入等方面对青海等省区给予特殊倾斜，大力建设一批既能对带动经济社会发展起长远作用，又与群众生产生活密切相关的交通、水利、能源、城镇功能、防灾减灾等基础设施建设项目，使青海等省区的基础设施基本与新农村建设、新型工业化、城镇化和生态环境保护相适应。二是加大对公路建设的投入力度。继续支持青海等省区大力发展高等级公路，对公路等基础设施建设的土地占用政策给予适当放宽，增加用地指标，加快国家高速公路网、出省公路建设和国省干线公路的升级改造。对交通等基础设施建设中的贷款利率降低1~3个百分点，贷款期限延长至25~30年，以减轻还本付息的压力。提高农村公路维护能力和水平，逐步完善路网结构，提高路网整体水平。三是加大一批重点工程建设的支持力度。加快研究，尽早开工建设库尔勒—格尔木、格尔木—敦煌、新疆—张掖—西宁—成都等国家铁路项目，力争构建西北地区北连中亚、西南出海的铁路大通道。加快建设一批重点水源工程，如帮助青海开展柴达木盆地、青海湖流域、三江源地区的水资源综合规划、防沙治沙综合治理规划，尽早启动南水北调西线工程等，以进一步提高青海等省区区域发展的支撑能力，加快区域投资环境的改善。

（三）着力解决好西部地区贫困问题

一是加大农牧区生产生活设施投入力度。国家在安排西部地区“农村六小”等项目时，应充分考虑西部地区实际，结合新农村建设，提高补助标准，加快解决西部偏远农牧区的饮水难、行路难、用电难、通信难、听广播看电视难等问题。加大实施牧民定居点工程力度，尽快解决牧民定居问题。二是加大扶贫开发力度。目前，西部许多贫困县区还未列入国家扶贫重点开发县，青海藏区30个市县中，只有8个列入国家扶贫开发重点县。国家应将西部地区贫困县列为集中连片特殊贫困区域给予重点支持，并较大幅度地增加以工代赈等扶贫资金规模，使西部贫困各县均能享受国家各类扶贫政策。三是逐步提高青海等藏区职工工资和福利待遇。充分考虑青海等藏区的特殊性，对青海等藏区增加的津贴补贴部分所需资金给予支持，加大海拔高度在评价指标体系中的权重，相应提高青海等藏区艰苦边远地区类别和津贴标准，以体现中央对高寒缺氧、特别艰苦地区职工的关怀。四是加快推进社会保障一体化进程。支持西部地区加快完善社会保障制度，扩大社会保障覆盖面，提高社会保障水平，逐步缩小与东部地区社会保障水平的差距。如降低企事业单位退休年龄及农牧民参加养老保险年龄，让企业退休职工和参加养老保险的农牧民享受艰苦边远津贴政策，提高城镇职工医疗保险、城镇居民医疗保险和新型农村合作医疗的筹资水平和报销水平，尽快在西部地区推行农村养老保险试点，将社会保障由目前的省级统筹加快过渡到国家统筹等，使青海等西部省区的群众在养老、医疗、失业、最低生活保障等方面和全国其他地区能够享受大体一致的基本社会公共服务。

（四）扶持特色优势产业发展

一是在产业政策上倾斜。国家统筹东西部产业布局，除涉及国家战略、影响全局发展者外，根据青海等省区实际，尽量促使以西部原生资源为原料的下游产业向资源生产地转移，将资源精深加工类产业确定为西部长期鼓励支持类产业，在项目核准立项、资本金投入、贷款贴息、土地利用等方面给予支持，并从资源分配和价格核定等方面给予更多的倾斜。对高载能产业采取差异化的地区政策，大力扶持太阳能风能等新能源产业、有色化工结合的新材料产业，延伸产业链，加快产业转型升级，以进一步增强自身的造血功能。在土地政策上，针对青海省地域辽阔地类差异很大的特点，对青海省大片待开发的戈壁、裸岩、石砾、沙漠及荒漠化草场等国有未利用土地的工业项目以划拨方式供地。二是加大金融支持力度。优化金融机构网点布局，巩固国有商业银行股份制改革成果；对青海金融机构实行差异性货币政策和差别性考核政策，设立青海金融业发展专项基金，重点将资源综合开发利用项目纳入国家政策性金融、保险、信贷等扶持政策范围，优先支持资源综合开发利用项目发行债券、上市，积极引导外资、央企和沿海发达地区资金投入这类产业；在西部地区组建西部发展银行；加强社会信用体系建设。三是加大地质勘探力度。在增加公益性普查评价投入的基础上，对需要详查的项目给予资金支持。四是大力推进产业多元投资。支持国内国有大型企业加大对优势资源开发的投入力度。允许、鼓励当地政府或群众入股，形成利益共享机制。在更高层次、更大范围重组再造一批具有竞争力的优势股份制企业。五是大力支持工业园区发展，加快构建循环工业体系。六是建立柴达木国家石油储备基地。利用中亚地区进口原油及新疆的原油资源，提升格尔木炼油产能，打造千万吨油气田，并在柴达木地区建立国家石油储备基地，这既有利于国家石油战略储备，也有利于促进地方经济的可持续发展。

（五）继续加强生态环境保护与建设工作

一是继续加大对三江源生态保护和建设等项目的投入力度。加大对三江源生态保护和建设项目、青海湖流域生态环境保护与综合治理项目的年度投资规模，加快工程进度，并考虑近年来物价上涨较快的实际，适当提高工程建设标准。同时，尽快实施三江源生态保护和建设二期工程，扩大实施范围。二是加大重点生态工程的实施力度。针对青海省的实际情况，加大退牧还草工程推进力度，增加退牧还草工程总量，并将范围扩大到全省牧区。进一步延长退耕还林和退牧还草的补助期限，并提高相应的补助标准；将退耕还林工程中新造林地纳入生态公益林管护范围。加大祁连山水源地环境的保护和建设力度，使祁连山地的湿地生态系统、草地生态系统、森林生态系统向良性循环方向发展。将青海省作为全国防沙治沙重点地区，增加防沙治沙建设任务和投资。三是建立和完善相关政策。对青海的生态移民在继续执行现有补助政策的基础上，安排专项资金，将生态移民纳入城镇居民最低生活保障范围，同时提高生态移民安置投资标准，加大对生态移民劳动技能培训和产业发展的扶持，统筹解决生态移民的生活生计问题。加大应对气候变化工作的投入力度，支持人工影响天气工作，提高防灾减灾能力。对重大项目和重点建设领域规划开展环境影响评价。

（六）加大对青海等省区人才工作的支持力度

加大对青海等省区人才工作的支持力度，使扶贫与扶智相结合，项目、资金支持与人才资本支持相结合，推动青海经济社会发展与人力资源开发相结合。一是制定出台有关政策，支持和引导各类人才到西部参与开发建设，同时完善参与西部开发人才的人事代理、福利待遇、管理等机制，减免特殊贡献人才收入的个人所得税，为西部地区引进人才创造条件。二是设立“西部地区人才发展基金”，用于支持西部地区人才开发和引进工作。逐步加大对西部地区人才队伍建设资金的投入力度，形成国家部委、中东部地区合力投资西部地区人才开发的资金投入机制。三是实施一批向西部倾斜的人才工程。参照干部援藏、援疆模式，建立多元化人才援青工作机制。将青海高校纳入“对口支援西部地区高等学校计划”，加强对口支援青海高等教育工作。

（七）设立兰（兰州地区）宁（西宁地区）柴（柴达木地区）经济区

区域经济一体化是按自然地域经济内在联系、商品流向、民族文化传统以及社会发展需要形成的经济联合体，是建立在区域分工和协作基础上，通过生产要素的自由流动，推动区域经济整体协调发展的过程。20 世纪 90 年代以来，长三角、珠三角、环渤海、海峡西岸以及西部地区的北部湾、关中-天

水、成渝等经济区相继批准设立，对加快上述地区经济社会发展起到了巨大的促进、带动作用。区域经济一体化已成为我国解决区域经济协调可持续发展问题的引擎和趋势。而兰州、西宁和柴达木地区分别是甘肃省、青海省经济最发达、社会发育程度最高、优势资源最富集的地区，在空间形态、市场、产业、交通、信息、制度、人文、生态环境等方面关联程度高、联系紧密、互补性强，具有明显的区域经济一体化的条件和特征。设立兰宁柴经济区，建立中国西北地区经济新的增长极，对于促进当地和带动周边地区经济社会发展，更好地推动两省实施西部大开发战略，具有重要的作用和深远的现实意义。

（2010年10月在西部大开发高峰论坛上的演讲）

青海枸杞为什么这样“红”

用枸杞医病的历史在我国十分悠久，除了《诗经》中的记载外，宋代苏东坡在《小圃枸杞》一诗中曰：“根茎与花实，收拾无弃物”，指出枸杞的根、茎、花、果都可利用。明代李时珍在《本草纲目》中记载：“春采枸杞叶，名天精草；夏采花，名长生草；秋采子，名枸杞子；冬采根，名地骨皮”。由此可见，枸杞全身都是宝。那时，人们不仅把枸杞作为药材利用，而且当作滋补保健品来馈赠佳友。

长期以来，青海枸杞犹如一位风姿绰约的少女，“养在深闺人未识”。近年来，省委省政府高度重视特色优势产业发展，制定出台一系列政策措施，鼓励符合条件的地区发展壮大枸杞产业，推动形成新的经济增长点。2009 年 12 月，青海省出台了《关于促进枸杞加工产业发展的意见》，提出了“东部沙棘、西部枸杞”林业产业发展的总体思路，依托退耕还林工程带动枸杞产业发展，青海枸杞产业慢慢“红”了起来。目前，全省枸杞种植规模发展到 43 万亩，成为当地群众脱贫致富奔小康，带动农村经济全面发展的“主导产业”和“富民产业”。

青海是全国枸杞种植的重点分布区，发展枸杞产业具有得天独厚的优势。

一是具有种植环境优势。众所周知，青海枸杞产区地处世界“四大超净区”之一的青藏高原腹地，海拔高，日照时间长，太阳辐射强烈，降水量少，蒸发量大，属典型的大陆性气候。这些得天独厚的自然条件决定了果品品质、营养成分、功能活性物质的积累以及口感和外观均优于其他省区。青海柴达木盆地和共和盆地的土地资源丰富，枸杞产地的大气、水源、土壤基本无污染，非常适宜于枸杞生长，因此，青海也赢得了“中国有机枸杞之乡”的美誉，其高原、有机、优质、富硒、富锗的品牌形象逐渐受到广大消费者的认可；品牌效应逐步显现，市场份额显著提高。青海枸杞的优良品质被同行业所认可，深受广大消费者的青睐。

二是具有区域化、产业化优势。目前，青海枸杞种植主要分布在柴达木盆地的都兰、德令哈、格尔木、乌兰以及海南州的共和等县（市），全省枸杞种植规模由2005年不足3.77万亩迅猛发展到43万亩。其中，诺木洪农场种植面积达7万亩，已成为世界范围内枸杞连片种植面积最大产区。种植区域和规模的扩大，带动了枸杞产业的发展壮大。目前有一定规模的枸杞种植、生产、加工、销售企业有36家，产品由直销干果逐步研发出枸杞浓缩汁、枸杞籽油、枸杞酒等系列深加工产品，产品研发力度不断加大。而青海雪域圣烽生物技术开发有限公司开发生产的枸杞健康营养酒类产品陆续上市，必将推动青海枸杞产业的精深发展。

三是具有枸杞果品的品质优势。素有“聚宝盆”之称的柴达木盆地，以其独特的气候条件，生产的枸杞鲜果玲珑剔透，红艳欲滴，色红粒大，果实卵圆形，籽少、肉厚，大小均匀，无霉变，无杂质，品质优良，迅速走俏国内外市场。据中科院西北高原生物研究所检测，柴达木枸杞含多种维生素和人体所必需的18种氨基酸，其中有利于人体健康和智力开发的有机硒、锗、锌的含量高。其蛋白质含量占11.2%、脂肪占6.6%、总糖为52.4%、18种氨基酸为1.0%，特别是在医用、保健功能中起关键作用的枸杞多糖高达8.3%，显著高于国内其他产地，是全国最优质的枸杞之一。同时柴达木盆地分布的野生黑果枸杞，经检测含17种氨基酸，13种微量元素，富含高原抗氧化物质花青素。在第六届义乌国际森林产品博览会参展的枸杞类产品中全面获奖，共有10种产品揽获优质产品奖和创意林产品奖。

四是具有优良的野生枸杞资源优势。柴达木盆地广泛分布天然黑果枸杞等6种枸杞属植物种。据初步调查，柴达木盆地天然枸杞资源面积达100万亩，其中都兰县48万亩、格尔木市35万亩、德令哈市12万亩、乌兰县5万亩。在都兰县乌龙沟分布有迄今发现的国内面积最大、最为集中的天然枸杞群落，面积达3400亩。这些珍贵的天然枸杞种质资源，为枸杞新品种培育提供了丰富的遗传基因。可以说青海有着最佳的枸杞种植环境，用“青海枸杞甲天下”这句话来作枸杞宣传词，我觉得恰如其分、名副其实。

“十三五”时期，我们将牢固树立创新、协调、绿色、开放、共享五大发展理念，依托优势资源，在现有基础上进一步扩大种植规模，打造有机枸杞种植基地，大力推进科技创新，培育枸杞产品品牌，大力扶持龙头企业，不难预见，青海枸杞产业将迎来难得的发展机遇。

（2016年4月在中国糖烟酒博览会成都高峰论坛上的演讲）

深入谋划“十二五”，全力推动青海实现跨越式发展

强书记在省委十一届六次全会上提出着力推动跨越发展、绿色发展、和谐发展和统筹发展，积极探索具有青海特点的科学发展模式，奋力创出欠发达地区实践科学发展观的成功之路。这是省委在对我省发展阶段作出新判断的基础上，提出的指导青海今后经济社会发展的重要指导思想。在省委实现跨越式发展大政方针已定的前提下，“十二五”规划作为指导全省经济社会发展的纲领性文件，既要贯彻好中央和省委的精神，又要充分体现可操作性。也就是说，在理论方面紧跟时代的要求，在实践方面紧贴青海的实际。具体讲，就是要做到以解决现实性、应用性和青海特殊性问题为出发点，在针对性、可操作性上下功夫，充分发挥比较优势，扬长避短，有所为、有所不为，在某一点、某一领域、某一行业找准突破口，集中攻坚，就能后来者居上，实现跨越式发展。在具体路径选择上，规划应重点从重大项目带动、推进工业化、加速城镇化、发展现代农牧业、改善民生、扩大开放、建设生态文明七个方面体现跨越式发展这个思想。

一是着力重大项目带动，促进国民经济跨越式发展。这些年来，我们的发展速度在全国来看并不慢，但与前些年我们经常拿来比较的甘肃、宁夏等省区相比，差距仍呈扩大的趋势。为什么？主要是我们的基数太小。在青海实现跨越式发展，既要注重内涵式发展，更要注重重大项目带动的外延式发展。从目前看，随着金融救援和经济刺激计划效果的逐渐显现，全球及国内经济逐步进入复苏阶段，继续保持投资的持续较快增长，具备一定的条件；第五次西藏工作会议支持青海等省藏区经济社会发展政策措施的出台，为实现跨越式发展提供了新的历史机遇和强大的政策保障；全省经济社会持续较快发展，孕育了从量变到质变跨越式发展的拐点，这为我们利用重大项目带动，加快各项事业的发展奠定了良好基础。具体讲，就是要加快太阳能光伏产业基地和太阳能电力生产基地建设，对青藏铁路、兰新复线，格尔木至敦

煌、格尔木至库尔勒、西宁至成都铁路，西宁至海北、海西、海南、黄南及格尔木和出省通道等高速公路，德令哈、大武、花土沟支线机场，三江源生态保护，灾区建设等重大基础设施建设和公共产品，要加大投入，始终保持重大项目对经济社会发展的持续拉动力。

二是着力推进工业化，促进工业结构优化升级。利用能源资源、可再生的清洁的能源资源和矿产资源，大力发展特色工业，走新型工业化的道路，是青海跨越式发展和绿色发展的必然选择。我们必须立足于能源优势、矿产资源优势、可再生生物资源优势，努力把青海建成全国重要的盐湖化工系列产品生产基地、黄河上游水电基地、有色金属产品生产加工基地、硅材料和太阳能产业基地、区域性石油天然气化工基地和国际性藏毯生产集散基地。依靠科技创新和体制创新，在发展循环经济、新能源新材料以及生态畜牧业等重大科技问题上加强研究，大力推进资源的综合开发、有效配置、循环利用，加速延长产业链，推动产业融合发展，构建资源精深加工和横向扩展相结合的循环工业体系，为“四个发展”奠定坚实的物质基础。

三是着力加速城镇化步伐，推进“兰宁格”经济区建设。要充分利用玉树震后重建的机遇，着力把玉树打造为国内重要的生态商贸旅游城市。并争取把大武、恰卜恰、隆务、西海镇列为国家重点小城镇，将人口相对集中、条件相对较好的共和、同仁、门源、贵德等县实行县改市，逐步形成具有一定规模的农牧区城市，使行政村空间布局进一步优化。要按照城乡一体化的发展思路，继续增强西宁、格尔木市两个中心城市基础设施建设、产业支撑、环境承载和吸纳就业能力，扩大城市规模，增强城市功能。长三角、珠三角、环渤海、北部湾、天水-关中、成渝经济区，以市场经济为导向，以服务和合作为纽带，优化配置地区资源，优化产业布局，已成为推动区域经济发展的引擎和抓手。兰州、西宁、格尔木三个城市之间有着紧密的自然、经济、文化、社会联系及历史渊源，具有明显的区位、科教、资源、产业优势，城镇群发展和城市化水平较高，且已成为西北地区经济社会发展的核心区之一，因此，加快推进“兰宁格”经济区建设，对构筑西部地区新的增长极，实现东部地区产业向西部转移，促进兰新、青藏铁路沿线经济带崛起具有重要意义。

四是着力发展现代农牧业，夯实国民经济基础。有一种观点认为，青海发展农业，是没有出路的。对此，我们既要认识到自然环境恶劣，不适宜农作物生长的现状，更要跳出传统思维来谋划现代农牧业的发展。比如，气候冷凉，是发展反季节高原特色农业的有利条件；生态原始，是生产无污染绿色食品的天然场地。我们要坚持生态化的发展方向，着力推广现代化的生产方式，重点建设海东农业“百里长廊”，推动海北现代畜牧业示范区建设，推进农牧业集约化经营，形成一体化保障机制。在生态效益上，大力实施以草定畜、划区轮牧、围栏封育等多种生态保护措施；在经济效益上，突出牲畜的组群经营、专群饲放，实施农畜产品集中竞拍，大力推广农牧业实用科技等等，进一步提升农牧业的综合效益，夯实国民经济基础。

五是着力解决民生问题，加快发展社会事业。2009 年，青海城镇居民人均可支配收入为全国平均水平的 73.9%，由 1999 年的全国第 24 位降至第 28 位；农牧民人均收入仅为全国平均水平的 64.9%，由 1999 年的全国第 25 位降至第 29 位。青海省的经济发展与全国差距持续扩大，新的社会矛盾和利益纠纷日益增多，社会事业发展滞后，基本公共服务不均，等等，这些因素严重制约着跨越式发展的实现。因此，必须把民生作为当务之急，坚持“小财大用”的理念，集中有限的财力，切实解决好重点领域和重点群体的民生问题，加快推进民生水利和骨干水利工程、城镇防洪、病险水库除险加固、河道治理等水利工程。要集中财力，组织实施好新农村建设实事工程，重点加强农牧区人畜饮水安全、牧区“五配套”、农村沼气工程建设。尤其要把解决贫困问题放在突出的位置，多方施策，全力做好整村推进、集中连片开发等项工作，确保扶贫攻坚目标如期实现。发展社会事业，尤其要注重发展农牧区的社会事业，尽快形成覆盖城乡的科技、教育、卫生、文化服务体系。

六是着力扩大开放，构建开放型经济新格局。青海对外开放水平低，视野不够开阔，不善于利用国际国内两种资源、两个市场参与国际分工和区域合作。在招商引资中，重招商、轻服务，重签约、轻落实的现象比较突出。不改变这些思想和做法，发展就缺乏活力，就难以实现跨越式发展。我们必须进一步牢固树立大开放大发展、不开放不发展的意识，坚定不移地走开放融入之路，抓住国内外经济结构调整和产业转移步伐加快的机遇，充分利用市场机制、合作机制和互助机制，不断地“请进来、走出去”，扩大合作领域，拓展发展空间，在合作共赢中推进跨越式发展。要更好地把全省改革发展与对外开放统一起来，进一步优化开放环境，提高开放层次，特别是要着力引进战略投资者——中央企业，使更多有实力、善经营的投资者进入青海，干事创业，推动发展。

七是着力建设生态文明，推动绿色发展。在青海实施生态立省战略，发展生态文明，是我们对青海独特生态地位、特殊生态环境这个最大省情深化认识的结果，是青海这样一个欠发达地区发挥后发优势、实现跨越式发展的

希望所在；是发挥青海比较优势、构筑发展新平台、树立发展新形象的正确选择，标志着我们对生态的认识上升到了一个新的战略高度。青海环境资源丰富，生态地位极端重要又极其脆弱，大力发展绿色经济，实现绿色发展，是我们统筹兼顾资源环境的保护利用与经济社会的快速发展的必由之路。我们既要继续实施好三江源、环湖流域等生态保护工程，又要大力发展生态畜牧业、生态旅游业，大力发展民族文化产业，着力推动循环经济，抢占绿色经济的制高点，努力在新一轮的发展中赢得先机、把握主动。

在“四个发展”中，跨越发展是基础，绿色发展是方向，和谐发展是目标，统筹发展是方法。骆省长在回答《中国日报》记者提问时指出，青海实施绿色发展，今年要着力打好“三张牌”：一个是国家级三江源生态保护综合试验区品牌，一个是国家级柴达木循环经济试验区的品牌，一个是国家级热贡文化生态保护实验区品牌。当前，还要抓住第五次西藏工作会议出台重大政策和玉树灾区重建的时机，着力打好藏区发展这张牌，为全省广大藏区发展争取更多的政策、资金支持，对全省的绿色发展发挥重要的牵引和支撑作用。

（2010年4月29日在“十二五”规划专家咨询会上的发言）

在全省第二批特色志书编纂工作启动会议上的发言

今年4月份，省志办组织编纂的《青海花儿艺术志》由青海民族出版社正式出版发行了，该志是省志办倾力打造的第一部特色志书，填补了青海省及西北地区花儿无志书的空白。此次召开全省第二批特色志书编纂工作启动会议，就是为了更好地推动其他五部特色志书《青海河湟文明志》《三江源生态保护文化志》《青海藏毯志》《青海藏医药志》《热贡文化艺术志》等的编纂工作，记述青海传统特色文化，宣传推介青海特色产业文化，在保存历史记忆、继承和发扬我省传统文化的同时，进一步彰显区域文化的独特价值和社会意义。

对志书的编纂我是个外行，不想班门弄斧。在此，对志书的利用谈一点意见。

因为工作的关系，我本人经常用到志书，也收藏了一些志书，但还是感到不够用，想用时无处寻找，常常为此感到烦恼。在此，我提一点建议，就是要积极开辟地方志为社会经济发展服务的新途径、新手段。我们在地方志的开发利用方面已经做了很多工作，也起到了很好的效果，但是还有很大的空间。比如，这些年，我们旅游经济发展得很好，但是我们的服务还跟不上，很多宾馆包括接待中央和各省领导的胜利宾馆里摆放的都是小说杂志等，我们完全可以把省志送到宾馆酒店里摆放，这不仅便于游客随时查找有关青海的各种省情资料，而且也是展示青海文化建设成果的机会。再如，我们省上的方志馆已经立项，但是如何定位，如何使用，我认为，不能把它建成专业展览馆，而应该把它建成地情馆。我们现有的博物馆、图书馆、体育馆很多，但是没有一个向广大群众特别是青少年横向介绍本地政治、经济、文化、社会、物产、地理、气候等综合情况的博物馆，而方志馆恰恰可以填补这个空白，借助展板、模型、沙盘展览形式，宣传省情、地情，起到进行省情教育和爱国主义教育的作用。由于我省是多民族省份，在场馆设计上应当突出民族特色，使它成为城市的地标性建筑，成为城市的亮点和文化符号。

此外，我对新编特色志书的名称提点意见，其他四部志书没有意见，主要是《三江源生态保护文化志》，建议删掉“文化”，改为《三江源生态保护志》。

同志们，地方志工作是一项存史资政、鉴往知来的事业，是一项认识过去、服务现在、功在当代、利在千秋的事业，让我们大家共同肩负起历史的重任，以更加饱满的热情，齐心协力，开拓创新，高标准、高质量地完成特色志书的编修任务，把青海地方志工作做得更好，为把青海建设得更加和谐美丽做出新的更大贡献。

（2015 年 4 月）

“十三五”时期加快推进广播电视大学向开放大学转型升级的五点建议

今年是“十三五”的开局之年，目前青海广播电视大学正在遵照国家和青海省“十三五”规划精神，结合实际抓紧完善学校的“十三五”发展规划，从而在新的起点上加快推进广播电视大学向开放大学的战略转型。青海广播电视大学成立于1979年，是一所运用现代信息技术等多种媒体手段，实施远程本、专科学历教育为主的省属高等院校。学校占地面积17亩，教学用房10965平方米，教职工108人，现有各类高等学历教育在校生达18653人。由于受办学空间狭小、师资力量紧缺、教学资源薄弱的限制，学校的发展不能适应国家发展开放大学的改革要求，不能适应青海省以现代信息技术为支撑、构建全民终身教育体系和服务学习型社会建设的高等教育要求。

2014年年初，全省高等教育布局及学科专业结构优化调整工作专题会议进一步明确了“以青海广播电视大学为母体，组建青海开放大学”的基本思路，明确提出了组建推进工作的时间节点；明确了组建青海开放大学，实现以大带小、以强扶弱、资源共享、扩大规模的工作目标。2014年8月，省政府第29次常务会议原则通过《组建青海开放大学方案》。但是，由于受顶层设计等多方面因素制约，青海开放大学建设工作进展缓慢。

今年正值“十三五”规划启动之年，国家“十三五”规划指出，“建立个人学习账号和学分累计制度，畅通继续教育、终身学习通道”。青海省“十三五”规划强调，“充分发挥广播电视大学在全省继续教育中的骨干作用，建设具有地方特色的开放大学。畅通继续教育、终身学习通道，健全学历教育和非学历教育协调发展，职业教育和职后教育有效衔接”。此外，青海省《中长期教育规划纲要》指出，“发挥广播电视大学在全省继续教育中的骨干作用，办好具有青海地方特色的开放大学”。今年1月，教育部印发了《关于办好开放大学的意见》（教职成〔2016〕2号，以下简称《意见》），强调要适应经济社会发展的新要求，运用现代信息技术发展的新成果，探索具有中国

特色、体现时代特征的开放大学办学模式。《意见》明确了办好开放大学的12项重点任务。因此，必须全面学习、深刻把握教育部对于办好开放大学的指导意见，把电大向开放大学的战略转型作为贯穿学校“十三五”时期的发展主线，从而为办好青海开放大学奠定可靠的基础。

办好开放大学，是适应终身教育发展趋势、满足经济社会发展和学习者终身学习需要、推动电大转型升级、创新体制机制、提高教育质量、增强服务能力的现实需要。办好开放大学，是深化教育领域综合改革的重要内容，是利用现代信息技术推动高等教育改革创新的重要途径，是构建终身教育体系、建设学习型社会的重要举措。由此可见，广播电视大学改为开放大学，不是简单的翻牌更名，而是质的变化升级，是一项艰巨而复杂的系统工程。一方面，要苦练内功，深化改革，走内涵发展之路；另一方面，更需要省委、省政府和教育行政部门的高度重视和大力支持，为此，我们提出以下五点建议：

（一）将开放大学建设纳入议事日程，出台建设青海开放大学的实施意见。教育部的《意见》提出了“切实办好开放大学，推动建设学习型社会”的要求，明确了办好开放大学的指导思想、基本原则、主要目标、主要任务及保障措施，是建设开放大学的路线图和时间表，从而规范和促进开放大学的健康有序发展。建议省委、省政府加强对开放大学建设的规划和领导，成立开放大学建设领导小组，由省委、省政府相关部门和广播电视大学参加，省级教育行政部门出台建设青海开放大学的实施意见，研究完善开放大学建设方案、重大教育项目及相应政策，统筹推进开放大学建设。在建设开放大学的基础上适时成立终身教育促进委员会，明确由开放大学整合、协调各种终身教育资源，承担推进终身教育的职能和工作任务，建设深入社区、服务基层、为学习型社会服务的终端。

（二）整合教育资源，夯实办学基础。2014年8月，省政府第29次常务会议原则通过了《组建青海开放大学方案》。遵照会议精神和省教育厅安排，我校参与了对青海工业技术职业学校和青海重工职业技术学校两所中职学校整体划归青海电大的风险评估工作。建议省教育厅进一步统筹领导，明确整合要求和推进步骤，早日实现三所学校资源整合。

（三）对口支援广播电视大学。目前，省内四所高校，除电大外，其余三所高校均有对口支援单位。受特殊的历史原因和自然环境因素的影响，青海电大的办学空间逼仄，优质教育资源欠缺，发展现代远程教育，亟须借力发展。建议省上协调国家教育行政部门安排国家开放大学和相关省市电大对口支援青海电大，不断加强与他们的合作，充分发挥现代远程教育优势，为青海经济跨越式发展和长治久安培养更多的优秀的应用型人才。

（四）制定科学的考核指标体系。广播电视大学从发展定位、办学功能以及人才培养方式和教育对象上来讲具有自身的特色，与普通高校有着很大差别。教育部《意见》强调，“更新理念，加快高等教育、职业教育、继续教育与远程开放教育有机结合”。因此，建议省教育行政部门对高校目标考核上进行分类指导。结合电大服务全省经济社会发展、服务全民终身学习的功能定位和开放教育、职业教育、继续教育“三位一体”的办学格局，制定相应的考核指标体系，增强考核的针对性和科学性。

（五）对建设青海开放大学给予积极的政策支持。教育部《意见》指出，“各地要采取多种措施，努力增加对开放大学的支持力度，积极支持开放大学加强基础设施建设、信息化建设、数字化学习资源和教师队伍建设等”，“学校占地、教学和行政办公用房等满足基本需要，确保学校正常运转”。建议省委、省政府将加强开放大学领导班子建设、校园建设、系统建设、队伍建设、平台建设、资源建设、基础设施建设等工作列入重要议程，定期专题研究开放大学工作，为学校确立办学方向，及时解决班子、编制、资金、项目、平台、学校用地等实际问题，将开放大学建设及事业运行费用列入财政经费预算，从而在发展上强力推动，在业务上精心指导，在政策上有力支持，为开放大学建设提供强有力的政策支持环境。

“十三五”期间是广播电视大学转型升级的重要机遇期，我校将以中央提出的创新、协调、绿色、开放、共享五大发展理念为引领，树立开放、灵活、优质、便捷的办学理念，按照省委“131”总体要求，把握发展机遇，聚焦电大转型，确保“十三五”开好局、起好步，为服务全省经济社会发展做出积极贡献。

（2016年3月17日）

考察报告

走马观花话捷克

前不久，笔者由于工作关系曾在捷克斯洛伐克逗留了半个月，所见所闻，颇有感触。

捷克斯洛伐克系联邦制国家，有1600万人口，其中捷克1000万、斯洛伐克600万。目前在联合国只有一个席位，具有统一的货币、军队、海关。由于种种因素，定于1993年1月1日起分为捷克和斯洛伐克两个国家，但不会像南斯拉夫那样发生内战。实际上捷克和斯洛伐克实行统一的联邦制已多年，经济、人文方面已高度融合，国家分裂将带来严重的政治和经济后果。

1989年11月政权更迭，推翻了共产党执政以后，国家推行市场经济和私有化。私有化分两种：第一种是将国有大型企业、外贸公司先变成股份公司，再出售股票，即所谓大私有化。第二种是将服务业拍卖。第一轮拍卖，主要面向国内；第二轮面向国外资本。因捷克斯洛伐克周边国家实力较强，可将捷克斯洛伐克的全部服务网点买下来，这样势必受制于人。实际上难以行得通。此即小私有化。随着私有化的推动，外贸实行自由化。目前，捷克斯洛伐克对办公司放得很宽，本国人1万克朗（约400美元）可办公司，外国人10万克朗可办公司。全国现有150万家公司，能经营外贸的有几万家，大多为小本经营，经营能力不强；再加上实行紧缩财政、提高利率，信用证难以开出。今年大选后，右派掌权，对经济实行“休克疗法”，生产有所下降，但不是崩溃性下降，主要是生产结构调整。捷克斯洛伐克原系经互会成员国，按经互会的分工，该国主要发展机械工业，其产品卖给经互会，产品结构比较单一，轻纺工业相当落后。平均进口税为8%～9%，轻纺产品进口税较高。为了节省外汇，从1990年起国家开征进口附加税（20%），去年降为10%。1993年要取消，并实行税制改革，大部分商品进口税在18%～23%。

捷克斯洛伐克的首都是布拉格，现有150万人口，市内交通发达，有三条修建于70年代的地铁，有有轨电车、无轨电车、公共汽车、出租车。市内交通工具多为自动售票、自动检票；街道上看不到警察，但“红灯停、绿灯行”执行得非常好，交通井然有序。由于布拉格历史上未曾遭遇毁灭性的战争，所以古迹保存得非常完好，最为著名的是皇宫、古城、古桥，吸引了众多来自世界各地的游客。每年到捷克斯洛伐克游览者达7000万人次，旅游外汇收入相当可观。

捷克斯洛伐克市场供应的商品大多来自西方，档次都比较高，市场上中国货很少。有人说，捷克市场什么都需要，什么都不需要。说它什么都需要，是指质优价廉的商品；说它什么都不需要，是指质次价高或者质次价低的商品。应该说捷克市场的供应情况并不是人们想象的那么糟，反之，竞争非常激烈。

（1992年11月于捷克首都布拉格）

走马观花话台湾

2005年10月中旬，笔者带领青海省藏剧团（黄南歌舞团）赴台湾进行了为期18天的文化交流活动。在紧张的演出之余，根据东道主的安排，我们参观游览了台湾的文化设施、名胜古迹、旅游景点。说是走马观花，却也令笔者大饱眼福。

到了台湾，首先映入眼帘的并不是高楼大厦和车水马龙的城市风景线，而是保存完好的森林生态奇观。无论是高山、低谷，还是丘陵、台地，从城市到乡村，森林总是和城镇乡村交织在一起，让你分不清是森林，还是城镇乡村。台湾仅有3.6万平方公里，人口2300万，在人口密度大、资源消耗量也大的情况下，能保持森林植被的完好就更加难能可贵了。在台湾岛上，林木成荫，无山不绿，河道沟渠有水皆清。台湾的森林覆盖率达到70%，山地多平原少，耕地也少，但农民却不随便毁林来扩大耕地，而是实施密集型农业，提高复种指数。笔者曾看到一种景象，农民住宅墙根下就是稻田，连一米的距离都没有，好似房子就建在秧田里一样，真是惜土如金！因为长期坚持贯彻合理使用土地资源的政策，台湾的山地森林保存完好，岛上的广袤森林成为一座座美丽新奇的森林公园，让你走不通看不完。森林资源就成为蕴藏丰富的摇钱树了！

作为台湾省最大的城市，台北市既有古朴传统的一面，也有时尚前卫的一面。这里有依山而建的典雅肃穆的“台北故宫”，也有“世界第一高楼”台北101大楼。历史的因缘际会，使得两岸各有一个“故宫博物院”。台北“故宫博物院”主要收藏宋、元、明、清等历代宫廷瑰宝，现有器物近7万件，包括铜器、文玩等；书画近1万件，包括书法、绘画、织绣等；图书文献最多，近57万件，包括《四库全书》等若干图书。这些馆藏中以陶瓷、书画、青铜器最为完整，以翠玉白菜、肉形石最受瞩目，成为台北“故宫”的招牌。台北“故宫”如此之多的文物，如果3个月换一次展品且不重样，大约可供展100年。

野柳地质公园——中国最美丽的海岸，位于基隆市万里乡，突出于北海岸的狭长海岬，历经千百万年的侵蚀、风化，逐渐形成蕈状石、烛台石、姜石、壶穴、棋盘石、海蚀洞等地质奇观，让全长1700米的海岬，成为北台湾最负盛名的地质公园；再加上周边丰富的海洋生态、渔村风情等多元面貌，让野柳成为深具教育、观光与游憩功能的旅游景点。

太鲁阁公园，可能是大陆民众最不了解、而去过之后又印象最为深刻的一处景点，也是台湾人真正引以为自豪的一处景点。高山和峡谷为其主要特色。尤其是太鲁阁到天祥这一段的河谷，两岸绝壁千仞，气势雄伟，险峻壮丽。贯通台湾东西部的中横公路穿山越岭，留下许多气势宏伟的隧道，穿行其间，更是感觉自然的奇妙、人类的智慧。太鲁阁著名的景点有长春祠、宁安桥、燕子口、一线天、九曲洞、青蛙石等。

日月潭位处台湾中部的南投县鱼池乡，因潭形状似日、月而得名，早年更以“双潭映月”名列台湾八景之一，享有盛名，面积100平方公里，是青海湖的1/40，比杭州西湖要大1/3，四周连峰环绕。如果说，杭州西湖淡妆浓抹，水光潋滟，显得有些柔媚，日月潭则幽静绝尘，显得有些矜持。青山倒映，绿水荡漾，伴随晨钟暮鼓，山岚水雾，俨然人间仙境。日月潭风景区以优美的高山湖泊与丰富的邵族文化，结合水、陆域活动，并搭配丰富的生态资源，发展出多样化的休闲度假游憩活动。日月潭周边著名的景点包括慈恩塔、玄光寺、玄奘寺、文武庙、孔雀园、拉鲁岛等。玄光寺紧挨着湖边，里面供奉玄奘法师的金身，上悬“民族法师”的匾额。抗日战争期间，日本人从南京天禧寺劫走了部分玄奘灵骨，1955年，这些灵骨从日本迎回台湾地区，开始存放在狮头山开善寺，后来移至日月潭玄光寺。由于前来顶礼膜拜的信众，络绎不绝，1965年又建成玄奘寺，专门供奉玄奘灵骨。

现今的台湾岛上，铁路公路网不仅覆盖广泛，而且都有快速公路连接全岛乡镇，甚至把公路修到了海拔2000米以上的高山峡谷。使少数民族聚居的山村都有公路连接，东部的铁路与公路运输交织，成为山区经济发展的大动脉。如今，台湾岛上建有8个民用机场，在周边岛屿上建有7个民用机场；全岛建有9个船舶港口，形成了海、陆、空的立体交通网络。便利的交通网络为城市与乡村、山区与平原、岛内与岛外的经济互通发展提供便捷通道，给台湾与世界的经贸往来，也提供了极大便利。台湾的农民家庭基本上有汽车或是农用车（皮卡车），便于从事商贸经营活动。

“内政部营建署”的资料显示，台湾大中城市人口逐年下降，农民的生活圈正在扩大，全岛的农业人口只有1/5，却可以养活4/5的非农业人口，农村正向城市化发展，乡镇基本上成为大中城市的卫星城。台湾人口密度很大，却还深感劳动力和人才缺乏，所以台湾的企业家们很乐意到大陆投资，就是看重大陆的丰富的资源、广阔的市场和廉价的人力资源。在宜兰，乘出租车时，我们与司机聊天，得知其是国民党老兵的后代，祖籍安徽。他对我们讲："台湾人也是中国人，我们希望与大陆加强各种交往、互通互利、共同发展。许多台湾人也想到大陆观光，回乡省亲、祭祖，只是目前两岸尚未'三通'，存在诸多不便，我去过大陆，大陆发展很快。"在大陆有投资的台商，在宴请我们时，也表达了同样的愿望，希望两岸尽快"三通"，以降低其营商成本，实现双赢，两岸华人一家亲，血浓于水。他称自己是河南人，清朝时，祖上移民到台湾。

我们从台湾的旅游地图索引中进行初步统计，全岛拥有营业性旅游景区景点多达1800多个（含附属岛屿上的景点），几乎占大陆的1/10，饭店旅馆（含一般性旅馆、会馆酒楼）约有2100多家，还有乡镇的民宿（家庭旅馆）未统计在内。拥有如此庞大的旅游服务功能，再加众多的旅游服务公司（旅行社），由此可见台湾为就业者提供的就业空间是很宽松的。台湾的面积恰好是青海省面积的1/20，却能养活是青海省四倍多的全台湾人口。台湾人均GDP是青海的10倍，所以经济发达与就业机会是成正比的。

我们印象最深的是台湾对文化事业的重视。台湾每个县都有文化中心，其涵盖图书馆、博物馆、演艺厅、书院等，文化中心或一楼多用，如桃源县文化中心；或相对集中，单独设计建设，如花莲县文化中心。这些单位均属公益性单位，工作人员享受公务员待遇。为了让优美多样的传统艺术永续传承，台湾当局投巨资，历时六年，筹建了"国立传统艺术中心"，该中心倾力推动传统艺术的维护与研究，并开展保存、传习、展演及推广等工作，推动传统艺术的发展、创新与再生。业务范围涵盖传统戏剧、音乐、工艺、舞蹈、童玩、民俗技艺等类，借由各项研究、保存、传习及展演计划的推动，使传统艺术触角延伸到校园，呈现各地的艺文风貌，落实到日常生活。

除了以上这些，台湾岛东部靠太平洋一侧，风景也是十分壮丽，高高的海岸山脉、奇特的海蚀风貌、浩瀚的太平洋，让人流连不已。

（刊载于《青海旅游》2006年第2期）

关于开拓波兰市场的思考

波兰国土和人口都是中国的1/30，在欧洲占第七位。波兰地处中欧，是东西欧的走廊，交通四通八达；北部是波罗的海，有三大港口，其中格丁尼亚港是波兰最大的港口，建有8个港池，25个码头，航道最深处吃水37.04英尺，仓库面积20万平方米，是全年无潮、无冰冻的安全港，可停泊各种船舶和装卸各种货物。该港经维斯瓦河和铁路与内地相通，毗邻立陶宛、拉脱维亚、爱沙尼亚三国和原东德地区，其陆路腹地可达捷克、匈牙利。

1989年，东欧剧变，团结工会掌权。从此，经济每况愈下，老百姓生活水平下降，团结工会威望下降。波兰现有1704个党派，议会中29个党派有席位，政见相左，互相攻击。人们戏称两个波兰人就有三种观点。波兰政府频繁更迭，1989年以来，3年中换了5届，现任总理是第5位，基本上能稳定局势。预计本届政府可延续3年。波兰社会不安定，从罗马尼亚、南斯拉夫、俄罗斯等国来的游民很多，小偷多。据西方经济学家预测，波兰经济可望在1995年复苏。

目前波兰经济困难的主要表现是：（1）工厂开工不足。波兰工业生产所需的原材料和产品销售市场主要是西欧、苏联、东欧。1989年波兰开始转向西方，对工厂影响较大。机电产品是中下水平，主要出口到苏联、东欧，极个别的向西方出口。现在大多数工厂处于倒闭、半倒闭状态。棉花100%从苏联进口，年需16万~17万吨。现在波兰和独联体关系恶化，轻纺工业中心城罗兹市的工厂基本上处于半倒闭状态。钢铁工业年需铁砂3000万~4000万吨，苏联每年供1000万吨。钢产量1700万吨，现在年产1300万吨。采煤工业、采煤机械设备制造是波兰的支柱工业，产煤量居世界第四位，最高年份产原煤2亿吨、核煤5000吨；铜矿工人罢工，影响了生产。波兰是原经互会的成员国，深受经互会内部分工协作之害，经济结构比较单一，加工工业相当落后，应变能力弱。（2）失业现象严重，到8月份，失业人数达245.7万人，平均工资270美元，人均贫困线110万兹罗提以下（1美元=14000兹罗提，约79美元），贫困人数占6%，退休、抚恤人员生活较苦。（3）财政赤字年底预计为80亿~82亿兹罗提，去年年底外债达到460亿美元，利息为60亿美元。1989和1990两年通胀率为200%，1991年为70%，1992年为40%。波兰从1990年开始私有化，国营企业有的出售给西方，有的变成股份公司，商业企业80%变成私营企业。

1991年，波兰对外贸易额为301亿美元，其中出口为146亿美元，进口为155亿美元，同100多个国家和地区有贸易关系，50%集中在欧共体，苏联及东欧为30%，其他国家和地区为20%。波兰最大的贸易伙伴是德国，其次是英、法、美、捷克、俄罗斯。其对外经贸发展方向既和西方发展关系，又和东方发展关系，极为重视同中国的贸易关系。波兰市场的特点是：前一阶段高档、低档两头消费，过去的企业主、中产阶级、郊区农民、花农、经商暴发户，消费水平趋于国外高档消费。现在波兰市场疲软，尤其是高档商品滞销，可销售的大部分是中档商品。

1982年，波兰制定了旨在吸收波侨回国投资、兴办小型加工企业和服务业的利用外资法规；1986年，颁布了新的利用外资法规，给前来投资者以优惠条件，前3年免征税，1989年修改一次；1991年，又公布新的利用外资法，新外资法对利用外资的领域进一步放宽，除合资兴办机场、港口、军工、房地产、律师事务所要经波兰外国投资局批准之外，其他合资企业只要文件齐全，即可到当地法院办理注册登记手续。新外资法取消了给予外国投资者3年免税优惠的规定，实行平等竞争。新外资法允许外国投资者的利润可以100%汇出，旧外资法只允许利润的15%汇出。1990年1月开始，兹罗提在波兰境内可与美元等货币自由兑换。

目前，波兰的投资环境比较差，法制不健全，通信困难。现有的合资企业基本上是西方国家的小额投资兴办的加工企业和服务业。到今年上半年共7800家，平均每家注册资本不到15万美元。目前，我国有关总公司、省市在波兰建立的合资企业、独资的贸易公司、办事处或代表处共20多家。波兰原有的国营外贸公司，要么变成股份公司，要么彻底私有化。公司注册登记手续很简单，只要花4000万兹罗提，约3000美元，到地方法院办理注册手续即可成立公司。波兰现有公司17700家。在波兰注册公司，注册资本要上交1%的注册税，所以一般公司注册资本都很小，经营能力、支付能力不佳，缺乏基本的外贸知识，法律观念淡薄。

我们认为，波兰是一个有潜力的市场，很多国家觊觎波兰的市场，有的西方国家已捷足先登，但目前面临的问题和困难很多，风险也比较大，所谓机遇和挑战同在，成功和失败并存。但我们应正确评价波兰的市场，不可把其困难估计得过高，经济困难是暂时的，是由于生产结构性调整造成的；人民生活水平是有所下降，但这是在比较高的水平上下降，温饱并不成问题。波兰是关贸总协定的成员国，随着波兰经济状况的好转，波兰的关税壁垒和非关税壁垒终将拆除，波兰的进出口贸易和国际经济合作回到关贸总协定和国际贸易惯例的轨道上来，为时不远。我们应不失时机地开拓和占领波兰市场。

一、加强市场调研，选准目标市场。通过实地考察和展销，我们对波兰市场有了初步的认识和了解。要开拓和占领波兰市场，还必须加强市场调研，进一步了解其国民的消费习惯、消费心理，进行市场细分，选准目标市场，做到“知己知彼、百战不殆”。波兰经济目前固然不景气，但市场供应没有什么大问题，商店里陈列的商品档次都比较高，大多是西方发达国家的产品，中国货很少。这对于我国中档商品打入波兰市场较有利。高档商品竞争不过西方，低档商品因两国距离远，产品本身价值小，而运费高，不合算。

二、针对波兰市场的特点，采取灵活多样的贸易方式、支付方式。目前，波兰外汇短缺，公司大多小本经营，银行贷款利率高达50%，能开信用证的公司极少。因此，在支付方式上，不能抱着即期 L/C 不放。可采用远期信用证，这样也没有什么风险，因承担第一付款人的是银行。对资信好或有银行担保的公司，不妨采取 D/P 付款等方式。在贸易方式上，除现汇、易货贸易外，要充分发挥外运总公司设在格丁尼亚公共保税仓库的作用，积极开展对波兰及其周边国家批发业务，以适应起订量低、到货批次和品种多的特点。

三、要进出结合，外贸和外经结合。在扩大对波兰出口的同时，也要设法从波兰进口我国经济建设所需的机械设备、原材料，如钢铁、铜等，用足用好国发33号文件赋予的对苏联、东欧易货贸易优惠政策。同时，中波两国除商品贸易外，要向生产技术合作、建合资企业的高层次发展。波兰是欧共体的联系国，纺织品配额和关税限制较少，可以搞纺织原料合作生产，但一定要注意原产地，不得非法转口。目前中波经济技术合作主要是中方到波兰搞投资和合作，重点应放在投资少、见效快的加工工业和服务业。若在波兰加入欧共体之前，中波经济技术合作达到一定的规模和水平，对我们占领波兰及欧共体成员国的市场就提供很大的便利条件，产品可在当地生产、当地销售，并可以绕过区域集团设置的贸易壁垒，在欧共体内部开展自由贸易。

四、关于波兰贸易网点问题。如前所述，波兰实行私有化后，公司大多为小本经营，起订量低，到货批次和品种多。若在波兰没有机构，生意很难做成。要开拓和占领波兰市场，必须设立贸易网点，以便结识客户，掌握市场行情，反馈信息，推销产品。可将多个客户小量订货累计起来，集中发货，以便适应波兰市场的需求。根据我省外贸出口量不大的实际，建议由省经贸厅牵头，各专业公司入股在波兰设立贸易公司。

五、要坚持以质取胜战略。尽管波兰市场潜力很大，对中国产品也有一定的需求，如服装类、鞋类、食品类、工业类、机床加工中心等，但绝不是兼收并蓄、来者不拒，而是一个竞争激烈的市场，对商品质量和服务质量要求都很高。诚如波兰国民经济银行行长在波中贸易交流讨论会上所说的那样，虽然中国同类产品比西方低 20% ~30%，若产品质量不行，或者维修服务跟不上，我们还是愿意订西方货。鉴于此，我们一定要实施以质取胜战略，以优质产品、优质服务来开拓和占领波兰市场，绝不能把假冒伪劣产品销售到波兰市场。

（刊载于《青海对外经贸》1993 年第 4 期）

赴越南考察的报告

为了实施市场多元化战略，开拓第三世界尤其是周边国家的市场，我们一行四人，自8月29日至9月5日对越南进行了为期8天的推销考察，香港海湖贸易有限公司与越南景盛贸易公司签订了合资兴办石料厂的协议书，对越南出口商品工作取得了一定的进展，达到了预期的目的。现将有关情况报告如下：

一、越南概况

越南社会主义共和国地处中南半岛东部，东面和南面临北部湾和南海，北面和我国云南、广西相接，西面与老挝、柬埔寨为邻，面积32.9万多平方公里，海岸线3200多公里。越南人口6441万多，其中89%是越族（也称京族），其他有岱依、傣、侬、苗、加莱、高棉等40多个民族以及华侨。经济以农业为主。全国耕地面积约500万公顷，大部分种植水稻，主要分布在湄公河三角洲、红河三角洲以及其他沿海平原。其他粮食作物有玉米、甘薯、木薯等。经济作物有天然橡胶、黄麻、甘蔗、咖啡、茶、烟叶、胡椒等。江河和沿海渔业较盛。主要工业部门有电力、煤炭、冶金、机械、化工、采矿、建筑材料、纺织、造纸等。

越南全面的改革开放始于1986年越共六大以后。越共六大决定将全党、全国的工作重点转向经济建设，实行全方位对外开放。1992年出口24.5亿美元，比1991年增长18%，主要出口商品是：大米、石油、煤炭、茶叶、橡胶、水产品、咖啡、锡、纺织品。1992年进口23.8亿美元，比1991年增长4.6%，其中成套设备占60.3%。

1992年越南与87个国家和地区建立了贸易关系，其中亚洲地区占出口金额的79.4%、进口金额的77.5%；欧洲各国占出口、进口金额的比例分别为9.7%和14.9%，独联体各国分别占8.6%和4.9%，大洋洲分别为1%和

1.3%。越南几个比较大的贸易伙伴有：新加坡占出口、进口金额的比例分别为26.7%和33.7%，日本分别为20%和7.8%，香港分别为11.7%和11.8%，法国分别为4.2%和5.7%。

为适应改革开放的需要，越南已颁布了约80个有关法律、法令、法规，1987年12月29日颁布、1990年6月30日作了修改补充的《外国在越南投资法》就是涉外经济法规中十分重要一项。《投资法》颁布五年来（1987年12月29日—1992年12月31日），共批准外商投资项目556个，协议外资金额为46.27亿美元，其中合资企业407个，独资企业66个，合作经营企业59个，以产品分成的石油勘探项目23个。地区分布：胡志明市245项，金额16亿美元；河内79项5亿美元；海防21项4亿美元；其他省市还有同奈、巴地—头顿、广南—岘港、林同、广宁等。其中：工业占36.4%，石油天然气占23.3%，农林业占6.5%，渔业占4.5%，交通运输和邮电占3.9%，旅游、饭店占1.79%，服务行业占4.9%，财政、银行占2.4%。现有462个项目正在施工，金额约40亿美元。

五年来，实际投入外资金额为12亿美元，外商投资企业的出口约1亿美元。

二、越南市场的基本特点

1. 从总体而言，越南属于一个低价市场，经济上南北差距很大。南方，尤其是胡志明市，是全国经济、国际贸易与旅游的中心，经济基础较好，市场意识比较强，私营企业有相当大的实力，有相当多的私营企业一次支付30万~40万美元的货款不成问题，资信较好，有同中国合作的强烈愿望。越南全国人均国民收入200美元，胡志明市人均500美元。胡志明市人见多识广，能挣会花，消费水平较高；越南全国有201万辆摩托车，其中胡志明市300多万人口就有100万辆，成为主要交通工具，车水马龙，一派繁荣景象。而北方，包括越南首都河内，计划经济的烙印比较深，市场意识比较淡漠，私人企业大多属“皮包公司”，信誉差，说话不算数，有时一拿到别人的货就翻脸不认账。国营公司还比较可靠。越南对中国商品可以说什么都需要，但因外汇短缺，支付有困难。河内市场上供应的商品90%是中国产的。

2. 贸易保护主义比较严重。越南为了保护民族工业，对本国能生产且又基本满足国内需要的商品进口限制较为严，主要采用的限制手段是征收高关税，而对外国公司设立办事处必须具备两个条件：（1）与越南公司有两年以上的贸易关系；（2）每年要买200万美元的越南商品。现有1000多外国公司要求在越南设立办事处，越南仅批准400多家。中国公司因达不到上述标准，尚无一家公司获准设立办事处。中越两国政府经过谈判，目前只允许中国在越南设立10家贸易公司。越南对商务人员的逗留时间卡得较严，虽然中越两国互免签证，但越南对我国赴越人员每次入境逗留时间都有所限制，一般情况下1个月，最多3个月；对投资越南，兴办经济实体的赴越人员每次入境逗留时间可达6个月至1年。

3. 法制不健全，腐败现象较为严重。1986年以后，为适应改革开放的需要，越南已颁布了约80个有关法律、法令、法规。实际工作中有法不依、执法不严的现象相当严重，随意性很大。越南政府公职人员工资较低，一般在20～40美元，政府鼓励从事第二职业。公职人员索贿、以权谋私现象非常严重，干部的月收入一般在300美元左右。

4. 基础设施差，配套资金严重短缺。公路年久失修，铁路为米轨，运力不强，速度很慢。南方各省长期缺电，严重时每周“开三停四”。

三、几点建议

1. 正确认识、积极开拓越南市场。随着越南的经济发展，西方国家已吹响了向越南市场进军的号角，期待越南成为其“亚洲的最后一个市场”。越南百废待兴，我们既要看到越南市场的有利条件，也要看到不利因素，要正视越南市场，不要因为它目前存在这样那样的问题，就踟蹰不前；待一切转入正常了，就很难进了。我们认为开拓越南市场大有可为，机不可失，时不再来。

2. 开拓越南市场如同开拓其他新市场一样，绝非易事。我们认为在开拓越南市场初期，贸易对象尽可能选择华侨、中国台湾地区商人及其他国家的商人，在资信不清的情况下，尽可能避免同越南人发生贸易关系。据我们实地考察，要开拓越南市场不派常驻人员是不行的，而越南目前又有很多限制，可采取中越合资的办法，名义上经理由越南人最好是华侨担任，实际上只给其发工资，具体业务上一切事宜由我方来做，这样可以绕过越方很多限制，合理避税。另一种办法是挂靠中资公司，派驻人员，利用别人的牌子，先把业务开展起来。

3. 兴办投资少、见效快的实业，建立稳定的基地，带动贸易的发展。越南政府鼓励外商到越南投资，在进出口关税、逗留时间等方面有很多优惠政策。越南战后重建，急需大量的建材，第三产业也不甚发达，应抓住机遇，搞一两个小型加工企业和服务业实体，建立“根据地”，带动贸易的发展。

4. 经贸结合，相互促进，共同发展。越南百废待兴，建筑市场极具潜力，我省国际经济技术合作公司，应积极到越南承揽工程，并带动机械设备、建材及其他商品的出口。

（刊载于《青海对外经贸》1993 年第 10 期）

赴苏南学习考察情况的报告

根据省委组织部和省委党校的教学安排，第十七期中青年领导干部培训班47名学员及组织员共48人，于10月23日至11月8日赴江苏省苏州市学习考察苏南地区改革开放、经济发展和精神文明建设的先进经验。学习考察主要采取课堂教学、实地考察和访谈等方式。其间，我们听取了市委、市委党校、市委宣传部领导及有关学者关于苏州市经济发展情况、外向型经济发展情况、苏州市股份制改革的实践与体会，以及如何提高领导干部素质以及苏州市精神文明建设情况的报告，实地考察了张家港市、昆山市、江阴市华西村、吴县市角直镇等地的经济发展和精神文明建设情况。通过这次学习考察，大家增长了见识、开阔了视野，很受触动，特别是进一步加深了对邓小平理论和党的“十五大”精神的理解，增强了加快青海改革开放和经济发展的紧迫感和责任感。

一、苏州市发展经济和精神文明建设的基本经验

改革开放以来，江苏省苏州市经济发展取得了举世瞩目的成就，从1978年到1996年全市国内生产总值由32亿元增加到1002亿元，增长30倍，年均递增21%；人均国内生产总值由631元增加到17517元，增长26.8倍；财政收入由8.3亿元增加到64亿元，增长6.7倍；全市农民人均纯收入达到4474元，城镇职工人均工资为7700元。苏州管辖的6个县级市全部进入了全国“百强县”之列，其中有4个市排在前10名。苏州市经济发展速度之快，在全国是罕见的。党的十一届三中全会以来，苏州市经济发展之所以在全国名列前茅，主要是牢牢把握了以下几条原则：

（一）坚持以经济建设为中心，在任何情况下都不动摇。苏州人民在实践中深刻地认识到：经济是基础，加快经济发展，不仅是重大的经济问题，也是重大的政治问题。他们始终坚持“发展是硬道理”，把握住了加快发展这个

主旋律，一心一意抓好经济建设。全市基本形成了一个共识：凡是有利于发展社会主义商品经济，有利于解放、发展生产力的事，全市上下都支持，全力去办；无论情况发生什么变化，前进道路上遇到什么困难，大家围绕经济建设这个中心开展工作，把经济搞上去的决心不变，可谓“任你东南西北风，抓住经济不放松”。1990 年在治理整顿期间，经济建设做到“稳中有进”；1991 年，宏观环境有所改善时，全市实现了“乘势而上”；1992 年，邓小平同志南行谈话后，广大干部群众力争“加快发展，能快则快”，始终保持振奋的精神状态和昂扬的斗志，并提出了“八五”计划三年完成、十年规划五年实现的奋斗目标。正是全市上下齐心协力抓经济建设，苏州的经济才一直保持着良好的发展势头。

（二）坚持抢抓机遇，促进生产力发展。苏州十分重视抢抓每一个经济发展的机遇，并且没有放过一次经济发展的重大机遇。改革开放以来，苏州主要抓住了四次大的机遇：一是 80 年代初的大力发展社会主义商品经济的机遇。当时，党的十一届三中全会召开以后，改革首先在农村展开，强烈的致富意识，驱动着农村广大干部群众奋起冲破单一农业经济的束缚，走综合经营、全面发展的新路。乡镇企业就是在这样的背景下应运而生、异军突起，成为苏州经济的重要组成部分。二是 1985 年，中央确定苏州为沿海经济开发区，他们抓住了大力发展外向型经济的机遇，从多出口、多创汇入手，加快利用外资的步伐，“三外”齐上，使全市外向型经济一直呈现蓬勃发展的态势。三是 1990 年中央决定开发开放上海浦东，把对外开放的重点转向长江三角洲，为苏州的大力发展提供了新的发展机遇。苏州及早筹划，积极适应，发挥优势，主动接受辐射，提出了沿江经济发展战略，制订了相应的发展规划，促进了苏州经济和社会的新发展，四是抓住了邓小平南行谈话后干部群众加快经济发展上台阶的积极性空前高涨的机遇，在总结过去发展经济的基础上，按照邓小平同志一再强调的“有条件的地方要尽可能搞得快一点”的要求，进一步解放思想，锐意改革，团结拼搏，加快发展，先后办起了 5 个不同类型的国家级经济开发区和 10 个省级经济开发区，成为外商投资和高新技术开发的热点地区，成为苏州经济发展新的增长点。从而有力地促进了国民经济和各项社会事业持续、快速、健康的发展，提前两年完成了“八五”计划的主要指标，为 20 世纪末率先基本实现现代化的目标奠定了基础。

（三）坚持从实际出发，走有苏州特色的发展路子。从苏州的实际出发，研究探索苏州的发展，是苏州各级领导经常致力思考的问题。他们的主要做法：一是重视领会中央政策精神的实质，不生搬硬套；二是对重大问题有自己的观点和见解，不人云亦云；三是注重苏州原有的基础和现实条件，不脱离实际；四是不断总结发展过程中的新鲜经验，以求突破。以乡镇集体工业为特色的“苏南模式”，以“双层经营、统分结合”为内容的农村家庭联产承包责任制，以多口岸出口创汇为重点的外贸突破，以张家港市为代表的全国精神文明先进典型、以华西村为代表的村级集体经济高速发展的先进典型、以各级各类开发区为载体的对外开放新格局等等，无一不是植根于苏南土地上、适合本地实际情况的。

（四）坚持多层次一起上，注重保护广大干部群众的积极性。苏州经济运行工作中，坚持市、县（市）、乡（镇）一起上，国有、集体、私营经济一起上，鼓励和依靠各方面发展经济的积极性，把经济搞上去。不论是发展乡镇企业，还是发展外向型经济都是这样。对于广大干部群众的发展经济的热情，积极给予支持和引导。只要有利于社会生产力发展，就鼓励大家去试、去闯、去“冒”，注意保护这种积极性。同时，各部门简政放权，加强服务，努力营造良好的苏州“小气候”，保证经济的健康发展。

（五）坚持“两手抓、两手硬”，重视精神文明建设对经济发展的促进作用。苏州的各级领导和广大干部群众在改革开放的实践中形成一个共识：社会主义现代化建设事业是物质文明和精神文明协调发展、相辅相成的事业，不能只抓物质文明，不抓精神文明；也不能先抓物质文明，后抓精神文明。10多年来，苏州始终把精神文明建设放到重要位置，在抓精神文明建设促进物质文明建设方面，作出了成功的、有益的探索。第一，始终把组织党政干部学习、领会建设有中国特色社会主义理论作为重要任务，以邓小平理论为指导，不断推进解放思想、实事求是、转变观念，充分调动广大干部群众的积极性和创造性，为抓住机遇、加快经济发展提供精神动力。第二，旗帜鲜明地倡导以社会主义、集体主义为核心的价值观，发扬艰苦创业、无私奉献精神，为巩固和发展集体经济奠定了坚实的思想基础。第三，理直气壮地以建设有中国特色社会主义，把我国建设成为高度文明、高度民主的社会主义现代化国家的共同理想，动员和团结全市人民脚踏实地地为实现苏州改革和发展目标而奋斗。第四，弘扬时代精神，党员干部特别是各级领导身体力行、率先垂范，增强了群众的凝聚力和战斗力，使之成为人民群众的自觉行为。第五，以创建活动为载体，不断提高人民群众的基本素质，改善了经济发展的外部环境。苏州在精神文明建设中，建立领导负责制度，目标管理制度、专题例会制度、调查研究制度，确保各级领导干部都担负起两个文明一齐抓的责任；采取思想教育、典型引路、开展系列活动以及建立健全地方性法规、规章等措施，使人的素质不断得到提高；认真贯彻“重在建设”的方针，积极实施教育导向工程、环境改造工程、人才培养工程、现代化示范工程等，不断改善了精神文明建设的硬件设施。特别是他们积极探索群众性精神文明建设的新路子，创造了一套符合实际、群众乐于接受的模式。他们在农村和城镇街道广泛开展评选新风户、五好家庭标兵户活动；在企事业单位内部开展评选文明职工、先进生产者、劳动模范活动；在个体工商户中开展评选文明工商户、先进个体工商户、信得过摊位（商店）活动；在学校开展评选文明学生、五好学生、学生标兵和优秀学生活动；在基层企事业单位和农村乡镇之间开展创建县（市）级、市、省级文明单位活动；以“窗口”行业为重点，在各行各业开展满意在苏州活动；在各县（市）、各乡镇之间开展县（市）级、乡镇级农业“丰收杯”、多种经营“致富杯”、工业“振兴杯”、外贸出口“创汇杯”、精神文明“新风杯”五杯竞赛活动；在普通党员中普遍建立和完善了《党员手册》、党员目标管理和民主评议党员、干部扶贫联系户制度及征兵、招工、计划生育等工作的联系户制度，形成了全方位、多层次、系列化的群众性精神文明建设活动的新格局。苏南在精神文明建设中涌现出了如张家港市、华西村等一批在全国产生重大影响的先进典型。张家港人创造了一把手坚持两手抓、精神文明建设制度化、规范化的经验，把加强思想道德教育与对不文明行为实行严管重罚结合起来，创建了全国卫生城市、全国文化先进市，市区道路如网，街道树绿花红地如镜，商店门面一尘不染，工厂园林化，令人赞叹不已。华西村创办全国唯一的精神文明开发公司，全面负责精神文明建设的“产、供、销”，协助企业做好思想政治工作；在党员、职工和村民中坚持进行“爱党、爱国、爱华西、爱友、爱亲、爱自己”的教育，并且这“六爱“已成为华西人的精神支柱，增强了党委和集体对群众的号召力、吸引力和凝聚力，使华西村成为社会主义现代化新农村。吴县市角直镇精神文明建设有一套硬办法、实办法。仅以廉政建设为例；他们对抓经济工作的干部和企业领导班子制定了四项实打实的制度：一是亲属回避制度，绝不允许主管企业的领导和企业负责人的亲属在其手下任职；二是会计委派制度，镇政府成立了一个“会计管理站”，专门负责向企业委派持有上岗证的会计，并负责统一发放会计的工资、奖金，企业有权对会计的工作提出意见，但无权自己调动和处理会计人员；三是审计监督制度；四是房屋买卖制度。镇政府统一负责建造住房，用优惠价出售给干部职工，严禁个人盖房。

该镇 100 多家企业无一亏损，与这些制度的严格实施大有关系。

二、几点思考

这次苏南之行虽然时间很短，但大家确实感到收益不小，很受启发。结合青海经济建设的实际，大家比较一致的认识主要有以下几点：

（一）学习苏州经验，就是要始终坚持经济建设为中心，并且在任何情况下都不能动摇。在三年治理整顿期间，不能上基建项目，苏州就抓现有企业的技术改造；国内金融部门抽紧银根，他们就引进国外资金。在逆境中苏州经济仍然保持快速发展的态势。在这一问题上，我们认为青海作为一个经济上欠发达地区，无论在任何情况下，扭住经济工作不放松，更具有特别重要的意义，而在多年经济工作实践中，特别是在国家调整政策的时候，我们一些地区观望、等待、顾虑、怀疑、争论等情况时有发生。在这方面，我们应该认真吸取历史上的教训。

（二）学习苏州经验，就是要更新观念，具有开拓意识和苦干精神。与苏州相比较，我们在思想上突出的差距在于，观念陈旧，欠缺开拓进取精神，争先发展的意识不强。张家港人发扬“团结拼搏、负重奋进，自加压力，敢于争先”精神，工作争分夺秒，不依赖、不坐等，1992 年 4 月确定建立保税区，5 月份就拿出方案，一个半月搬迁 1300 户农民，20 个昼夜高质量完成 8 公里的铁丝网隔离带，90 天建成 8000 平方米的港务大楼，160 天建成长江流域最大的万吨码头，一年修成 33 公里的高等级公路。而我们青海正是缺少这种快节奏的工作作风、敢于争先的精神，在一些条件稍好的地区群众小富即安，不思进取，一些条件较差的贫困地区不愿摘掉贫困帽子。在一些部门，我们在积极努力和实际工作上，以及千方百计、想方设法争上项目、争取资金的干劲等方面，显然与苏州有很大的差距，这些都值得我们进行深刻的反思。

（三）学习苏州经验，就是要切实增强机遇意识。改革开放以来，苏州市抓住了四次大的发展机遇，促使全市经济腾飞。“抢抓每一个机遇，促进经济发展”，这是苏州成功经验的如实总结，苏州正是没有放过和充分利用每一次机遇，才有了“苏南模式”，才有了苏州速度。相比之下，我们正是由于思想僵化、传统的观念根深蒂固，缺乏敢闯、敢冒、敢试的精神，不少大好机遇来临，我们却顾虑重重，等待观望，坐失良机，放过了极好的发展机遇。别人抢抓机遇发展自己，我们跟在别人后面亦步亦趋，我们与先进地区经济发展的差距越来越大，其中没有抓住、利用良好的发展机遇是一条重要原因。江泽民总书记在党的十五大报告中指出，“九五”期间国家在发展问题上也将采取向中西部地区倾斜的政策。青海又一次面临发展的机遇，因此，我们应当从苏州的经验中受到启迪，抢抓机遇发展自己。

（四）学习苏州经验，就是要一切从实际出发，坚持走自己的路。苏州在经济发展上一个很重要的特点是从实际出发，走自己的路，建设有本地特色的经济模式。苏州人“对中央政策不生搬硬套”这条经验很耐人寻味。他们讲：中央的政策是管全国，而我们有自己的情况，要有针对性地坚决执行，应该用的千方百计用足，关系不大的知道精神就可以了。听到这些话。我们有一种茅塞顿开的感觉。青海有矿产、水能、草场、草山等资源优势，但由于多方面因素，这些资源优势目前还没有真正形成经济优势、商品优势。借鉴苏州的经验，在贯彻中央政策上决不能生搬、照搬，一定要切合青海的实际，在经济开发中要用足用好政策，发挥我们资源大省的优势，不能光看优势、喊优势，而重要的是从我们的实际情况出发，走我们自己的路，研究对策，抓住关键性的措施不放，实事求是地实施资源开发战略，切实把具有我们青海特色的经济搞上去。

（五）学习苏州经验，就是要有苦干实干的工作作风。苏州的广大干部群众思想解放、胆子大、精明，自然条件优越固然是十分重要的，其实可贵的苦干实干精神，是苏南地区经济高速发展中更带有根本性的经验。我们青海自然条件艰苦，在对外开放方面又受到诸多的客观因素制约，我们取得每一点成绩，都要付出数倍于别人的努力。因此，艰苦奋斗，苦干实干，在我们方方面面的建设事业中，显得尤为可贵、不可缺少。青海人历来以吃苦耐劳著称，但实事求是地讲，在一些地区、一些部门中，有的干部和群众缺乏苦干实干精神、存在好逸恶劳的懒惰习气，怨天尤人、牢骚满腹、只说空话不干实事者也大有人在。因此，在我省必须继续进行苦干实干的教育，并且这种教育要切实触及每一个干部、每一个群众的思想实际，使苦干实干变为大家的自觉行动。没有这一条，即便是再好的机遇，也会与我们擦肩而过。

（六）学习苏州经验，就是要在精神文明建设中定章法、抓落实。我们感觉苏州抓精神文明建设的基本经验有两条：一是工作实，二是措施硬。苏州人对精神文明建设的物质投入是以经济的高速发展为前提的，我们缺乏可比的条件，可以不说。但他们工作上的实、措施上的硬，我们完全可以借鉴，学起来并不难。比如张家港市对不文明行为的严管重罚，角直镇

廉政制度的措施，简单易学，只要我们认识到位，领导重视，建章立制，措施有力，狠抓落实，精神文明这一手就会硬起来，也就一定能够收到显著的社会效果，也就一定能够促进我们的经济发展，使我们的两个文明建设齐头并进。

（1997 年 11 月）

关于日本发展循环经济的学习考察报告

摘　要：日本是世界上最早发展循环经济的国家，也是世界上循环经济立法最完备及资源循环利用率最高的国家，在推进循环经济发展方面积累了丰富的实践经验。日本的循环经济主要体现在物质循环、能量循环和水循环等方面。针对我国发展循环经济方面存在的突出问题，采取有效措施，切实加以解决是当务之急。

关键词：日本；循环经济；考察报告

循环经济在日本被称为"循环型社会"。日本是世界上最早发展循环经济的国家，也是世界上循环经济立法最完备及资源循环利用率最高的国家，在推进循环经济发展方面积累了丰富的实践经验。省十二次党代会提出青海要建设全国循环经济先行区，要实现这一宏伟目标，日本发展循环经济的经验值得参考借鉴。8 月 12 日至 26 日，笔者随中国青海促进循环经济全面发展培训团赴日本学习考察，在日本期间学习了《日本的循环经济法律和政策》《川崎生态工业园的建设和运营》《日本的城市低碳战略和节能减排措施》《日本可持续发展政策分析与新型产业的环境》《关于我国的三 R 政策》《实施低碳农业与自然和农业结合的旅游开发》等课程；参观考察了麒麟啤酒工场、川崎环保生活未来馆、东京都中防垃圾填埋场、北海道 89 农场、丰田汽车展览馆及丰田汽车厂堤工场（现代化的汽车生产线）、琵琶湖博物馆、大阪府川俣水未来中心、松下电器展览馆、阪神地震遗迹、白鹤酒造资料馆等厂家，还访问了日本经济产业省。时间虽短，学习内容丰富，考察行程紧凑，感悟很多，收获颇丰，现报告如下：

一、日本循环经济的成功实践与主要经验

循环经济，就是按照自然生态系统物质循环和能量转换的规律，通过清

洁生产技术、废物回收技术，使资源利用效率最大化、废弃物排放量最小化，将经济系统和谐地融入自然生态系统的物质、能量的循环过程中，从而实现经济与环境协调发展。循环经济的理念和思路萌生于环境保护运动，但它突破了环境保护末端治理的传统思路，视野不再局限于对经济活动造成的生态后果的治理，而是向前延伸到经济运行机制的层面，是对传统经济发展理念和理论的重要突破。循环经济把生产和生活中产生的废弃物视为“放错了地方的资源”和“地球上唯一增长的资源”。这一理念的突破，使人们从崭新的视角寻找一条可以同时缓解资源约束和环境约束的经济发展新路径。传统经济发展理论把经济与环境系统人为地割裂，不计算自然资源、环境对经济增长的投入贡献，资源环境变量不能进入生产函数，游离于经济增长的概念和实践之外。而循环经济是国际社会推进可持续发展战略的一种优选模式，它以资源的高效利用和循环利用为核心，以“减量化、再利用、资源化”为原则，以低消耗、低排放、高效率为基本特征，做到生产和消费“污染排放最小化、废物资源化和环境无害化”，以最小成本获取最大的经济效益、社会效益和环境效益。据相关报道，目前世界上发达国家的再生资源回收总值每年已达到2500亿美元，继续以每年15%～20%的速度递增。全世界钢产量的45%、铜产量的62%、铝产量的22%、铅产量的40%、锌产量的30%、纸制品的35%都来自再生资源的回收利用。这不仅节约了自然资源的消耗，而且与利用天然原料相比大大减少了能源的消耗，减轻了环境的污染。在这方面，日本循环经济的成功实践与主要经验值得借鉴和学习。

（一）明确的战略定位：循环型社会

20世纪70年代，日本仍然实行环境保护末端治理的战略和思路，80年代以后转向从生产和消费源头防止污染的“管端预防”，实现了发展战略和思路的一次突破，并取得了积极的成效。但是，“资源—产品—废物排放”的传统经济流程并无根本的改变。进入90年代，日本提出循环经济理念，从经济运行机制上开创出了一种全新的反馈式的经济流程，即“资源—产品—再生资源”，实现了发展战略和思路的二次突破。1994年12月日本内阁制订环境基本计划，首次提出“实现以循环为基调的经济社会体制”。1998年日本制订“新千年计划”，把循环经济作为构建21世纪日本社会发展的目标。《环境白皮书》提出“环境立国”的新战略，以彰显其与先前的“贸易立国”和“科技立国”等战略具有同等重要的地位。2000年5月召开“环保国会”，参众两院表决通过和修订了《推进建立循环型社会基本法》《促进资源有效利用法》等多项法规，提出建立“环之国”，即创建循环型社会的国家目标。这一年也被称为日本“循环型社会”元年。2004 年 5 月 28 日，环境大臣小池百合子在内阁会议上提出“环境革命”的概念，强调应改变以牺牲环境为代价追求便利和舒适的观念，改变盲目消费把大量资源变为垃圾的社会现状。

（二）强有力的法律保障和财税支持

日本是发达国家中循环经济立法最全面的国家，可分为三个层面：基础层面有一部基本法，即《推进建立循环型社会基本法》；第二层面有两部综合性法律，即《固体废弃物管理和公共清洁法》和《促进资源有效利用法》；第三层面是根据各种产品的性质制定具体法律法规，如《家用电器再利用法》《食品再利用法》《汽车循环法案》《建筑资材再资源化法》《容器与包装分类回收法》《绿色采购法》等。三个层面的法律互相呼应，从 2001 年 4 月开始全面实施。《家用电器再利用法》使上千万台旧家电变废为宝，《汽车循环法案》使几百万吨旧汽车器材获得新生，《建筑资材再资源化法》使几千万吨建筑工地废弃物重焕光彩。

在循环经济提出伊始，日本政府曾寄希望于消费者承担回收费用。很多消费者为了逃避缴纳回收费，开车将废旧的冰箱、彩电等拉到深山老林一扔了之。日本政府不得不修改法规，明确了生产企业是承担回收费用的主体，消费者有进行合作的义务。《家用电器再利用法》规定：厂家承担回收义务，空调的再生率（再生资源回收的重量比）要在 60% 以上，电视、洗衣机、冰箱的再生率要在 50% 以上。零售商承担回收并按指定地点向厂家移交的义务。家电消费者有配合回收的义务，若丢弃家电必须支付丢弃费，丢弃一台电视机要付费 2700 日元、空调 3500 日元、洗衣机 2400 日元、冰箱 4600 日元。日本法律要求从事制品、容器等制造和买卖的业主，有义务提高制品和容器的耐久性，完善维修体制。为避免产品过多、过快地转变为废物，企业在设计阶段就要考虑产品将来易于循环利用，降低处理难度。

政府对完善循环型社会公共设施提供财税支持。凡修建废弃物处理设施，皆从国库中提供部分财政补贴。企业设置资源回收系统，由非营利性的金融机构提供中长期优惠利率贷款。对实施循环经济的企业、项目，给予各种税收优惠。对废塑料制品类再生处理设备，在使用年限内除了普通退税外，还按取得价格的 14% 进行特别退税。对废纸脱墨处理装置、处理玻璃碎片用的夹杂物剔除装置、铝再生制造设备、空瓶洗净处理装置等，除实行特别退税外，还可获得 3 年固定资产税退还。对公害防治设施可减免固定资产税，根据设施的差异，减免税率分别为原税金的 40% ~70%。日本还在许多城市设立了资源回收奖，如大阪市规定市民回收 100 个铝罐可获得 100 日元的奖励。此外，对各类环保设施，加大设备折旧率，在其原有折旧率的基础上再增加 14% ~20% 的特别折旧率。

（三）物质、能量和水三大基本经济资源的循环

日本的循环经济，体现在物质循环、能量循环和水循环三个方面。

1. 物质循环

日本每年产生 1800 万台、60 万吨的“家电垃圾”，其中空调、电视机、洗衣机、冰箱四大件占 80%。消费者在废弃大件家电时打电话给家电经销商，由其负责收回，集中送往主要由生产厂家出资的“废弃家电处理中心”，将其分拆，按资源类别进行循环利用。仅此一项日本每年可从中回收 10 万吨铁、铜、铝等金属及玻璃、塑料等大量有用资源。日本每年报废 500 万辆左右的汽车。《汽车循环法案》规定，汽车厂商有义务回收和再利用废弃车辆。日本将建筑垃圾视为“建筑副产品”，尽可能重新利用，不从施工现场排出。政府制定了《再生骨料和再生混凝土使用规范》，在各地建立了废弃物再生加工厂，生产再生水泥和再生骨料。日本《资源重利用促进法》规定，建筑施工过程中产生的渣土、混凝土块、沥青混凝土块、木材、金属等建筑垃圾，必须送往“再资源化设施”进行处理。如果说家电、汽车垃圾和建筑垃圾中的物质循环是原级型（premiere）再循环，即把废弃物变成与原来相同的产品；那么，还有一种次级型（secondary）再循环，即将废弃物中的物质加以提取、转化，变成另一种与原来不同的新产品。横滨市北部的一个污泥处理厂，从污泥中萃取出各种不同的物质，使之变成纸巾、布匹、红砖、肥料、隔热材料，还从污泥中获取电能，该厂 80% 的用电就是从污泥中获取的。

2. 能量循环

日本能源匮乏，几乎所有的石油、天然气、煤炭都依赖进口。全国上下十分珍惜能源，是全世界节能的典范，也是再生能源技术探索较早、新能源技术先进的国家。在再生能源利用方面，日本采取了废弃物发电和燃料制造、生物发电和生物热利用、温度差能源等多种方式。20 世纪 70 年代日本大量采取焚烧发电，但垃圾焚烧产生的二噁英难于处理，排出后严重污染空气，造成焚烧炉附近的居民癌症发病率提高、新生儿畸形。厚生、环境等部门不得不颁布二噁英对策法，关闭了大批焚烧炉。由于城市生活垃圾中蕴藏着大量的能源，而且大部分是以生物能的形式存在的，将城市生活垃圾焚烧发电，

会使生物能源的90%化为灰烬和有害气体，而焚烧转化出来的电能仅仅是城市生活垃圾中蕴藏的能量的10%～14%。因此，日本从70年代以后，将焚烧发电改为生物发酵，从城市垃圾中提取沼气，再用沼气发电。有些公司正在开发从甲烷中制取氢气的技术，作为氢燃料电池的燃料。日本汽车企业已将氢燃料电池作为未来汽车的主要替代能源，丰田、本田等企业在氢燃料电池方面走在世界前列，将有大量氢燃料电池汽车在日本国内行驶。日本政府鼓励地方发展生物能源产业。目前日本一次能源自给率仅20%，其中核能占13%、生物能源仅占1%。政府规划到2010年将生物能源的比例提高10个百分点，能源自给率就能提高到30%，生物能源将成为最有利于生态环境建设的新能源。

3. 水循环

日本位于多雨地带的亚洲季风气候区，近百年的年平均降雨量为1714毫米，相当于世界平均降雨量970毫米的两倍。但因人口密度大，人均降水量仅为530立方米，为世界平均值2700立方米的1/5，属资源性缺水国家。早在20世纪后期，一些缺水型城市就将城市污水厂的出水经进一步处理后回用于工业或生活杂用。其中较大的工业回用水项目有东京江东地区工业水道、名古屋工业水道、川崎市工业水道等。经过处理后的水称为“中水”，其水质介于上水（自来水）和下水（污水）之间，又称为“再生水”或“回用水”，广泛用于农田灌溉、城市绿地灌溉、消防、冲洗汽车、冲洗各种卫生设备等诸多方面。“中水”的概念已被世界各国普遍接受，并得到广泛使用。为了保证河水在自然循环中的净化能力，日本规定只有在河流中的水超过河流正常流量时才可取用。正常流量从航运、渔业、景观、河水的保洁、水生动植物的保护等各方面来确定。对公用水域的水质及排水水质皆实行经常性的监测，发现污染超标，都道府县可限令企事业单位恢复排放标准。地下水是水循环的重要组成部分，日本将地下水作为后备水资源加以保护，禁止含有害物质的水渗入地下，严控垃圾填埋，确保“圣泉洁水”常清不染。

（四）独特的运行机制

官、产、学、民一体化。发展循环经济仅靠政府是难以支撑的，需要多个部门、机构的协作和全社会共同行动，才能实现资金来源的多元化。日本的循环经济发展之路之所以取得成功，是基于民众广泛参与的基础之上，在政府主导下，同时协调好与其他相关部门的关系，明确各部门在发展循环经济过程中的分工、责任和义务。日本重视运用各种手段和传媒对循环经济加

以宣传，宣传的特色在于将循环经济的理念纳入各级学校教育，以期通过教育影响学生，以学生影响家长，进而通过家长影响社会，让全社会共同关注环保。我们参观过的川崎环保生活未来馆、琵琶湖博物馆、丰田汽车厂、松下电器展览馆等企事业单位，均经常性免费开展中小学生环境保护和循环经济教育实践活动。为了保证循环经济的3R产业在日本顺利推行，日本产、学、官、民联手，共同合作，形成了独具特色的官、产、学、民的运作机制。在该机制运行中，各主体积极作为，相互配合，为日本循环经济的建设起到了推动作用。

二、发展循环经济的对策建议

改革开放以来，我国陆续颁布了《节约能源法》《清洁生产促进法》《循环经济促进法》等法律法规，制定了一系列促进企业节能、节材、节水和资源综合利用的政策、标准和管理制度。特别是中央提出加快两个根本性转变，实施可持续发展战略以来，我国在推动资源节约和综合利用、推行清洁生产、探索循环经济发展模式等方面，取得了明显的成效。但是我们也应清醒地看到，与发达国家相比，我国在发展循环经济方面还存在很大的差距。与此同时，在推进循环经济发展的工作中，也存在一些实际困难和障碍。比如，对发展循环经济的重要性和紧迫性尚缺乏足够的认识；资源利用的指标和核算体系还不够健全；有效的激励政策、回收处理体系和合理的费用机制尚未建立；再生资源回收利用方面的法规还有待完善；技术开发和推广应用不够，缺乏符合国情的循环经济技术支撑体系等。有统计数据显示，目前全国600多座大中城市中，有1/3陷入垃圾包围之中，且有1/4的城市已没有合适场所堆放垃圾。因此，积极探索进一步提高循环经济发展水平的有效措施，认真解决发展中遇到的实际问题是当务之急。

（一）加快循环经济立法

日本的循环经济立法是在“基本法”“综合法”“专项法”三个层面的基础上构筑其完善的法律法规体系，值得我国借鉴。总体上来说，我国循环经济立法还处于落后阶段，国家出台的法律法规存在可操作性不强、系统性不够、相关法律法规之间不协调、措施不到位等问题。现行的有关环境保护的法律法规，其重点是污染防控和末端治理，与循环经济发展的要求不相适应。为此，我国应尽快健全完善循环经济发展的法律法规体系。当前我国的循环经济立法要以科学发展观为指导，以统筹环境保护、资源节约和经济发展相互协调为基本原则，首先，要修订《宪法》和《环境保护法》，从总则中对循环经济作原则性规定，在分则中可分列清洁生产和资源回收等；其次，建立和完善综合性法律，如《固体废弃物管理法》《促进资源有效利用法》等；再次，根据各种产品的性质制定具体法律法规，如《食品回收法》《汽车回收循环法》等。

（二）加快调整产业结构和能源消费结构

加快高技术产业化，积极推进信息化，采用高新技术和先进适用技术改造传统产业和传统工艺，淘汰落后设备、工艺和技术。一方面，要遏制部分地区和行业盲目投资、低水平重复建设，特别是严格限制高耗能、高耗水、高污染和浪费资源的产业；另一方面，要加快低耗能、低排放产业的发展。同时，还要根据资源条件和区域特点，用循环经济理念指导区域发展、产业转型和老工业基地改造，通过土地、能源、水资源利用及污染物排放的综合控制，充分发挥产业集聚和工业生态效应，围绕核心资源发展相关产业，形成资源循环利用的产业链，建设集中供热和废弃物集中处置中心。

（三）加大对循环经济的支持力度

促进循环经济发展，政策扶持与引导至关重要。首先，结合投资体制改革，调整和落实投资政策，加大对循环经济发展的资金支持。要把发展循环经济作为政府投资的重点领域，对一些重大项目进行直接投资或资金补助、贷款贴息支持，并发挥好政府投资对社会投资的引导作用，特别是要引导各类金融机构对有利于促进循环经济发展的重点项目给予贷款支持。其次，进一步深化价格改革，研究并落实促进循环经济发展的价格和收费政策。通过完善自然资源价格形成机制，利用水价、电价等价格政策的调整，更好地发挥市场配置资源的基础性作用。再次，制定支持循环经济发展的财税政策，通过减免税等优惠政策，形成生态恢复和环境保护的经济补偿机制，积极引导产业发展方向。

（四）增强循环经济技术支撑能力和创新能力

科学技术是发展循环经济的重要支撑。要加大科技投入，加大循环经济技术开发和推广应用的力度，着力开发和推广节约、替代、循环利用和治理污染的先进适用技术，建设科学合理的能源资源利用体系，努力突破制约循环经济发展的技术瓶颈。要继续积极引进和消化、吸收国外先进的循环经济技术，组织产学研以及企业等各方力量，努力开发包括共伴生矿产资源和尾矿综合利用技术、循环经济发展中延长产业链和相关产业链技术、“零排放”技术、有毒有害原材料替代技术、可回收利用材料和回收处理技术、绿色再制造技术在内的有利于资源循环利用和集约利用的技术。对资源型地区来说，发展循环经济要不断增强循环经济技术支撑能力和创新能力，积极推广先进适用的开采技术、工艺和设备，提高矿山回采率、选矿和冶炼回收率及劳动生产率，减少物资能源消耗和污染物排放，提高产品附加值；大力推进共伴生资源和尾矿、废弃物综合利用；在油气开采与加工、煤炭采掘与转化及其他矿业开采与加工企业中，大力推广清洁生产技术，积极发展循环经济。

（五）大力发展静脉产业

日本借用人体的循环系统，将社会产业结构中的产品制造系统形象地比作“动脉系统”，将资源、能源的回收利用、废弃物的处置比为“静脉系统”，从而构筑了“循环型社会”体系。所谓“静脉产业”是日本新推行的环保产业的形式，是指将废弃物转化为再生资源的产业总称。“静脉产业”是日本建设循环型社会的主力军，日本政府通过减免税收、增加投资等方式来大力支持，以期在整个社会范围内形成自然资源产品、再生资源循环的经济之路。而在我国，静脉产业的发展还相对落后，目前还没有在全社会形成规范的分类回收和循环利用体系。今后我们应更加重视静脉产业的发展，首先，要构建完善的垃圾分类回收体系，对从事废弃物回收、废弃物运输组织进行严格管理，确保废弃物收集的安全性；其次，要建立静脉产业的制度框架，从法律上明确规定废弃物排放者、收集者和处理者的责任和义务；再次，采取先试点后推广的静脉产业发展的技术路线，选择经济基础和技术条件较好的地区，规划建设以某类特定废物为主的再生产业园，针对特定类型废物进行循环利用技术实证研究。

（六）动员全社会广泛参与

发展循环经济是一项涉及各行各业、千家万户的事业，需要政府、企业和社会各界的共同努力。当前我国循环经济的建设基本上是“自上而下”的方式，民众的参与度不高，民众的环保意识不强。为确保循环经济在我国的顺利进行，需进一步扩大群众的参与面，提高群众的环保意识。环境保护和循环经济要从娃娃抓起，不仅要在中小学课本中加入环境保护和循环经济的相关知识，通过教育科研，从小培养学生的节约资源和环境保护的意识，而且要通过社会教育、职业教育等开展多层次、多渠道的国民教育，对全国公民普遍进行发展循环经济、建设节约型社会、实现可持续发展的培训，从而营造良好的发展循环经济的氛围，增强全社会的环保意识，引导民众树立循环经济理念和全面、协调、可持续的发展观，为发展循环经济奠定坚实的群众基础。

（2012 年 9 月）

关于辽宁本溪打造“中国药都”的考察报告

摘　要：近期，省委政研室组成考察组，考察了辽宁省本溪市“中国药都”建设发展情况。借鉴辽宁省本溪市的具体做法和经验，为进一步加强对生物产业研究，推动青海的生物产业快速发展，做大做强我省生物技术产业在生物制药、高原特色食品、保健品加工等方面提出了意见和建议。

关键词：辽宁本溪；中国药都；考察报告

为进一步加强生物产业研究，推动我省十大特色工业产业之一的生物产业快速发展。2012 年 5 月，省委政研室组成考察组，赴辽宁省本溪市考察“中国药都”建设发展情况，形成以下报告。

一、主要做法

辽宁省本溪市是一座典型的资源型城市，因钢铁和煤炭而兴。单一的产业结构，既给生态环境保护带来巨大压力，也给本溪可持续发展带来新挑战。如何实现资源型城市产业转型升级，本溪市根据其自然禀赋，把产业调整和城市空间布局调整有机结合起来，提出以建设生物医药产业基地为支撑，推动本溪资源型城市经济转型和老工业基地的全面振兴的战略规划。2008 年，辽宁省委省政府决定举全省之力，支持本溪做大做强医药产业。截至 2011 年年底，基地完成固定资产投资 150 亿元，实现销售收入 200 亿元，其中医药产业实现 98 亿元，实现地区生产总值 85 亿元，财政一般预算收入完成 16.2 亿元，分别是 2008 年建设之初的 10.6 倍、3.4 倍、22 倍、5.27 倍、11.34 倍。财政一般预算收入、固定资产投资、规模以上企业户数均占全市比重的五分之一。

其主要做法如下：

（一）加强组织领导，形成发展合力

辽宁省省长陈政高亲自抓药都建设，多次率省直有关部门到本溪现场办公。成立了由主管卫生、药监等部门的滕卫平副省长任组长，省科技厅厅长和本溪市委书记、市长任副组长，省政府18个部门为成员单位的药都建设领导小组。各厅局充分发挥各自职能，在土地指标、资金筹措、人才引进、招商引资、审批服务、基础设施和公共设施建设等方面给予了全力支持。省科技厅3年来给予基地科技专项支持3亿元，争取国家专项支持1.5亿元。并给予国家级高新技术企业，国家级工程技术研究中心，获得省级以上科技进步奖、国家发明专利的企业和科研机构2000多万元奖励。省经信委优先安排财政贴息等专项资金8000万元，支持技术创新体系平台建设；向国家申报药都网贸港项目，打造了中国首个网络化数字贸易平台。省发改委为药都解决配套改革、园区升级、城市基础设施项目建设、国家专项资金、产业技术进步等30多个实际问题。本溪市电业局仅用1天时间就安装完成开普、东药、博鳌3家企业用电设施，使3家企业同时开工建设。三年来，省政府给药都的土地指标已达13平方公里，而泰州中国医药城近6年新增土地指标仅有2.68平方公里。科技厅、经信委、发改委、人社厅、交通厅等经费支持超过10亿元，生物医药产业作为新兴产业被列为辽宁省“十二五”发展规划的战略重点。截至目前，共引进138家制药企业，包括北京双鹭、四环药业、南京医药、天津天士力、吉林修正等12家全国50强企业，引进各类项目226个，总投资额达983亿元。

（二）注重科技引领，培育创新基地

本溪在建设生物医药产业基地中，把科技引领产业发展作为一条红线，贯穿于整个基地发展建设之中。沈阳药科大学、辽宁省临床研究中心等42家科研机构入驻研发中心，建立起完整的新药研发链条。总投资3亿元、总面积10万平方米的研发中心和孵化中心建成投入使用，其中，研发中心已被国家科技部确定为国家重大新药创制平台。建成药物检验检测、大型仪器等19个公共服务平台，形成科学配套的公共服务体系，为企业提供全方位的科技服务。全球最大的基因组研究机构深圳华大基因研究院入驻基地，并建设东北地区唯一的国家级基因库。目前，基地已形成集新药研发、孵化、中试、教育于一体的医药科技创新体系。拥有医药品种609个，其中，填补国内国际空白技术、专利技术和国家一类新药的品种有166项，有50个品牌销售收入将超过亿元，成为药都发展的决定性力量。同时，省科技厅将基地30多家科技型企业，整体打包向国家申报，获批为国家创新药物孵化基地。“中国药都”已拥有“国家级生物医药科技产业基地、国家级创新药物孵化基地、国家重大新药创制综合性大平台、国家创新型产业集群试点集群”4个国家级品牌。

（三）坚持人才先行，提供智力保障

目前，基地已引进各类人才770人，其中高级职称125人、博士110人；引进国内外科技领军团队27个、海外团队11个。牛津大学的终身教授崔占峰、深圳华大基因研究院院长汪建博士、先声药业首席科学家王鹏博士、国家纳米“973”项目首席科学家崔大祥教授等一批高层次专家受聘为药都顾问或直接在药都投资发展。沈阳药科大学将学校本部迁至药都，并与世界500强的医药企业德国拜耳、英国葛兰素史克合作，在药都建立高水平的药物研究院。药都通过建立实训基地、农民创业孵化基地等措施，让农民成为新型工人，成为药都建设的主力军。“十二五”期间，中国药都将围绕生物医药产业发展，坚持招大引强与招才引智相结合，加快建设中国药都“人才特区”，全力实施“百强企业”工程和“百人计划”工程。力争用3年左右时间，引进世界500强企业和中国制药百强企业30户以上，引进100个左右具有国际一流水平的领军人才及领军团队，用大企业、优质项目、高层次人才推动中国药都产业实现快速升级。

（四）完善城市配套，提升服务功能

“中国药都”，“药”是产业，“都”是城市。本溪市在沈阳和本溪的节点上，拉开了城市发展的骨架，通过形成20平方公里的药业集聚区，支撑起60平方公里的本溪新城区，成为辽宁省推进产业布局调整的重要支点，沈阳经济区发展战略性新兴产业的重要平台和“沈本一体化”进程的重要载体。“十二五”期间，本溪市决定将本市的行政中心迁移到“中国药都”，为药都发展注入新的动力。新城建设围绕企业所需要的产品及技术开发、商贸物流、人才培养、审批服务、引资融资以及基础设施、公共设施等，引进辽宁中医药学院等6所医药类高校和一个技术实训基地；引进了9家银行、担保公司、风险投资公司等金融机构；成立了专门的投资服务局，为企业提供“一站式”服务。研发中心、孵化中心、会展中心、体育中心、行政服务中心、药都博物馆、五星级酒店、药都中心医院、商场、超市、中小学校、回迁居民小区等一批城市配套和完善园区路网、供排水、供暖、通信、新城水系、绿化基础设施项目陆续投入使用；新的行政中心、百万平方米标准化厂房等项目已

开工建设；5个安居保障性住房项目已有38栋多层主体封顶；本溪高中分校建设已基本竣工；沈阳药科大学本溪校区主体已经完工；辽宁科技学院1.2万名师生已投入正常教学。在产业爆发式发展的拉动下，通过产业和城市功能分工，一座能够为生物医药产业发展提供研发空间和完备城市生活条件的新城市已具雏形。

二、四条经验

在全省的大力支持下，在沈阳与本溪的城市节点上，成长起一个生机勃勃、规模宏大的医药产业集群，本溪药业基地在全国400个基地中，成为建设规模第一、科技力量第三，成为集研发、生产、物流、大学城、配套服务于一体的全国最大的医药产业聚集区之一，并伴生了一座现代化的生态新城。总结本溪打造药都的成功实践，有这样几条经验值得借鉴：

（一）目标清晰的地区定位

沈丹高速、304国道、沈本大道、沈丹铁路、未来的沈丹高铁3条公路、2条铁路，便利的交通将药都与世界连在一起。本溪在沿海两小时经济圈中拥有营口、丹东两个出海口，又处于沈阳中心城市半小时经济圈的核心位置，因此，具有近海城市、近中心城市的特征。“双近”定位，将城市重塑和发展置于全省区域发展的大局之中，强调了区域内主体间的开放融入和合作协同。本溪在辽宁新一轮大开放、大发展的竞争格局中找准了自身的定位。

（二）敢为人先的先行先试

2006年，本溪市委市政府决定围绕辽宁本溪三药和国家中成药工程中心打造现代中药企业集群。2007年6月取得辽宁省现代中药科技产业园的牌子，立即投入6000万元建设研发中心。当时，这个药业研发中心在省里是独一无二的。本溪的做法很快得到了省委、省政府的肯定。同时本溪在辽宁中部城市市长联席会议上提出沈本一体化概念，向沈阳靠拢，并规划建设沈本产业大道本溪段。

（三）独具特色的产业模式

本溪市依据国内医药产业集中度不高的情况，给“中国药都”确立了“大产业、广覆盖”的产业定位，在20平方公里范围内形成高密度的医药产业集群，并从医药研发、中试、实训、生产到包装、物流、销售建设一条完整产业链条，让各个产业环节环环相扣、紧密连接。这种产业模式在国内医药园区中独树一帜，推动产业集群为全国最大规模。同时，6 所医药大学入驻，支撑起发展生物医药产业人才规模，成为“中国药都”又一核心优势。

（四）举全省之力的政策支持

2008 年 2 月，辽宁省决定将全省生物医药产业基地建在本溪高新技术产业开发区，就把生物医药产业发展的核心区域和重点放在本溪。本溪市委、市政府出台了包括土地政策、财税政策、科技政策、融资政策等共 20 条的“4 号文件”，即《关于加快医药产业发展若干政策的决定》，是本溪市改革开放以来最具突破性的开放政策，鼓励促进医药研发和产业发展。目前。省生物医药产业领导小组正在制定相关政策，按照政策不变、力度不减的原则，继续支持本溪发展生物医药产业。市委、市政府也调整出台吸引人才、资金进驻药都的相应政策。这些优于沈阳、大连的相关政策，成为药都建设和发展的重要保证。

三、几点建议

以生物产业引领绿色经济的未来，是青海实现产业转型升级的又一着力点。青海生物技术产业在生物制药、高原特色食品、保健品加工、制繁种业培养方面取得了一定成果，涌现出一批以清华博众、康普生物、晶珠藏药、久美藏药为代表的高科技含量企业。继续做大做强生物产业，必须借鉴中国药都崛起模式，加大全省对生物产业发展的支持力度，创新发展模式，强力推进青海生物产业跨越式发展。

（一）加强组织领导，集中优势资源加快发展生物产业

建议成立全省生物产业发展推进领导小组，组织协调全省力量，研究解决制约生物产业发展重大问题。研究出台相关扶持政策。统一领导和调配生物技术的基础应用研究、市场开发、对外合作交流。鼓励引导科研事业单位，协同企业，运用市场化机制，风险共担，利益共享，建立布局合理、分工明确、高效运转的生物技术创新体系，做好与资源环境、传统产业的衔接。有条件的地方设立专家咨询委员会，定期提出生物产业发展咨询意见。

（二）明确发展方向，力争在局部领域实现突破

青海生物产业发展已明确五个重点领域。当前，要优先扶持发展一批综合效益明显的项目，作为结构调整的重点。主要以适宜当地种植的优质灌木枸杞、白刺、黑果枸杞、沙棘和当地特产的常用大宗汉藏药材黄芪、羌活、

秦艽等种植基地建设为基础，发展有机种植，以枸杞、白刺、黑果枸杞、沙棘的果叶和药材的综合利用为重点，建设新型有机营养食品加工示范基地。如重点发展白刺种植，制作白刺果汁等系列产品，其中，浓缩汁价格可达4万元/吨左右。按年产30万吨果汁，可实现收入120亿元；副产品果红色素200吨，籽油1000吨，可实现收入14亿元。同时，白刺产业的发展还可安置10万生态保护区以及不适宜人类生存区的农牧民。

（三）瞄准自主创新，提高生物科研成果的转化应用

加大自主创新力度，按照有所为、有所不为的要求，每年列出一批有实用价值的核心技术和关键技术，集中力量进行攻关突破。加强高原动植物资源方面基础性研究工作。联合国内研究机构、高等院校，进一步提高现有省级重点实验室创新和研发能力，加快建设国家级中藏药研究中心、特色生物资源研究中心等公共技术平台。积极发展形式多样的政产学研企合作技术创新和成果转化战略联盟，形成独具特色的生物产业体系。

（四）加大支持力度，吸引优质资产进入生物产业领域

由政府出资和社会募集相结合，设立青海生物产业发展基金，下设省级生物产业自主创新和新产品产业化重大项目专项资金，引导社会资金进入，按照市场化运作模式，选择专业运营团队运作，形成产业资金池。鼓励产业基地州（市）级政府设立生物产业专项资金，对获得省级资金扶持的企业给予相应支持，对科技创新成果产业化项目关键技术的应用研究给予支持。吸引省外优质生物企业，形成“以资金培育资产，以资产吸引资金”的良性循环，培育壮大生物产业。

（五）培育龙头企业，引领生物产业快速发展

加强企业合作，通过资产置换、股权置换、兼并收购等方式，积极推动生物技术产业上市融资，做大做强企业。对拥有专利权、自主知识产权的公司，特别要加大对中草药、藏药有效活性成分进行生物技术提取的企业投入，重点扶持狼毒生物制剂、神威药业项目生物技术企业，加快柴达木盆地枸杞园及加工基地建设示范项目建设，做好青藏高原特色生物资源综合开发利用项目前期工作，努力建成全国最重要的绿色中藏药种植基地、特色产品生产和研发基地。

（六）完善政策措施，建立有利于生物产业化的运行机制

积极推动产业集群的逐步形成，在局部区域形成以高技术为支撑的特色

产业和产业优势。简化生物新产品审批程序、缩短审批时间，创建完善的法律环境、办事机构和社会服务体系，营造优质、高效、便捷的服务环境。加大生物技术研究开发资金的投入，将生物技术科研项目列入财政预算，每年增加一定比例的研发费用。认真落实财税、土地、金融等优惠政策，鼓励有实力的中小企业参与生物产业发展，把青海打造成生物产业发展的“政策高地”和“成本洼地”。

（2012 年 7 月 25 日）

赴福建学习考察的报告

4月10日至20日，在省委组织部、省委党校的亲切关怀和大力支持下，省委党校州、厅级领导干部培训班一行18人，在班临时党支部成员诺卫星、沈继伟和组织员马援芳的带领下，组团赴福建、江西进行了为期11天的学习考察。在闽期间，考察团先后在厦门市、泉州市、福州市、武夷山市等地参观了当地的企业、社区、港口和工业园区，并与当地政府官员进行了广泛交流和探讨，其间还专门听取了厦门市委党校邓副校长利用星期日休息时间给考察团所作的厦门改革开放以来经济社会发展历程的专题报告，了解了当地经济社会发展概况以及近年来深化改革、扩大开放、加快发展的思路、做法和成功经验，切身体会和感受了改革开放以来福建省依托区位优势，抓住机遇，发展外向型经济的巨大成就。这次考察，进一步开阔了大家的视野，更新了观念，同时也给我们在西部大开发中如何利用自身优势加快青海发展带来了深刻的启示。

一、福建省经济社会发展概况

福建地处东南沿海，北承长三角，南接珠三角，东临台湾，是祖国东南的重要门户和窗口，全省陆地面积12.83万平方公里，海域面积13.6万平方公里，人口3798万人，下辖一个副省级市（计划单列市）厦门，8个地级市：福州、漳州、泉州、南平、龙岩、三明、莆田、宁德。福建又是全国有名的侨乡，据粗略统计，全世界共有800多万福建华侨，80万福建籍港澳同胞，而海峡对岸的台湾80%人口祖籍在福建，北接日韩、南邻港澳、东南亚的独特区位优势、得天独厚的亚热带海洋资源和星罗棋布的天然良港给福建的经济发展提供了广阔的空间和先天的基础。改革开放以来，福建省紧紧抓住国家政策倾斜的有利机遇，以农业、轻工业和出口贸易为重点，大力发展外向型经济，取得了举世瞩目的成就，2003年国内生产总值达5241.73亿元，经济总量居全国第11位，人均GDP居全国第7位，全省对外开放程度和市场化程度居全国前列，成为我国东南沿海经济发展最具潜力和活力的地区之一。

二、福建经济快速发展的特点和经验

（一）立足省情，抢抓机遇，坚定不移地实行扩大开放、梯级开发的发展战略。改革开放初期，福建省针对建设资金有限、区域经济发展动力不足、缺乏新的投资来源和技术资源的瓶颈制约，根据全省工业基础差、财政底子薄、经济不发达的现状，适时提出了“念好山海经，协调两条线，建设八个基地”，坚持扩大对外开放和通过“以智取胜”来振兴福建经济的发展战略，一些区位条件好的地区如闽南金三角地区等获得了率先发展的动力，迅速成为全省经济发展最活跃的地区。20世纪80年代至90年代，为了带动其他地区包括内地山区的发展，把区域开发开放开始由极点转向轴线延伸，在一些基础扎实、要素的可供给性及空间组合好、发展潜力大的地方，初步形成产业密集地带，促进了沿海、沿江、沿边、沿路地区的全面开发。20世纪90年代前期，福建省进一步提出闽东南开放开发战略，把包括福州、厦门、泉州、漳州、莆田5个地级市的43个县（市、区）作为发展重点，优化生产力布局，强化整体功能，增强综合实力，使闽东南经济区一跃成为与长江三角洲、珠江三角洲、环渤海地区并驾齐驱的全国重点经济开放区。至20世纪90年代中后期，经过较长时期的极点开发和点轴发展后，福建的区域经济已有较好的基础，基础设施较为完善，交通通信已形成网络。进入21世纪以后，福建省委省政府又把促进不同地区协调发展作为重点，提出了“以厦门经济特区为龙头、加快闽东南开放与升级、内地山区迅速崛起，山海协作联动发展，建成海峡西岸繁荣带，积极参与全国分工，加速与国际经济接轨”的新的发展思路，形成了发达、较发达、落后地区三个层面同时推进，山海协作、对内联系、对外开放三个战略通道相互呼应的经济网络体系，进一步完善了基础设施，改善了投资环境，调整了发展布局，扩大了经济腹地，吸引和活跃了人流、物流、资金流和信息流，促进了生产要素的优化组合，使福建经济和社会发展迈上了新的台阶。

（二）充分发挥区位优势，积极吸引外来投资，大力发展外向型经济。改革开放以来，福建省利用其临海、临边以及与台湾隔海相望的地理位置，利用其便利的海港基础设施，大力发展出口加工贸易型经济，积极扩大同韩国、日本、东南亚的经济往来，同时致力于营造良好的投资环境，吸引台湾和海外资金流入，推动了资源要素进一步聚集，促进了优势产业的迅速增长。从1992年邓小平南行谈话到1997年短短的5年时间内，全省实际利用外资达178亿美元，合同金额达451亿美元，建成投产的三资企业突破1万家，外贸出口居全国第5位，实际利用外资居全国第4位。近年来，福建省外向型经济的发展速度更是非同寻常，仅厦门市2003年全市合同利用外资就达到16.7亿美元，闽东南5地市加上宁德市下属4个沿海县（市）的外贸出口、实际利用外资已超过全省的90%。福建面对台湾，特定的区位条件决定了福建经济与台湾经济的相互促进、相互影响的依存关系，两地一衣带水相亲相近的地缘和渊源关系，一脉相承同音同俗的文化和语言环境、一水之隔同宗共祖的血缘和亲缘脉络，都使福建成为台商投资祖国大陆最集中的地区之一。两岸的经济往来也由最初的贸易扩大到贸易、投资、科技、文化各个领域，由单向、小规模、低层次向双向、大规模、高层次发展，由劳动密集型加工业投资为主向资金密集型、技术密集型工业、农业、第三产业发展并举。作为福建开放前沿的厦门市近年来与台湾的经贸交流与合作不断升级，台商在厦门的投资额不断上升，截至2003年年底，全市共批准设立台资企业2167项，合同台资42.8亿美元，实际利用台资26.9亿美元。厦门还通过突出区位优势，抓住台湾产业外移和厦门作为两岸试点直航口岸的有利时机，成功举办“台交会”等一系列重大经贸洽谈活动，成为两岸经贸交流的重要基地。改革开放以来，世界各地的福建籍华人华侨也纷纷通过各种渠道和途径，在福建投资办厂，把许多先进的技术和管理经验带到福建，为福建经济的发展不断注入新的活力。

（三）注重人文生态和环境保护，坚持可持续发展战略，为经济社会发展提供长久的支撑。为了吸取世界发达国家和地区在推动工业化进程中由于对资源的过度开采造成环境污染、生态破坏、经济发展失去支撑的教训，福建省在大力加快经济发展的同时，并没有忽视保护生态与促进发展的协调关系。近年来，福建省各级党委政府纷纷提出生态立省、生态富省、生态建省的口号，大力提倡全面科学的可持续发展观，不断加强环境保护和生态建设的工作力度，把发展生态效益型工业和生态效益性农业摆上重要位置。到2000年年底，全省林地面积已达735.37万公顷，森林覆盖率达60.5%，位居全国第一。截至目前，全省已建成国家级园林城市2个，优秀旅游城市6个，已建和在建的国家级生态示范市、县6个、生态农业试点县（区）10个，建成各种自然保护区、森林公园、风景名胜区129个，其中武夷山还被联合国列为世界文化、自然遗产双名录，厦门市获得“国家环保模范城市”称号并已成为国际花园城市。生态农业规模不断扩大，全省建成了一批无公害蔬菜基地，有127个农产品获得“绿色食品”标志，许多农产品打入国际市场，产生了可观的经济效益。同时，福建省还在调整工业产业布局中，把优先发展生态效益型工业放在突出位置，建成了金山工业集中区等一批低污染、低能耗、环境优雅的工业园区，让更多的企业找到了理想的投资场所。近年来，福建省把改良生态与发展旅游经济结合起来，积极发展以认识自然、保护自然为内容的生态旅游，形成了以武夷山为中心的闽北“绿三角”生态旅游区等5大生态旅游区，使生态旅游成为福建经济新的增长极。

三、几点体会

（一）要想加快发展，正确认识省情、制定合理的发展战略是关键。青海是一个经济文化欠发达的后发展地区，自然条件严酷、地理位置偏远、交通不便、信息闭塞，发展中面临许多困难和问题，我们既没有沿海地区那种得天独厚的区位优势，也缺乏发展外向型经济的先天条件。但我们也有自己的独特优势，那就是青海广阔的地域内蕴藏着丰富的矿产资源和高原动植物资源，加快青海的发展，不断缩小同内地及沿海发达地区的差距，关键是要找准定位，确定符合我省省情的发展战略，而不能盲目攀比、急功近利、好高骛远。近年来，我省紧紧抓住西部大开发的战略机遇，提出了扎扎实实打基础、突出重点抓生态、改革开放促发展、依靠科技增效益的发展思路，并在此基础上提出基础优先战略、开发拉动战略、开放带动战略、科教兴省战略、可持续发展战略。近年来，我省经济社会保持了持续快速健康发展的势头。GDP的增长速度连续几年位居全国前列，充分证明了这些发展思路和战略是正确的。近年来，全国许多地区不顾发展条件的制约，盲目上项目、铺摊子，建了一批劳民伤财的工业园区，不仅没有为当地的经济发展做出贡献，有的甚至成为拉发展后腿的包袱，这个经验教训我们应当吸取和警惕。

（二）要想加快发展，解放思想、转变观念，跟上世界和时代发展的潮流是基本前提。青海长期落后，除了自然、历史的因素之外，最大的原因恐怕就在于人们思想的守旧、观念的滞后，在市场竞争日趋激烈的今天，观念的进步与否，思想的开放与否，将直接影响一个企业、一个地区的发展程度。当前我省不少干部群众的头脑中计划经济、小农意识还比较强，小富即安、小进则满的思想还比较浓，市场意识、风险意识、开放意识还比较淡薄，严重阻碍了我省经济社会发展的进程。由于观念保守，我们曾经痛失了许多好的发展机遇；因为思想守旧，我们在发展的过程中被别人远远地抛在后面。因此，在全社会深入开展多种形式的解放思想大讨论，从思想深处对广大干部群众进行解放思想、更新观念的教育，在我省尤其显得重要和紧迫。

（三）要想加快发展，抓好优势产业、提高科技含量是重要环节。多年来，青海省一直是一个资源输出型省份，由于缺乏关键技术，附加值低，许多资源一经开采便被廉价地运往省外，而青海经济在其中并没有得到多少益处。在前几年招商引资过程中，一些地方饥不择食，将外地淘汰或拒之门外的一批高耗能、高污染、市场前景黯淡的夕阳产业引进我省，不仅浪费了大量人力、物力、财力，还成为影响我省经济健康发展的沉重负担。因此，作为青海这样一个工业化起步比较晚的地区，更应该从一开始就注重产业结构优化升级，不仅要考虑国内同行业中的比较优势和市场份额，更要考虑迎接国际市场激烈竞争的挑战，就我省而言，如目前正在搞的碳酸锂项目、高原藏药项目等就具有非常良好的市场前景。只有这样，我们才能形成一批具有我省特色，能够在市场中站住脚、立住根的优势产业链，才能实现长期的高质量的发展。

（四）要加快发展，保护生态、改善环境，实行可持续发展战略是根本保障。长期以来，由于资源的过度开发和人类活动的频繁，青藏高原的生态环境不断恶化，近年来，我省土地沙化、荒漠化的趋势更是加剧，草场退化、河流干涸、持续干旱已开始威胁到人们的生存与居住，这对我省本来就非常脆弱的发展环境无疑是雪上加霜。因此，各级政府应当清醒地认识到这一点，在发展地方经济的同时，更加注重人与自然的协调发展，不断加大生态保护和环境治理力度，只有这样，我们才能在加快发展的过程中保持长久的后劲和动力。

（2004 年 4 月 26 日）

关于对川、皖、闽三省文化生态保护实验区建设的考察报告

2007 年 6 月至 2008 年 11 月，文化部相继命名设立了闽南、徽州、热贡和羌族文化生态保护实验区。我省热贡文化生态保护实验区设立于 2008 年 6 月，是继闽南、徽州之后，国家批准成立的第三个文化生态保护实验区。为了加快我省热贡文化生态保护实验区建设，促进我省藏区经济社会和文化事业全面协调可持续发展，省委政研室组成考察组，于 9 月 16 日至 29 日赴四川、安徽、福建三省，对闽南、徽州、羌族文化生态实验区建设情况进行了专题考察。现将考察情况报告如下。

一、三省实验区建设的基本情况

按照《国家“十一五”时期文化发展规划纲要》的要求，“十一五”期间，我国将建立 10 个文化生态保护区。2007 午 6 月 9 日，文化部正式批准在福建设立闽南文化生态保护实验区，保护区位于福建东南沿海台湾海峡西岸，包括泉州、厦门、漳州 3 市，共辖 4 个县级市 12 个区 13 个县，总人口 1380. 64 万人。徽州文化生态保护实验区设立于 2008 年 1 月，其区域主要以安徽黄山市为核心区，涉及周边安徽其他地区和江西省的部分区域。羌族文化生态保护实验区设立于 2008 年 10 月，其区域包括阿坝州、绵阳市及汶川县、茂县、理县、松潘县、黑水县、北川县、平武县等 2 市 7 县 85 个乡镇，总面积 18474 平方公里。

总体上看，四川、安徽、福建三省的文化生态保护实验区建设工作主要有以下几个特点：

一是准备充分。三省在文化部批准设立文化生态保护实验区之前，都做了大量的基础工作。如福建省自 2006 年以来，就组织有关部门和专家进行专题调研，形成了建立闽南文化生态保护区的理论成果。同时他们的全国人大

代表和政协委员在多种场合以各种形式呼吁建立闽南文化生态保护区。闽南文化生态保护区位于福建东南沿海，也是国家批准成立的中国海峡西岸经济区所在地。福建省在国家级“海峡西岸经济区”建设中，将文化生态保护和发展作为经济区的重要内容，与经济社会建设统一规划，统筹安排，为推进保护实验区建设打下了良好基础。

二是上下互动。为了抓住先机，推进文化生态保护实验区建设，三省从省到实验区所属市、县（区）、街道乡镇，从加强领导、充实机构、落实责任入手，形成了上下互动、齐心协力抓工作的氛围。

三是行动迅速。三省文化生态保护实验区分别成立后，他们都根据各自的《规划纲要》，及时制订了整体规划方案、具体实施意见和工作计划，并加快实施。安徽省与中国艺术研究院联合举办了徽州文化生态保护实验区高峰论坛，并在黄山市召开了江西、安徽两省推进徽州文化生态保护实验区建设工作座谈会，就两省如何加强合作协调、共同推进实验区建设若干问题进行磋商，并形成了会议备忘录。厦门市在《实施意见》中，明确了实验区的重点建设内容、责任分工、建设时限、保障措施。

四是扎实推进。四川省抓住灾后重建的契机，争取国家投资，抓紧落实并实施39个羌族文化生态保护实验区灾后恢复重建项目，推动了实验区建设工作的有序开展。安徽省重点落实古民居保护利用工作，并将其与徽州文化旅游景点建设结合起来，收到了明显的社会和经济效益。

二、三省实验区建设的主要做法和经验

文化生态保护实验区建设是中央“弘扬中华文化、建设中华民族共有精神家园”的战略部署，也是促进经济社会又好又快发展和社会和谐稳定的历史新任务。其主要做法和经验是：

（一）目标明确，思路清晰

徽州文化生态保护实验区设立后，安徽省在省委、省政府的统一部署下，立足将黄山市建设成为现代国际旅游城市的目标定位，实施项目带动战略，着力推进徽州文化保护、抢救、创新、发展工程，在保护徽州文化的基础上，科学合理地开发利用物质文化和非物质文化遗产，实施“文化产业精品打造”工程，变徽州文化资源优势为文化产业优势，在保护中传承，在弘扬中发展。福建省有关领导和专家认为，如何推进闽南文化生态保护实验区，既是一个

文化建设命题，又是一个重大的政治命题。因此其建设要围绕争取台胞和华侨华人，增进民族情感认同，以侨反独、以侨促统、以侨促经济的政治经济战略目标，精心设计规划。福建泉州市提出，在实验区建设中重点实施“两个工程”和“两个示范性文化生态园”建设：即“记忆保护工程”和“传承保护工程”，“清源山及其周边闽南文化生态园”和“古城区闽南文化生态园”。四川省将羌族文化生态实验区建设作为保护全国唯一的羌族古老文化、传承中华文脉的历史政治任务来对待，上下动员，进行整体保护和建设，取得了实效。

（二）加强领导，完善机制

为了推进文化生态保护实验区建设，三省都建立健全了省、市（州）、县（区）组织领导机构。如四川省，2008 年 10 月文化部批准设立羌族文化生态保护实验区以后，11 月省委、省政府就召开专门会议，建立了以省委常委、宣传部长为组长，省政府主管副省长为副组长，省人民政府副秘书长以及省委宣传部、省发改委、省民委、省财政厅、省建设厅、省国土资源厅、省交通厅、省人事厅、省旅游局、省环保局、省文明办、省政府新闻办、省文化厅、省文物管理局、阿坝州政府、绵阳市政府等 16 个部门和地方政府分管领导为成员的“四川省羌族文化生态保护实验区工作领导小组”。同时，还设立了由省文化厅厅长，分管副厅长担任主任、副主任的“四川省生态保护实验区工作领导小组办公室”，成立了“羌族文化生态保护体系工作小组”“羌禹文化生态实验区工作小组”“阿坝州藏羌文化发展研究中心”。在实验区范围内的州（市）、县也成立了相应的领导和工作机构。为了着力推进保护实验区建设，四川省还建立了定期召开“工作领导小组”例会制度，集中汇报和研究部署保护区重点工作。在羌族文化核心区阿坝州建立了“羌族文化生态保护实验区联席会议制度”。为整合人才资源，提高理论研究水平，四川省还成立了“四川省羌族文化生态保护实验区专家咨询委员会”“羌族文化生态保护和发展研究院”“羌族文化生态保护和发展协会”等参谋、研究机构。福建省将闽南文化生态保护实验区的领导和工作机构还延伸到乡镇和街道办事处，做到了领导到位，责任到人。

（三）整体规划，分步实施

为了把实验区建设落到实处，三省在整体规划中，都明确了实验区的建设范围、建设目标、建设内容，同时实验区范围内所在的州（市）、县（区）也都制定了具体规划和实施意见。厦门市闽南文化生态保护实验区建设规划从2008年至2020年分三个阶段实施，其中第一阶段（2008—2010）将启动建设3个闽南文化传承展示区、14个保护试点基地和一批传习中心，同时建设和完善实验区的基础设施，修复和改善文化遗产的生态环境。黄山市在《实施意见》中制订了具体分步实施方案，决定从2009年开始，5年内实施"百村千幢"工程，其中第一期（2009年）整治古村落18处，保护古民居180幢；第二期（2010年）整治古村落20处，保护古民居230幢；第三期（2011年）整治古村落22处，保护古民居260幢；第四期（2012年）整治古村落21处，保护古民居195幢；第五期（2013年）整治古村落25处，保护古民居25幢。

（四）加大投入，重点推进

总而言之，三省通过财政直接投资和民间融资，加大投入，重点推进，加快了实验区建设步伐。安徽省着力打造以徽州文化为主的文化展示城，决定今后10年共投资100亿元，分三期实施以徽州府衙修复为中心的歙县古城改造项目，其中2011年前投资16亿元，进行重点修复和开发，综合提升古城的整体文化品位和休闲功能。同时加大投入，提升徽州古镇品位。仅在西递、宏村两个市镇规划投资5亿元，近期已投入15亿元。四川省已经规划设计并报国家批准同意的羌族文化生态保护实验区建设项目39个，包括7个民俗博物馆、26个传习所、1个数据库、1个非遗研究保护中心和4个非遗民间艺术团体。厦门市确定了14个保护试点建设项目，通过群众自愿、专家论证、政府批准支持、社会参与投入的形式推进实施。泉州市作为古代"海上丝绸之路"的起点，近年来先后投资7亿元，建成了中国闽台缘博物馆、海外交通史博物馆、华侨历史博物馆等70多座文化标志性工程。

（五）围绕市场，打造精品

文化生态保护实验区建设的目的，除了保护、传承和弘扬传统优秀的民族文化外，还在于开发文化旅游产品，增加群众收入。这是三省文化生态保护实验区各级领导和广大干部群众达成的一个共识。正由于此，他们在实验区规划和实施建设过程中，着重围绕市场，打造具有鲜明地方民族特色的文化精品。一是扩大文化对外传播。如作为徽州文化核心区的黄山市，借助国家和省外宣办的窗口和阵地，以港澳台、东南亚为重点，拓展欧美澳地区，举办电视周、文化周等活动，持续开展"中外媒体看黄山"采访活动，全方位、多层次、宽领域开展对外宣传。同时在欧美报刊开辟黄山专栏、专版，借助中央电视台和省电视台，扩大黄山市在境外的知名度、美誉度。二是扩展文化交流合作。泉州市在建设中国闽台缘博物馆，黄山市在建设黄山景区过程中，加大文化产业招商力度，积极组织文化企业参加文博会、徽商大会、闽台商大会，广泛开展境内外旅游文化推介活动。充分利用友城互访，旅游推介，经贸、文化、体育等活动，加强特色文化产品策划、开发，推介工艺品、创意产品、图书、音像、演艺等文化产品输出。三是壮大传统文化产业。安徽省引入市场机制，建立具有徽州文化特色的工艺品研发机构、艺术创作和生产基地，不断开发和加大营销“徽州四雕”、黄山玉等传统工艺产品，提升市场占有率，造福一方，富裕群众。四是促进娱乐消费活动。福建厦门市、泉州市举办“海峡两岸民间艺术节”，定期定点组织专场戏曲文艺演出，推行动态艺术的观光旅游，实现了社会效益和经济效益的双赢。安徽省引进社会资本，打造系列高质量、有特色的文化旅游产品。

三、推进我省热贡文化生态保护实验区建设的建议

通过对四川、安徽、福建三省文化生态保护实验区建设的考察，我们深深感受到，与他们相比，我省热贡文化生态保护实验区建设已经明显落后。主要表现在：对实验区建设的重视程度还不够，组织领导和工作机构尚不健全，实验区亟待建立一套高效率的领导运作班子；实验区范围内的干部群众对文化生态保护和建设事业认识比较模糊，信心不足；对实验区内的物质文化遗产、非物质文化遗产及原生态自然遗产的理论研究不够，抢救保护和开发工作处于被动状态；实验区建设《整体规划方案》和具体《实施意见》尚未制订出来，保护建设项目尚未拿出具体可行性研究报告，也未制定出具体实施办法和措施；资金缺乏已成为制约实验区建设的一大难题，等等。针对以上问题，借鉴四川、安徽、福建三省的具体做法和经验，我们对推进青海热贡文化生态保护实验区建设提出以下建议：

（一）提高站位，充分认识热贡文化生态保护实验区建设的重要意义

热贡文化是以藏族文化为主体，多民族、多宗教、多文化互相交融并存的原生态文化，是中华文化的重要组成部分。我省同仁地区之所以被命名为国家级文化生态保护实验区，是由于这里具有悠久的热贡文化和古文化遗存，有种类繁多、特色鲜明的非物质文化遗产，是青藏高原文化遗产最富集以及最富有民族、宗教、历史原生态文化特质的地区。我们必须充分认识到，热贡地区是藏传佛教后弘期的发祥地，是藏文化和藏传佛教文化的摇篮；热贡

文化是以藏民族和藏传佛教文化为主体，多民族、多宗教文化互相融合发展的结晶，是青藏高原所独有的一种稀缺文化资源。这些文化遗产不仅属于黄南州，也是属于青海和中华民族所共有，抢救和保护这里的文化遗产，是一项长期、艰巨的文化建设任务。在贯彻落实中央关于加快青海等藏区发展方略的新形势下，加快推进热贡文化生态保护实验区建设，不但会科学有效地保护热贡地区的物质文化与非物质文化遗产，优化自然生态和人文生态环境，传承和弘扬热贡文化，建设社会主义先进文化；而且会增强境外藏胞对本民族文化的认同感和亲和力，有利于反对“藏独”和民族分裂，促进民族团结进步，维护藏区长治久安，加快经济社会又好又快发展。加快推进热贡文化生态保护实验区建设，不但是促进黄南文化建设和经济社会发展的大事，也是关系到青海藏区如何贯彻落实科学发展观，加强经济建设、政治建设、文化建设、社会建设和生态文明建设的大事，各级领导必须提高站位，抓住机遇，乘势而上，科学谋划，精心部署，转变发展方式，变文化资源优势为文化产业优势，加快推进实验区建设步伐，促进经济社会又好又快发展。

（二）加强领导，为推进热贡文化生态保护实验区建设提供组织保障

热贡文化生态保护实验区建设是一项宏大的工程，其核心区虽然在黄南同仁地区，但影响却远播延伸整个藏区及国内外所有信仰藏传佛教的地区。因此推进实验区建设不仅需要宣传、文化主管部门高度负责，更需要党政各有关职能、综合部门通力协作，共同努力；不仅需要实验区内干部群众的扎实工作、艰苦奋斗，更需要省委、省政府的大力支持。根据四川、安徽、福建的做法和经验，建议成立“青海省热贡文化生态保护实验区工作领导小组”，由省委常委、宣传部长任组长，省政府分管副省长任副组长，省委宣传部、省发改委、省民委、省财政厅、省建设厅、省国土资源厅、省交通厅、省人事厅、省旅游局、省环保局、省文明办、省政府新闻办、省文化厅、省文物管理局等部门的分管领导和黄南州常务副州长为成员。领导小组下设办公室，办公室主任、副主任分别由省文化厅厅长、分管副厅长和黄南州领导担任。热贡文化生态保护实验区范围内的州、县和乡镇也要成立相应的领导机构和工作班子，形成上下联动、有效推进实验区建设工作的体制机制。同时成立“青海省热贡文化保护体系工作小组”和“青海省热贡文化保护实验区专家咨询委员会”等工作机构，统筹负责制订实验区规划方案和建设项目的研究、申报和实施，指导实验区范围内自然遗产、物质和非物质文化遗产保护传承与发展工作。

（三）深入调研，为推进热贡文化生态保护实验区建设提供智力支持

热贡文化作为青藏高原独特的、具有丰厚历史和各民族文化的活化石，其学术价值难以估量。但目前我们的考古和理论研究仍然没有跟上，对热贡文化的历史渊源、文化形态、特征、价值等一系列问题的研究尚不深入，尚未形成有分量的理论学术研究成果。因此，为科学实施热贡文化生态保护实验区建设，建议成立“青海热贡文化保护发展研究中心”，并建立一支过硬的研究队伍，通过深入挖掘、科学考证，对热贡地区的历史、文化、经济、宗教、文学、艺术、饮食、建筑、工艺、民俗、对外交流史、藏汉关系史等进行系统研究。重点研究热贡文化的形成过程，热贡文化在藏族文化中的地位，热贡文化的资源构成以及热贡文化的文化学、民俗学、民族学、宗教学、历史学意义，同时要组成会策划、善运作、效率高的班子，加强宣传，广泛推介。各级文化部门要走出去参加省内外文化博览会、旅游博览会、学术研讨会等活动，把握文化发展的信息和脉动，加大对外交流合作力度。要吸引国家和外省区市的影视单位来青海拍摄专题片，编辑创作宣传热贡文化的文学作品和影视作品，通过电视、广播、电影、报纸、杂志、互联网等媒体，不断扩大热贡文化的影响力。省内相关部门要在资金和宣传手段上给予支持，扩大宣传覆盖面，努力提高热贡文化的品牌知名度。

（四）整体规划，进一步明确热贡文化保护实验区保护目标和建设布局

热贡文化生态保护的范围很广，主要包括；以国家历史文化名城——同仁县隆务镇为中心、涵盖隆务河流域及相关黄河流域的自然生态空间、人文生态空间和经济生态空间。热贡文化包括流域内的物质文化遗产、非物质文化遗产和原生态自然遗产。物质文化遗产有隆务河流域内以保安古城堡为标志的屯堡式村落寨庄，有以同仁隆务镇隆务寺和尖扎南宗沟南宗寺为标志的藏传佛教寺庙塔窟，有大量的宗教典籍、法器、造像、汉藏文献资料及各类文物等。非物质文化遗产有唐卡艺术、部落制度、千百户制度、民间音乐和舞蹈、民间谚语、藏戏、藏医药学等，原生态自然遗产有省级、国家级自然保护区，国家地质、森林公园。要制订总体发展规划和具体实施意见。加快对热贡文化遗产的保护和抢救工作步伐。在保护实践中，既要重视保护活态的非物质文化遗产和与之相关联的物质文化遗产，又要重视自然和文化生态环境的营造，还要关注文化遗产的创造者和享用者——广大民众的情感和需

求，采取系统的整体性保护。在制订非物质文化遗产保护发展规划的基础上，确定重点发展的特色行业门类项目，形成文化遗产的中长期整体保护和发展规划。加快建设实验区的根本目的是保护热贡文化遗产，继承和弘扬优秀文化，促进经济发展、文化进步、社会的谐。实验区文化生态保护和建设目标是：到2010年，初步建立一套切实可行的热贡文化生态整体保护制度和运行机制，建设一批有利于文化遗产保护的基础设施，改善文化遗产保存、保护环境，濒危和重要的文化遗产以及一批传承人得到有效保护，全社会文化遗产保护意识明显增强。到2015年，基本建立比较完善的热贡文化生态保护制度和工作体系、较为完整的基础设施，文化生态环境得到明显改善，文化遗产和传承人得到有效保护和传承。到2020年，实现保护工作科学化、规范化、网络化、法制化。保护区主要基础设施建设达到国家标准，所有文化遗产和传承人按国家标准得到完整保护和传承。要合理调整布局，打破地区和所有制界限，将热贡地区建设成为“中国藏文化和藏传佛教文化中心”。围绕这个中心，重点打造和建设一乡一馆一街一圣地一古村寨四古城堡的“五一四”工程。即依托吾屯、年都乎、郭麻日等村的热贡艺术及“六月会”、於菟舞、藏戏等非物质文化遗产，将其打造为“中国热贡文化之乡”；在同仁县隆务镇建立“中国热贡文化博物馆”；通过对隆务老街及40多户古民居的恢复修缮，使之成为“同仁历史文化名城一条街”；将坎布拉南宗寺打造为“藏传佛教后弘期圣地”；将保安古城建成“青藏高原屯田戍边第一古村寨”；通过保护性修建，将年都乎、郭麻日、吾屯、铁城山打造为具有热贡文化特色的四个古城堡，使热贡文化的精神和智慧融入现代生活。

（五）加大投入，加快热贡文化保护实验区基础设施和重点项目建设

在经济发展滞后、财力紧缺的青海藏区，要推进热贡文化生态保护实验区建设，没有国家的大力支持和社会的广泛参与等于纸上谈兵。因此，要积极向中央有关部门申报建设项目，主动争取国家投资，同时要积极争取国际文化保护和扶贫援助，加大对实验区建设和保护的投入力度。要充分发挥地方政府的积极性、主动性。省财政每年应安排一定的专项资金，大力支持实验区建设。黄南州要将热贡文化生态保护实验区建设列入重点工作计划和财政预算。同时制定更加优惠的政策，加大招商引资力度，吸收外资和民间资本投资开发热贡文化产业。推进热贡文化生态保护实验区建设，当前要抓好三个重点：一是重点搞好基础建设。要抓住国家扩大内需和支持藏区加快发展的机遇，争取同仁通往九寨沟公路改造项目早上马、早开工，提高通行能

力。同时争取国家和省上的专项资金，抓好实验区水电路等基础设施建设。二是遵循“保护为主，抢救第一，合理利用，传承发展”的方针，坚持政府保护与民间保护相结合，财政投入与社会资助相结合，保护传承与适度利用相结合，争取国家资金的大力支持和社会各界的广泛捐助，加大投资，抢救和保护热贡文化非物质遗产。要设立专项资金，专门用于非物质文化遗产传承人的培养，以及非物质文化遗产的挖掘、收集、整理、保护和传承。三是抢救和保护物质文化遗产。包括对国家级历史文化名城——同仁古城的保护，对重点文物保护单位的保护，对历史古城堡的保护，都要在总体规划的指导下，制订单项规划，分步实施。当前，要抓紧做好古城堡保护和修缮的可行性研究，尤其要抓好对濒危古城堡的抢救性保护。为了加快保护区建设，建议设立“青海省热贡文化生态保护区专项保护资金”，黄南州及其热贡文化生态所涉及的县也应相应设立专项保护资金，并根据财政收支情况和热贡文化产业发展情况逐年适度增加，以加大财政资金的扶持力度。

（六）自主创新，打造精品，将热贡文化优势资源转化为特色文化产业

一是树立精品意识。确立热贡文化品牌定位，真正将实验区打造成青藏高原藏文化和藏传佛教文化中心。要自主创新，加快新工艺、新产品的研发体系建设，通过特色产品、特色工艺的研发，增强热贡文化品牌的文化品位和竞争力，扩大市场份额。二是大力培养热贡文化产业人才。要依托中央民族学院、青海民族大学、西藏大学等高等院校和黄南州职业学校、热贡画院等中央和省内外院校和研究单位的资源优势，加速培养热贡文化产业方面的国际化经营、商务谈判、热贡文化遗产保护与生产的研究、开发人才。三是大力发展民营热贡文化产业。要实施热贡文化产品民营化战略，充分发挥政府扶持资金的导向作用，在上报争取上级财政性项目资金时，对特色产业项目予以优先考虑和安排，为特色产业发展搭建平台。四是进一步加强银企合作，降低信贷准入门槛，探索以个人信用和收入担保相结合的特色创业贷款方式。探索以驰名商标、专利和拥有自主知识产权的核心技术质押的融资方式，加大对特色产业的信贷投放力度。五是实验区建设要与文化旅游结合起来。要通过实施“五一四”工程，使其成为各具热贡文化特色的文化旅游景点。要深入挖掘不同景点的文化内涵，打造独具魅力的旅游品牌。要进一步转变观念，打破热贡文化单一为宗教服务的状况，打破传统民俗表演的时空限制，打破相对分散的地域布局，打破单打独斗的行业运作模式，积极引入先进经营理念和市场营销方式，充分发挥企业和中介机构的作用，采用龙头

企业带动、产业集群发展等模式，加快旅游文化产业发展。通过改造和提升文化品位，推动热贡艺术品和黄南藏戏、热贡歌舞等走出青海、走向全国。引导农牧民打破常规束缚，打破传统习俗的限制，将“六月会”、於菟舞、热贡藏戏等搬到景点，作为一种旅游产品向外推出，让游客能直接面对流动的鲜活的热贡文化。六是组建热贡文化产业集团。要整合热贡非物质文化资源，组建热贡特色文化艺术有限公司，打破地区和所有制的界限，加强热贡特色文化团体之间的协作，充分发挥名人、名团、名剧的品牌效应，实现资源共享、优势互补。从市场需求出发，建立演出中介代理制，实现艺术产品的产、供、销一条龙运作，推动热贡演艺业的发展。建议在全面规划的基础上，在实验区建设“热贡非物质文化产业园区”，并将其培育为青海文化产业发展的示范点和新的经济增长点。

（2008 年 9 月）

关于渝湘黔三省市文化建设情况的考察报告

摘　要：渝湘黔三省市在文化建设上各具亮点，重庆市突出了弘扬社会主义核心价值体系，湖南省突出了传媒产业发展，贵州省突出了“多彩贵州”品牌建设，给人的启示是文化建设是人民群众精神财富的创造者，大力推动文化建设是振奋民族精神、激发干事创业的不竭动力，三省市的经验值得学习借鉴。

关键词：文化建设；三省市经验；考察报告

4 月 17 日至 30 日，省委政研室、省委宣传部一行六人，先后到重庆、湖南、贵州三省市考察文化建设情况。考察组通过召开座谈会、实地参观、查阅资料等形式，考察了三省市在发展文化事业和文化产业、深化文化体制改革等方面的情况。

一、三省市文化建设的特点和启示

考察组确定到该三省市考察，主要是考虑到，重庆近年来在弘扬社会主义核心价值体系方面，有一些突出的亮点；湖南在发展文化产业特别是传媒产业方面，走在全国前列；贵州地处西部，与青海同样是欠发达地区，但其“多彩贵州”品牌建设富有成效。为此，考察组以此为重点进行了考察。考察组认为，该三省市在文化建设方面突出的特点主要有以下几点。

一是统一思想，凝气聚神，推进社会主义核心价值体系建设。重庆因人施教，以“三进三同”活动为着力点，组织 20 万名党政机关干部进基层、进村子、进农户，与基层群众同吃、同住、同劳动，积极开展面对面的宣传教育；广泛开展“唱读讲传”活动，唱红歌、读经典、讲故事、传箴言活动蔚然成风。湖南广泛开展全国“双百”人物、道德模范人物、感动中国人物等重大典型评选活动，推出了袁隆平、黄伯云、文花枝等一批享誉全国的英雄模范人物；全省建成省级以上爱国主义教育基地60个，其中20个被列为全国爱国主义教育基地，名列全国第一。

二是重心下移，着眼基层，实现和保障群众文化权益。重庆在西部地区率先完成了乡镇综合文化站和村文化室、农家书屋等惠民工程建设；设立基层文化建设专项资金2000万元，补助区县重大公益文化设施建设；市财政每年支持3000万元，建设区县文化馆、图书馆、博物馆、影剧院“四大件”；2010年，市、区县财政筹集2亿元资金，加快实施农村广播村村响电视户户通攻坚行动，2011年6月30日前将完成“响通”工程。湖南广播电视“村村通”全省县级联通率达95.3%，农村有线入户率达26.4%，广播电视节目无线覆盖率达95%；建设乡镇文化站730个，农家书屋4100个。

三是夯实基础，改革创新，推动文化产业发展繁荣。重庆市仅2003年至2008年，全市文化产业增加值以年均超过28%的速度高速增长，是同期GDP增速的2倍以上；绝对值从39.8亿元增加到55146.5亿元，增长了268%；组建了一批产业集团；涌现出一批有影响的民营文化企业。湖南2009年文化产业总产值达到1594.26亿元，比“十五”末的2005年增长了160%，占GDP的比重为5.2%；湖南广播电视台和芒果传媒挂牌成立，年经营总收入首次突破100亿元大关；中南传媒、天舟文化成功上市；媒体零售快乐购去年总订购25亿元，税收过亿。贵州省跨区域合作，成立贵州家有购物集团公司，2010年实现销售额12亿元，推动中广传媒积极发展手机电视用户达20多万户；先后组建了贵州日报报业集团、贵州出版集团公司、多彩贵州印象网络传媒股份有限公司等一批国有独资或国有控股的大型文化企业；安顺天龙屯堡旅游有限公司、安顺兴伟文化发展有限公司等一批民营文化企业典型脱颖而出，成为省文化产业示范基地。

四是巩固成果，增强活力，深化文化体制改革。重庆合并市广电局与文化局组建了新的市文化广播电视局；成立了市文化市场行政执法总队；全市40个区县已全部完成以行政执法内容为主的改革；成立重庆市国有文化资产经营管理公司，实现政资分开；整合红色革命文化资源，组建了“红岩联线”；完成了电脑报社、新女报社等60家经营性文化事业单位的转企改制工作，转制后的新女报实施联合经营、品牌输出和“走出去”战略，跻身国内生活服务类周报前3甲，广告收入连续4年实现50%以上增长。湖南省广电初步完成了管办分开、政企分离改革，同时广播电视网络整合和“三网”融合试点改革稳步推进；全省共有210家经营性文化单位完成转企改制，346家公益性文化单位推行了劳动、人事和收入分配制度改革。贵州在全国率先组建了“省、地、县一张网”的贵州广电网络公司；贵州出版集团公司所属6家经营性文化事业单位整体实现转企改制，核销事业编制近400人；至2010年全省所有州市地和县区市，都实施了文化市场综合执法改革。

五是资源整合，合理布局，培育和打造文化品牌。重庆开展的群众性“唱读讲传”活动，至2010年年底，累计开展红歌传唱活动14万场，参与市民超过8400万人次，《读点经典》丛书发行量突破1000万册，手机用户转发箴言1.7亿条次。湖南“广电湘军”“出版湘军”“动漫湘军”声名鹊起，自2006到2009年，《中国文化品牌报告》“湘字号”文化品牌占到总数的1/5；蓝猫、山猫系列产品走进了36个国家和地区。贵州近年来将“多彩贵州”作为文化品牌重点，连续4年举办“多彩贵州”系列大赛，关注人数过亿；2005年，反映贵州多彩民族文化的艺术精品——大型民族歌舞诗《多彩贵州风》在国内外演出500多场，观众达千万人次；全省九个市、州、地党委政府以“多彩贵州”品牌为统领，打造了“醉美贵州”“爽爽的贵阳”“转折之城”“水墨金州”“中国凉都”“洞天潮地·花海鹤乡”“梵天净土·桃源铜仁”“苗乡侗寨·生态秘境”等文化品牌。

六是打造精品，繁荣创作，推动文艺事业发展壮大。重庆重点组织创作拍摄了《周恩来在重庆》《国家行动》《江姐》《我是花下肥泥巴》《太阳出来喜洋洋》《移民金大花》等一批优秀影视、舞台作品。湖南省财政每年设立1亿元文化事业发展引导资金，加大对文艺精品创作生产的引导和支持力度，创作或正在创作推出了电影《喋血孤战》《建党大业》《辛亥革命》《湘江北去》等，电视剧《日出东山》《国歌》《中国出了个毛泽东》等，戏剧《谭嗣同》《心里高兴唱山歌》等。贵州建立健全市场机制，打造推出了《雄关漫道》《绝地逢生》《杀出绝地》《少年邓恩铭》等一批电影、电视剧。

七是加大力度，培养人才，构建合理的文化队伍。这方面，重庆的做法更为突出，在乡镇、街道配齐配强专职宣传文化委员，增加乡镇、街道综合文化站文化专干职数，安排大学生“村官”从事基层宣传文化工作；采取集中锻炼、参观考察、讨论交流及上挂、下派等形式，组织区县宣传文化“五个一批”人才、理论宣讲骨干和乡镇宣传委员、综合文化站站长等一系列专题培训；2010年举办区县宣传文化系统干部大规模轮训，培训基层宣传文化干部1419人，覆盖全市所有区县的所有乡镇（街道）。

八是挖掘资源，文旅结合，扩展文化影响力和内涵。重庆坚持挖掘红色文化资源，依托山水都市旅游，重点打造“红岩联线”红色旅游品牌，确定了“一地、六区、十线”的全市红色旅游总体发展布局，使红色旅游成为旅游的一个重要业态；红岩联线作为国家级4A景区、全国100个爱国主义教育基地之一，在黄金周期间平均接待游客8万人次左右。湖南除了打造舜帝陇、马王堆西汉古墓、岳麓书院、岳阳楼、凤凰古镇，以及毛泽东、刘少奇、彭德怀故居等一大批文化旅游名牌，还通过举办金鹰节系列活动、国际烟花节等一批大型现代旅游节庆活动，形成旅游新看点。贵州打造了镇远古城、屯堡古镇、西江苗寨、肇兴侗寨等一批文化名城名镇、名寨名村；挖掘了苗族飞歌、侗族大歌、屯堡地戏等一批民族演艺精品；推出了民族蜡染、刺绣银饰、箫笛、漆器等一批民族民间工艺精品；促进形成了一批以遵义为重点的3条全国红色旅游精品线路、6个爱国主义示范基地、11个全国红色旅游经典景区、13个全国重点红色旅游项目。

综观三省市文化建设成就和特点，我们得到以下深刻的启示：

第一，领导重视是文化建设扎实推进的根本保证。三省市党委、政府领导都高度重视文化建设，在一些重大文化活动、文化项目上，都亲自部署，亲自参与，有力地形成了自上而下的联动机制。重庆市委很重视“红歌会”。湖南省文化体制改革和文化产业发展领导小组由省委书记担任顾问，省长担任组长。贵州“多彩贵州”对外推介活动，都由省委省政府领导亲自带队，组织了在北美地区、台湾、世博会等地区和节会上的“多彩贵州”系列活动。

第二，机构健全是文化建设扎实推进的重要前提。重庆开展唱红歌活动以来，各区县都成立了机构，组织了队伍，每周有一个区县进行广场表演。三省市都在党委宣传部成立了文化产业办公室或改革发展处，把抓文化事业和文化产业建设明确区分开来，有效促进了工作的开展。据了解，目前除宁夏、青海等少数省区市外，其他各省区市党委宣传部都设立了相应机构。

第三，政策引领是文化建设扎实推进的不竭动力。重庆出台了《关于进一步加强文化建设的意见》《重庆市“十二五”时期文化发展规划纲要》《关于大力发展民营文化企业的意见》等。湖南出台了《文化强省战略实施纲要》《战略性新兴产业文化创意产业发展专项规划》《关于支持经营性文化事业单位改革发展的若干政策意见》等。贵州组织专家编制了《文化产业发展战略研究》，制订出台了《“多彩贵州”品牌“十二五”发展规划》《贵州省关于社区文化中心（文化活动室）建设的实施意见》等。这些政策的出台，有力地推动了文化建设的顺利进行。

第四，深化改革是文化建设扎实推进的必由之路。三省市始终着眼于发展，大力推进文化体制改革，有效解决了文化发展中的一些深层次矛盾和问题，文化产业加快发展，文化事业不断繁荣，文化建设整体迈上新台阶，一些方面走在全国前列。

第五，打造品牌是文化建设扎实推进的有效抓手。三省市近年来都打造了具有特色鲜明、人文气息浓郁的文化品牌，对于宣传展示本地丰富的自然、人文资源，弘扬主旋律，塑造和展示本地文化新形象，提升文化潜在价值，增强旅游的吸引力，推动经济发展和解决就业，发挥了积极而富有成效的作用。

第六，经费投入是文化建设扎实推进的基本保障。重庆仅广播电视“响通”工程就投入2亿多元，湖南每年为文化事业和文化产业发展各投入1亿元，贵州从2006年至今，投入文化品牌建设的经费达1.4亿元。不断加大的资金投入，保证了各项文化工程的顺利进行、文化活动的顺利开展和群众文化权益的实现。

二、对推动青海文化建设的思考和建议

对照在三省市的考察情况，与全国其他省区市特别是中东部省份相比，我们感到，一方面，近年来青海省委、省政府以及各级党委和政府对发展繁荣文化事业、壮大文化软实力的心情极为迫切，高度重视，不断加大对文化建设的投入和支持力度，文化事业和文化产业发展取得很大进步；另一方面，由于受思想观念、发展环境、文化投入、创新能力等因素的制约和影响，工作中还存在不少差距和不足。特别是在如何用一元化的指导思想统领多元、多样、多变的思想意识；如何改变文化建设基础薄弱的现状；如何推动文化产业上规模、集约化发展；如何拓宽投入渠道，实现和保障文化公益；如何突破文化精品创作瓶颈；如何加大青海文化走出去的力度，等等，需要我们进一步加大思考和探索的力度。

一是成立相应的机构。目前我省文化体制改革领导小组成立的办公室，设在省委宣传部文艺处，两块牌子一套人马，人少任务重（4名工作人员），制约和影响了事业的发展。我们建议，应当学习中央和外省市的做法，成立文化产业办公室（改革发展处），使文化事业和文化产业的工作职能明确区分开来。当前，全省各类文化节庆活动如雨后春笋，蓬勃开展，但质量、层次不尽相同，可以在文艺处设立全省重大文化活动办公室，指导协调全省重大文化活动，实现科学化管理。

二是加大文化投入。我省文化产业发展专项资金已经设立并逐年增加，在推动特色文化产业发展、开展文化技能培训、扶持民间特色工艺品开发等

方面，发挥了重要作用。我们建议：

一是设立文化事业发展专项资金，用于改善和加强基层宣传文化设施建设、文化队伍人才培养等。

二是确定将文化事业和文化产业发展专项资金由省委宣传部统筹管理，扩大涵盖面，提高使用效率。

三是落实制定政策。借全省文化发展大会的东风，明确提出既要对中央文化政策予以深入的贯彻落实，又要出台一系列我省的配套文化政策，鼓励和扶持文化事业和文化产业的发展壮大。抓紧对文化产业发展、广播电视传输、文化遗产保护、公共文化服务体系建设等重大问题进行立法调研，出台促进文化产业发展、广播电视传输、文化遗产保护、公共文化服务等相关条例，形成文化发展的良好法制环境。

四是深化体制改革。目前，我省深化文化体制改革的任务主要有省人民出版社和省直及西宁市专业院团的转企改制、青海广播电视台的组建、非时政类报刊以及新闻网站的改制等。我们建议，改革的成本需要加大支付力度，“扶上马送一程”，确保改革后人心不散、工作不乱。同时，在建立国有文化资产监管体系、政府购买文化服务、青海大剧院的运营方式等方面，要进行积极探索。推动国有文化企业公司制或股份制改造，形成一批有实力、有活力的国有和国有控股的文化企业，使之成为真正的市场竞争主体。

五是发展文化产业。明确与“四区两带一线”发展格局相适应的文化产业总体结构布局、集中区、产业链。明确重点扶持发展的领域和项目。明确扶持政策、推进措施，构建特色鲜明、结构合理、效益显著的文化产业区域布局、产业园，发挥产业园区的引领作用。将重点文化产业项目纳入政府招商引资范围。以规划为引领，发挥市场配置资源的基础作用，推动文化资源转换战略，通过重点文化产业项目带动，引进和发展有利于完善文化产业链的关键项目，着力引进和培育产业层次高，经济、生态和社会效益好的文化产业项目，形成产业集聚，实现集约化发展。

六是打造文化品牌。以“五个一工程”为龙头，组织创作更多思想性、艺术性、观赏性有机统一，具有大美气派、青海风格、群众喜闻乐见的优秀精神文化产品。大力扶持以青海历史文化、民族风情、地方风物、现实生活为题材的原创剧（节）目创作生产。通过举办各类文化节庆活动，继续打造环青海湖国际公路自行车赛、青海湖国际诗歌节、水与生命音乐之旅、三江源国际摄影节、国际山地纪录片节等活动品牌。指导、扶持各地各类文化节庆活动，打造“花儿”、格萨尔、热贡艺术、昆仑文化、河湟文化和土族、撒拉族等民族风情文化品牌，努力提高青海民族民间文化的知名度和影响力。

七是推动文化“走出去”。鼓励有条件的文化企业通过联合、合作、合资或代理，拓展国内外市场。积极发展外向型文化中介机构，支持文化企业与国内外知名的演艺、展览、影视、出版等中介机构或经纪人开展合作，向规模化、品牌化方向发展。加强与国内外主流媒体的合作，推出宣传青海的专版、专栏和专题影视片。紧贴青海经济社会发展战略，加大对青海在省外、境外、国外的宣传力度。进一步加强与国内重要网络媒体的合作，充实、拓展网上外宣内容和渠道，打造一批对外宣传的网络文化精品。

八是加强组织领导。文化建设需要党委政府的高度重视，才能实现新突破，开创新局面。我们建议，对全省各级党委、政府进一步高度重视文化发展，认真解决文化建设中的实际困难和问题，要提出明确要求，进而不断加强和改善对文化建设的领导，建立健全党委统一领导、宣传文化部门统筹协调，党政各部门、社会各方面齐抓共管、各负其责的“大文化”格局，为文化发展创造良好的外部环境。特别是文化、广播电视、旅游和体育等部门，要进一步加强沟通、协作，建立良好的合作机制，切实发挥合力作用，推动青海文化发展繁荣。

（2011 年 8 月）

从“江西现象”看中部崛起之路

随着“沿海发展战略”“西部大开发战略”“东北振兴战略”的相继提出，近些年谨防“中部塌陷”，成为中国区域协调发展的一个关注点。在这种忧虑的氛围中，处于中部谷底的江西经济却悄然步入快车道，许多指标都实现了历史性跨越。这次赴江西考察，我们一踏上江西大地，深感变化之大，到处都呈现着欣欣向荣的景象。考察这一“江西现象”，对于全面建设小康社会新形势下中部各省探寻崛起的新路径和西部大开发背景下加快青海经济的发展，不无借鉴与启示。

一、令人惊奇的经济增长绩效

在中部六省中，江西经济长期以来基本处于“谷底”地位。“九五”期间，江西经济年均增长9.3%，增长速度居第五位，地区生产总值仅略高于山西。到2000年，全省人均GDP为4851元，居最后1位；人均地方财政收入269元，居第5位。全省工业增加值占GDP的比重为27%，工业企业效益综合指数为78.3%，全员劳动生产率为19423元/人，均居末位：而资产负债率则达到68.7%，在中部六省中最高。众多数据显示，江西具有明显的“工业小省、财政穷省、经济弱省”的特征。

然而，近几年江西省的经济社会发生了深刻的变化，增长绩效尤为突出。据有关资料表明，2002年江西的GDP首次达到10.5%的两位数增长，2003年尽管有非典疫情、局部洪涝灾害、百年未遇的特大旱灾等一系列不利因素的影响，但经济增速仍继续加快，GDP总量达到2830亿元，增长率为13%，比上年提高了2.5个百分点，成为1993年以来的最高纪录，在中部6省中无论是增长率还是上升幅度，均居首位。

除了生产总值之外，2003年江西其他许多重要经济指标都出现了惊人的突破：如工业实现利润46亿元左右，比上年翻一番；利税总额150亿元，增长40%以上，工业增加值占GDP的比重突破了30%。全省财政总收入实现

284 亿元，比上年增长 21.5%。利用外资的总量和增幅均居中部地区前列。

二、为什么会出现“江西现象”

人们把近年来江西经济出现的奇迹变化，称之为“江西现象”，通过考察，我们感到“江西现象”的发生并不是一种偶然，而是带有其内在的必然性。尽管从客观上讲，全国新一轮经济增长周期启动和沿海地区产业转移的加快等外部因素，对江西经济产生了不小的推动效应，但从根本上看，是与江西省近几年从上至下的自身努力分不开的。这种自身努力主要体现在：展开思想解放讨论，确立明确的发展定位；坚定工业强省的主攻方向，培育产业集群的竞争优势；抢抓沿海产业转移机遇，实施瞄准长珠闽的开放主战略。

第一，推动思想解放的学习讨论，理清发展思路，明确战略定位。

面对前些年江西经济发展与周边省份越来越大的差距，大多数人已认识到落后的观念和制度对江西经济发展的严重禁锢。于是，2000 年下半年，在制订江西“十五”发展计划纲要中，明确把“深入推动思想大解放”作为未来发展的战略方针摆到首位。2001 年 3 月底，中央决定孟建柱同志到江西工作，由此在赣鄱大地上掀起了一轮解放思想和改革开放的高潮。

2001 年 5 月，江西省委书记孟建柱亲自带队赴广东考察，

这次考察形成了“三个基地，一个后花园”的战略构想，并在同年召开的省委井冈山全会和省第十一次党代会的报告中作了深入阐述。同年 8 月，省委通过了《关于进一步解放思想加快经济发展的若干意见》，提出了“以加快工业化为战略核心，以大开放为主战略”的思路。同年 12 月，提出了“实现江西在中部地区崛起”的目标。从而使全省经济发展的思路和方向进一步明确。

事实证明，思路决定出路，思想决定作为。江西崛起的思路在坚持中不断地完善，发展的绩效也取得了质的飞跃。自 2001 年开展解放思想的学习讨论以来，江西经济先于全国摆脱了增长迟缓的局面，当年 GDP 增长 8.8%，比上年增幅提高了 0.8 个百分点；2002 年和 2003 年连续两年实现两位数高增长，出现了中部地区发展的奇迹。

第二，坚定工业强省的主攻方向，培育产业集群的竞争优势。

中部地区基本上是农业大省，工业化水平低，目前第一产业在 GDP 中的比重大都高于全国水平（15.4%），而江西在中部 6 省中又最高，达到 21.9%。工业化是一个国家和地区社会经济发展不可逾越的阶段，是带动城市化、推进现代化的重要力量。没有工业化的发展，物质财富就不可能极大

丰富，人民的物质文化水平就难以提高，区域经济落后的面貌就难以改观。近几年，江西切实把经济发展的重点放在主攻工业上，工业对经济增长的贡献不断快速增长。2000 年工业占 GDP 的比重为 27.0%，2001 年为 27.4%，2002 年则上升到 28.3%，2003 年已突破 30%。从目前江西工业运行的一些新特点中，我们不难发现江西近年主攻工业的努力及其成效。

一是大力发展产权清晰、机制灵活的微观经济主体。目前，江西非公有制经济占工业增加值的比重超过 50%，居民投资已占全社会固定资产投资的 51%，个私经济上交税收占财政总收入的 11.1%。股份制企业、“三资”企业及私营企业引领全省工业快速增长，其中私营企业增速居各经济类型之首。

二是重点培育汽车、航空及精密制造业等六大支柱产业。这六大支柱产业实现销售收入已突破 1000 亿元，完成的增加值占全省工业的 69%，成为工业快速增长的主要支撑力量。

三是借鉴国际产业集群化经验，突出抓好工业园区的建设。全省共建成工业园区 118 个，逐渐形成了科技型、特区型、支柱产业型、技工贸型、外商投资型等特色鲜明的工业园区，格林柯尔、娃哈哈、银志、TCL 等著名大公司纷纷在此落户。2003 年园区工业增加值增长是全省平均水平的 2 倍，成为新的增长亮点。

四是积极推进企业资产重组和联合，扶持一批具有较强竞争力的大企业集团。萍钢、天狮药业和晨鸣药业改制重组，江西电机厂与四通集团、南柴和中泰凯马等靠大联强，昌河与日本铃木、星火化工和美国卡博特、江铜与美国耶兹等重大合资项目已经或即将投产见效，这些重组联合必将带动江西工业整体竞争优势的提升。

第三，实施瞄准长珠闽的开放主战略，抢抓沿海产业转移的机遇。

开放程度低是江西经济弱小的一个重要原因。改革开放 20 多年，直到 2000 年江西经济的外向度仅为 6.8%，比全国低 29.7 个百分点，实际利用外资和出口总额，在中部六省中大都处于倒数第一、二位。确立新的战略定位以后，江西省把大开放的目光集中到了长珠闽地区，多次组织企业家和政府部门到周边地区特别是浙江、广东等地学习取经，研究与周边省份经济的互补性，主动接轨，主动融入，谋求在更广阔范围、更高层面上的联动发展。其次，积极到这些地区举办各种招商引资活动，寻找有投资或产业转移意向的对象，宣传介绍本地的优势条件和可供合作的项目。再次，根据区位条件，确立对接或融合的目标地区。如江西南部的赣州市主要瞄准珠三角地区，全力融入“泛珠三角”经济圈；江西东北部的上饶市实施“掉头向东，通江达海”策略，着力与浙闽沪结盟，并取得明显成效。许多浙江企业纷纷到上饶落户，上海交大已斥巨资在上饶建大学城。

大开放主战略的实施，使江西开放型经济又取得了重大突破。2003年数据显示，全省累计批准外商投资企业759家，新签合同外资额达到23.3亿美元，实际利用外资为16亿美元。内资合同引资为1389.9亿元，同比增长38.3%；实际引资为700.02亿元，同比增长64.3%，创造了历史最高水平。资本向江西集聚的现象越发明显。据商务部统计，江西省实际利用外资自2003年3月之后一直居中部省份首位，新批合同利用外资金额保持中部省份第二位。不仅数量取得突破，引资质量也明显提高。世界500强企业已有18家落户江西，一年内243个超亿元的合同内资项目签订。

应当说明的是，江西经济的高增长从可以观察到的数据看仅有两三年时间，随着许多重大项目的陆续建成投产，未来几年发展形势仍比较乐观。但这并不意味着，江西经济中一些深层次的结构矛盾已经解决，江西经济的总量在中部6省中依然排在倒数第二位，要实现真正的崛起还有较长的路要走。

三、对中部崛起的启示意义

我国中部六省的面积为102.69万平方公里，占全国总面积的10.7%；人口3亿多，占全国的28%；地区生产总值约2万亿元，占全国的1/5强。中部六省不沿边、不靠海，是我国重要的商品粮生产基地、能源和原材料工业基地，无论从区位条件，还是产业结构特征和经济发展水平，都具有很大的相似性。尽管江西经济发展的结构性矛盾还未消除，经济总体实力仍不强，近两年的快速增长也有外部环境趋好的影响，但是，“江西现象”对于中部其他地区可以说仍具有重要的启示和可资借鉴的经验。

第一个启示：在当前宏观政策环境下，是继续抱怨，等待政策的阳光普照，还是立足于自身努力，抓住机遇，加快发展自己？新中国成立以来，江西基本上处于国家投资的非重点区域，从国有单位固定资产投资的地区分配看，1980年以来的20年，中部的安徽、河南、湖北等省投资额占全国的比重分别为2.3%、3.8%、4.1%，而江西仅为1.5%。自1998年至今，国家共安排江西国债215.5亿元，在14个领域实施国债项目632个，主要集中在交通基础设施、供水、供电、污水处理等方面，对经济增长的拉动作用并不明显。浙江温台地区也一直没有得到国家多少投资，不仅发展得很好，而且保持着地区经济持续增长的旺盛活力。事实表明，任何单靠要政策获得的地区发展，都是短暂和脆弱的，不可能具有可持续性。

第二个启示：在地区经济发展中，是根据比较优势，找准自己的发展定位，还是套用国家发展战略，不去创新发展思路？中部地区长期滞后与缺乏地区自身发展定位有很大关系，长期在“农”字上和“资源”上做文章，脱离了现代产业发展和科技进步的潮流。江西提出“三个基地、一个后花园”的定位，不仅注意发挥了自身优势，而且该定位具有时代性和一定的超前性，意识到了中国发展已开始步入新的需求拉动阶段。

第三个启示：发展的机遇对于各地区应当是无差异的，为什么发展的结果却差异很大？从江西近年发展看，关键有三点：一要有机遇意识，要善于发现即将到来或可能到来的机遇。对于全国新一轮增长周期，江西的意识比较早？房地产、钢铁、水泥、汽车等行业在这一轮增长中呈现出超常的增长。二要抢抓机遇，机遇稍纵即逝。过去，江西曾错失不少发展良机，主要不是没有认识到，而是频于争论，如主攻工业的思路早在上个世纪90年代初就提出过。三是要善于抓机遇。江西要做沿海产业转移的基地和沿海地区旅游休闲的“后花园”，正是通过深入实地考察和发展阶段的科学分析才得出的对未来发展的结论。

四、加快青海发展的几点建议

（一）要想加快发展，正确认识省情、制定合理的发展战略是关键。青海是一个经济文化欠发达的后发展地区，自然条件严酷、地理位置偏远、交通不便、信息闭塞，发展中面临许多困难和问题。我们既没有沿海地区那种得天独厚的区位优势，也缺乏发展外向型经济的先天条件。但我们也有自己的独特优势，那就是青海广阔的地域内蕴藏着丰富的矿产资源和高原动植物资源，加快青海的发展，不断缩小同内地及沿海发达地区的差距，关键是要找准定位，确定符合我省省情的发展战略，而不能盲目地攀比，急功近利，好高骛远。近年来，我省紧紧抓住西部大开发的战略机遇，提出了扎扎实实打基础、突出重点抓生态、改革开放促发展、依靠科技增效益的发展思路，并在此基础上提出基础优先战略、开发拉动战略、开放带动战略、科教兴省战略、可持续发展战略。近年来，我省经济社会保持了持续快速健康发展的势头，GDP的增长速度连续几年位居全国前列，充分证明了这些发展思路和战略是正确的。近年来，全国许多地区不顾发展条件的制约，盲目上项目、铺摊子，建了一批劳民伤财的工业园区，不仅没有为当地的经济发展做出贡献，有的甚至成为拖发展后腿的包袱，这个经验教训我们应当吸取和警惕。

（二）要想加快发展，解放思想、转变观念，跟上世界和时代发展的潮流是基本前提。青海长期落后，除了自然的历史的因素之外，最大的原因恐怕就在于人们思想的守旧、观念的滞后，在市场竞争日趋激烈的今天，观念的进步与否，思想的开放与否，将直接影响一个企业、一个地区的发展程度。当前我省不少干部群众的头脑中计划经济、小农意识还比较强，小富即安、小进则满的思想还比较浓，市场意识、风险意识、开放意识还比较淡薄，严重阻碍了我省经济社会发展的进程。由于观念保守，我们曾经痛失了许多好的发展机遇；因为思想守旧，我们在发展的过程中被别人远远地抛在了后面。因此，在全社会深入开展多种形式的解放思想大讨论，从思想深处对广大干部群众进行解放思想、更新观念的教育，在我省尤其显得重要而紧迫。

（三）要想加快发展，抓住优势产业、提高科技含量是重要环节。多年来，青海省一直是一个资源输出型省份，由于缺乏关键技术，产品附加值低，许多资源一经开采便被廉价地运往省外，而青海经济在其中没有得到多少益处。在前几年招商引资过程中，一些地方饥不择食，将外地淘汰或拒之门外的一批高耗能、高污染、市场前景黯淡的夕阳产业引进我省，不仅浪费了大量人力、物力、财力，还成为影响我省经济健康发展的沉重负担。因此，作为青海这样一个工业化起步比较晚的地区，更应该从一开始就注重产业结构优化升级，不仅要考虑国内同行业中的比较优势和市场份额，更要考虑迎接国际市场激烈竞争的挑战，如目前我省正在搞的碳酸锂项目、高原藏药项目等就具有非常良好的市场前景。只有这样，我们才能形成一批具有我省特色、能够在市场中站住脚并立住根的优势产业链，才能实现长期的高质量的发展。

（四）要加快发展，保护生态、改善环境，实行可持续发展是根本保障。长期以来，由于资源的过度开发和人类活动的频繁，青藏高原的生态环境不断恶化，近年来，我省土地沙化、荒漠化的趋势加剧，草场退化、河流干涸、持续干旱已开始威胁到人们的生存与居住，这对我省本来就非常脆弱的发展环境无疑是雪上加霜。因此，各级政府应当清醒地认识到这一点，在发展地方经济的同时，更加注重人与自然的协调发展，不断加大生态保护和环境治理力度，只有这样，我们才能在加快发展的过程中保持长久的后劲和动力。

（2004 年 4 月 27 日）

访谈

“西部大开发新十年”专题访谈录

问：您觉得新一轮的西部开发各项政策措施中，与前十年比有哪些新亮点和变化?

答：我觉得，新一轮西部大开发政策有四个亮点：一是明确强调生态环境保护。新一轮西部大开发提出，在西部加快实施有利于保护环境的生态补偿政策，逐步提高国家级公益林生态效益补偿标准，增加对上游地区重点生态功能区的均衡性转移支付，加快制定并发布关于生态补偿政策措施的指导意见和生态补偿条例等。二是加大西部民生的投入。加大对西部地区均衡性转移支付力度，推进地区间基本公共服务均等化；用于教育、医疗、社保、扶贫开发等方面的专项转移支付重点向西部地区倾斜；中央投资项目将重点投向西部地区民生工程、基础设施等领域。三是加大税收支持力度。对西部地区属于国家鼓励类产业的企业，按15%的税率征收企业所得税；对煤炭、原油、天然气等资源税由从量征收改为从价征收。四是加大重要经济区推进力度。提出要扎实推进成渝、关中—天水和广西北部湾等经济区发展，支持呼和浩特、包头、银川，新疆天山北坡，兰州、西宁、格尔木，陕甘宁等经济区发展，培育滇中、黔中、西江上游、宁夏沿黄、西藏“一江三河”等经济区，形成对周边地区具有辐射和带动作用的战略新高地。

从变化上看，由于西部地区经济基础薄弱，因此，西部地区前10年的开发，中央非常注重在基础设施、产业等方面的财政投入和政策扶持，重在夯实发展基础，主线是打基础。目前，西部地区的基础普遍有所增强，新一轮西部开发的政策强调以改善民生为核心，更加注重社会事业发展，着力促进基本公共服务均等化和民生改善。作为第一个西部十年发展规划的延续，第二个十年发展规划将在保护环境、发展经济的基础上，把唯GDP增长方式的观念逐渐转到政府公共服务上来。同时，把重心放在发展特色产业上，这是西部大开发进入新发展阶段的标志。

问：西部大开发的十年里，取得了很多成就，但也存在一些问题，在您看来，制约西部下一步发展的因素有哪些？

答：我认为，制约西部下一步发展的因素主要有四点：一是贫穷落后依然是西部各省区的基本省情，基础设施和基础产业还处在低水平、不完善、不平衡状态，尚不能完全满足经济发展对能源、矿产资源、交通、供水等要素的需求。二是市场体系还不健全，资本等生产要素市场发育缓慢，行政管理体制、社会管理体制等方面的改革还相对滞后，发展仍面临诸多体制性、机制性障碍，一些涉及面宽、触及利益层次深、配套性强、风险比较大的改革进入攻坚阶段。三是多年积累的结构性矛盾和粗放型、投资拉动型等传统经济增长方式的惯性，导致可持续发展的压力增大。四是科技总体水平低，技术创新能力不强、科技产业化程度不高，关键技术尚未突破，资源综合利用水平亟待提高。

问：我们看到，前十年中，更多的发展是来自基础设施建设和资源产业等外在投入拉动，那么对西部而言，促其根本发展的内生驱动又在哪？

答：我认为，发展特色优势产业，深化体制改革，转变政府职能，改善投资环境，吸引和聚集人才，是增强西部地区发展内生动力和发展能力的主要途径。新形势下，西部地区发展特色优势产业，要深入实施以市场为导向的优势资源转化战略，坚持走新型工业化道路，调整和优化产业结构，建设国家重要战略资源接续区，努力形成传统优势产业、战略性新兴产业和现代服务业协调发展的新格局。

问：西部各省区之间，因为各项资源优势不同，在过去的十年里，出现了一些较大差距，您如何看待西部开发中的个体与整体关系？

答：西部大开发 10 年间，随着东部率先、中部崛起、东北振兴战略的实施，各地竞相发展，西部地区与先进地区的差距不但没有缩小，反而呈继续拉大之势。由于虹吸效应，生产要素加快向发达地区集聚，西部发达地区与欠发达地区之间的差距同样在不断拉大。究其原因，地区性的普惠政策没有很好地顾及地区差异，出现了一些较大差距。比如，由于缺乏生态补偿和资源有偿使用制度，给国家提供生态公共产品的青海，仅三江源生态保护区的面积就占国土面积的一半还多，为了保护生态，牺牲了自身发展，与其他西部省份的差距在持续拉大。大开发 10 年间，青海全社会固定资产总投资为 3861.5 亿元，比宁夏少投入近千亿元。青海城镇居民人均可支配收入由 1999 年的全国第 24 位降至 2009 年的第 28 位，农牧民人均收入由第 25 位降至第 29 位。当然，纵向看，10 年来，西部大开发政策的实施，夯实了各地区发展基础，形成了一定的产业基础，各地区之间的交流合作，为推动区域经济一体化奠定了基础。今年，中央再次出台支持加快四省藏区经济社会发展的意见，必将为缩小地区之间差距、实现地区均衡发展产生积极而重要的影响。

以上采访内容仅代表个人观点，供参考。

（刊载于2010年7月13日《中国社会科学报》）

以西宁为中心的东部城市群西宁篇专题访谈录

一、在东部城市群这个体系建设中，西宁市有怎样的区位优势，又该有怎样的定位?

以西宁为中心的东部城市群，空间布局可以概括为“一核一带一圈”。“一核”即核心区，是指西宁市主城区；“一带”主要指平安、乐都、民和城镇发展带；“一圈”即以西宁市为中心的一小时经济圈，包括大通、湟中、湟源、互助4县。东部城市群地处青藏高原和黄土高原过渡带，东连西安，西接拉萨，与关中城市群、兰州城市群、沿黄城市群相互呼应、相互补充、相互支撑，共同构成我国西部重要的经济发展带。

打造东部城市群，就是要以中心城市、次中心城市、县城和中心镇为节点，以交通信息、生产要素、市政设施为纽带，聚合资源，深化分工，拓展功能，形成网络，打造集群式经济增长极，发挥辐射带动作用，形成推动全省经济社会发展的新引擎。作为全省政治、经济、文化中心的西宁市，我认为，西宁在城市群中的定位应该是这样的：它是引领城市群发展的龙头，高原旅游目的地，青藏高原、中国西部现代化中心城市，重要的现代物流中心、区域性金融中心、文化教育中心，全省先进制造业和科技创新基地，全国有影响的新能源、新材料产业基地，国家级循环经济先行区，国家级高新技术产业开发区，青藏高原重要的宜居宜业城市。

二、西宁市在城市群发展中如何提供产业支撑，它的产业定位是什么?

产业是建设东部城市群的基础和支撑，必须把培育壮大产业作为重中之重，加强城市群内产业配套和布局调整，建立合理的区域产业分工合作体系，不断增强创新能力，促进联动发展。按照构建差异化产业体系的原则，我考虑，西宁市产业应重点从三个方面进行布局。一是以“双百行动”为抓手，着力培育特色优势产业。即通过产业结构的调整，着力构建在全省乃至西北地区有影响的新能源、新材料、有色金属、装备制造、特种钢、特色纺织、生物医药等特色产业集群。作为中心城市的西宁要着力推动产业向链条高端发展，其他城市要依托已有工作基础和比较优势，大力发展新型产业。二是以提高发展水平为目标，着力壮大服务业。重点推进以西宁为中心的夏都旅游圈建设，以朝阳物流园区为依托的区域性物流中心建设，加快建成青藏高原区域性金融中心和商贸中心。三是以园区为载体，着力打造经济增长极。重点壮大西宁经济技术开发区、西宁高新技术开发区、大通北川、湟源大华等产业园区规模，提升发展水平，形成带动东部城市群的产业新高地。

三、今后五年、十年、二十年，西宁在你眼中是怎样一个城市？

建设东部城市群，是重大而紧迫的任务，也是渐进的历史过程。西宁的发展，我认为要实行“三步走”战略：一是近期目标。即到2015年，西宁市的核心地位进一步提升，市政建设实现现代化，具备向现代化发展的坚实基础。城市人口（含大通、湟中、湟源）达到160万人左右，城市化率达到67%，经济总量突破1000亿元。二是中期目标。即到2020年，形成布局优化、结构合理、与周边区域融合发展的开放型城市体系，在兰西经济发展带中处于显著地位，建成西部重要的先进制造业基地、能源基地和区域性现代服务业中心、科技创新中心。基本完成撤县建市，城市人口达到180万人左右，城市化率达到70%，经济总量突破2000亿元。三是远期目标。即到2030年，把西宁建成我国大型现代化城市。

（2011年1月21日青海电视台专题访谈）

服务全民终身学习　服务经济社会发展
着力办好没有“围墙”的大学

——青海广播电视大学校长杨自沿答本报记者问

记者： 我们知道青海广播电视大学是我省唯一一所从事远程开放教育和继续教育的省属高校，请您介绍一下学校的发展现状。

杨自沿： 广播电视大学是邓小平同志亲自批准设立的国家教育部直属高校。1979 年 2 月 6 日，中央广播电视大学和 28 所省、自治区、直辖市电大同时正式开学。目前全国已有 44 所省级电大，其中，中央广播电视大学及北京、上海、江苏、广东、云南等 5 所省级电大，按照教育部的统一部署，于 2012 年转型为开放大学。青海广播电视大学与中央电大同期创办，由省人民政府主办，是以现代信息技术为支撑、采用计算机网络等多种媒体进行现代远程开放教育的高等学校。学校坚持开放教育、继续教育和职业教育“三位一体”的办学格局，为各类从业人员更新知识和掌握新的技能提供适时有效的教育服务，为各行业、各机构提供现代远程教育公共服务。

青海广播电视大学于 2000 年加入教育部“广播电视大学人才培养模式改革和开放教育试点”项目。学校以开放教育试点为契机，大胆进行全方位改革，大力开展开放教育内涵建设。实施开放教育 15 年来，学校综合运用现代技术手段，探索“开放式人才培养模式”，走出了一条创新发展之路。我们将卫星电视和计算机网络结合起来，与国家开放大学（中央电大）及州、县电大建立了网络教学支持服务环境。学校成立了国家数字化学习资源中心青海分中心，90% 以上的国家开放大学（中央电大）优质教学资源在青海得以共享，实现了远程教学的数字化、多媒体、交互性，探索了基于网络环境下的开放教育教学模式和教学管理模式。

学校面向全省经济社会发展的需要和人民群众的教育需求，建校以来已培养 8 万多名高等学历教育毕业生，计有 10 万多人次的非学历继续教育学员接受了岗位技能培训。特别是“十二五”以来，在省委、省政府的正确领导下，学校主动服务青海“三区”建设，为全省经济社会培养了大批“下得去、留得住、用得上、干得好”的应用型人才。截至2016年春季，全省电大各类高等学历教育在校生达到19288人。同时，非学历继续教育年均培训人员达25000余人次。通过实施省委组织部干部在线教育、西宁市社区教育和企事业单位员工岗位技能培训，为提升干部职工素质，助推事业发展，做出了积极贡献。电大培养的毕业生是我省实施科教兴青战略和人才强省战略的重要有生力量。电大的毕业生来自省内、立足省内、服务省内，为我省经济和社会发展提供了重要的人才支撑。在72万平方公里的土地上，在大山深处，在广袤草原，在各条战线都有电大培养的学生，他们绝大多数都是本行业的骨干，发挥着重要作用。

“十二五”期间，学校积极争取省政府和国家开放大学的支持，进一步加大教育信息化建设力度，推进教育与技术的深度融合。远程教育网络基础设施得到进一步加强，校园网主干升级为万兆、千兆到桌面，实现了校园内无线漫游。初步搭建了基于开放教育、继续教育、职业教育“三位一体”的青海远程教育公共服务平台，基本实现了招生宣传、入学注册、选课学习、教学过程管理、考试评价和毕业管理“一站式”网络服务。我省首个远程教育移动智能学习平台、首个云教室、云录播系统、虚拟演播室、网上虚拟实验中心、新型多媒体教室等一批新技术应用相继在学校落户，为青海终身教育和学习型社会建设提供了强有力支撑。目前，全省建有8所州、市级电大，20所县级（含行业）电大及教学点。通过遍布城乡、覆盖全省的办学网络，我们把大学办到了基层，把优质教育资源送到了学生家门口，这是其他普通高校难以企及的。

记者：从您的介绍中，我注意到了两个词，一个是开放大学，另一个是开放教育，请您谈谈广播电视大学与开放大学以及开放教育之间的关系。

杨自沿：开放教育取消和突破种种对学习的限制和障碍，凡是有志学习者均可申请入学，其特点是人人享有接受教育的权利。开放教育在学习型社会建设进程中发挥着重要作用，其教育对象的开放性、办学类型的多样性、办学组织的系统性、学习方式的灵活性、学习模式的混合性、教学手段的技术性都契合了终身教育和学习型社会的特征。

开放大学以实施开放教育为核心，是适应我国建设学习型社会要求的一种新型大学。强调教育思想、模式、手段、地点、方法的开放，强调充分利用现代信息技术手段，整合、利用社会优质教育资源，并将优质教育资源输送到广大基层和农村牧区，实现优质教育资源共享，促进教育公平，推动学

习型社会建设。

国家和青海省《中长期教育发展规划纲要》都提出要“办好开放大学”。青海省“十三五”规划强调，“充分发挥广播电视大学在全省继续教育中的骨干作用，建设具有地方特色的开放大学。畅通继续教育、终身学习通道，健全学历教育和非学历教育协调发展，职业教育和职后教育有效衔接”。特别是今年1月，教育部印发了《关于办好开放大学的意见》，提出要适应经济社会发展的新要求，运用现代信息技术发展新成果，探索具有中国特色、体现时代特征的开放大学办学模式。无论是从国家层面，还是从青海省对发展远程继续教育、办好开放大学的部署来看，一个很重要的举措，就是要以广播电视大学为基础，构建一所以现代信息技术为支撑，面向全体社会成员，学历继续教育与非学历继续教育并重，办学网络立体覆盖全省城乡的新型高校，即青海开放大学。换而言之，现在的广播电视大学办的是开放教育，但从名称上看有些“名不副实”，我们正在竭力推进“正名”工作。“罗马不是一天建成的”。在广播电视大学基础上建设开放大学，不是简单地翻牌更名或是单纯地搞信息化，而是质的变化升级，是一项艰巨而复杂的系统工程，是一项艰难而光荣的历史任务。

记者：到2020年建成具有青海特色的开放大学，请您围绕这一目标，谈谈贵校做了哪些准备工作？

杨自沿：近年来，学校围绕开放大学建设主要做了以下工作。一是先行探索，积极推进青海开放大学建设。在省委教育工委、省教育厅的指导下制订、完善了《青海开放大学建设方案（送审稿）》，2014年8月1日省政府召开第29次常务会议，研究审议了关于组建青海开放大学的方案。按照分步推进的原则，学校举行了国家开放大学青海分部揭牌仪式，标志着我校在开放大学建设上迈出了可喜的一步。此外，学校正在建设集学分认证、转换、存取等功能于一体的“学分银行系统”试点项目。二是开放办学，依托优质办学资源推动事业发展。目前，与电大开展联合办学、交流合作的机关、企事业单位及院校达15家，形成了互利双赢、互利多赢、互利共赢的局面，为进一步实现开放办学的目标奠定了良好的基础。三是协调发展，坚持学历教育和继续教育并重。近年来，学校多措并举扩大招生，保持了稳定的在校学生规模，促进了开放教育的持续发展。与此同时，不断适应社会从业人员终身学习的需求和建设学习型社会的要求，建立健全非学历继续教育的技术支持和管理服务体系。四是突出特色，强化信息技术与教育教学的融合。全力推进青海远程教育公共服务平台建设项目，初步搭建了基于开放教育、继续教育、职业教育“三位一体”的青海远程教育公共服务平台，为青海终身教育和学习型社会建设提供了强有力支撑。五是紧跟需求，积极推动特色专业建设和教学科研工作。主动适应青海省转变经济增长方式和产业结构调整、升级的需要，筛选了4个特色专业予以重点投入。实施了“藏汉”双语特色专业建设项目。近3年获批省级科研项目10项，厅局级、校级科研项目29项，出版教材、专著3部，实现了建校以来科研工作的历史性突破。六是强化系统，全省电大办学实力不断增强。全面落实省教育厅《关于加强广播电视大学系统建设的意见》，强化地方政府的管理责任。省校投入近200万元实施基层电大援建项目，起到了“四两拨千斤”的撬动作用。七是参与“三校整合”的风险评估工作。根据省教育厅的安排，参与了对青海重工职业技术学校和青海工业职业技术学校整体划归青海电大的风险评估工作。

记者：当前和今后一个时期，建设青海开放大学面临哪些困难？您有何愿景和对策？

杨自沿：认真研判电大目前面临的形势与任务，我们认为，既有建设学习型社会、构建终身教育体系的重大机遇，又有系统办学和网络平台方面的独特优势。同时，又存在着一些亟待解决的困难和问题，主要表现在：电大转型升级、建设具有青海特色的开放大学的认识上尚不统一；办学空间逼仄，办学功能和条件不完善、不具备，开放教育、继续教育、职业教育“三位一体”的办学格局尚未真正形成；特色专业建设尚须给力；师生比严重失衡，教师疲于应付，教育质量有待提高；资源建设相对滞后，难以满足学习型社会的需要。由于这些因素的制约，学校的发展与国家关于发展远程继续教育、办好开放大学的要求，与我省构建全民终身教育体系和服务学习型社会建设的要求相比，还存在诸多不适应、不符合的问题，迫切需要通过深化改革、加快发展加以解决。

办好开放大学，是服务地方经济社会发展和全民终身学习的需要，是利用现代信息技术推动高等教育供给侧结构性改革的重要途径。要破解上述困难和问题，加快推进青海开放大学建设，既需要电大苦练内功、强化内涵，更需要省委、省政府和教育行政部门的高度重视和大力支持。一要统一思想认识，将开放大学建设纳入议事日程；二要拓展办学空间，改善办学条件；三要整合教育资源，完善办学功能；四要寻求对口支援，提高办学质量；五要完善考核评价，彰显办学特色。

记者：今年是“十三五”规划的开局之年，请您谈谈对“十三五”时期，开放教育服务学习型社会的展望。

杨自沿：“十三五”期间，青海广播电视大学将把转型发展作为贯穿事业改革的一条主线，牢固树立开放、灵活、优质、便捷的办学理念，充分运用现代信息技术，创新办学形式、组织模式和运行机制，加快推进青海开放大学建设，到2020年使其成为我国西部地区中上游的服务全民终身学习、服务经济社会发展的新型高等学校。这是学校“十三五”时期的办学理念、发展定位和主要目标。教育是最大的民生，在全面建设小康社会中承担着重要使命。青海广播电视大学和未来的开放大学，作为构建我省终身教育体系、建设学习型社会的重要力量，使命光荣，责任重大。开放教育是一项朝阳事业，给人以无限遐想。我们坚信，随着经济社会和学习型社会建设的不断推进，随着国家和青海省对办好开放大学、发展继续教育的力度不断加大，广播电视大学转型发展之路将会越走越宽广。青海广播电视大学一定会实现向开放大学的嬗变，一定会在构建我省终身教育体系、建设学习型社会中发挥不可替代的重要作用。这里谈三个方面的展望。

第一，促进教育公平，实现平民教育梦想。教育的均衡和谐发展，不仅需要锦上添花，更需要雪中送炭。电大始终倡导并实施全民学习、终身学习的平民教育，也是一种“兜底”教育，是对教育对象的补充和拓宽。在我省，通过现代远程开放教育，让超过2%的社会成员通过学习获得了人生出彩的机会。未来的开放教育将立足于全面小康的高度，结合我省产业结构转型升级和现代信息技术广泛应用等所引发的人们生产、生活方式的巨大变化，发挥系统办学优势，提供更多的教育机会，创新更优的服务方式，为他们提供更多的教育机会，也让他们能够站上更高的竞争台阶。

第二，加快教育创新，助力学习型社会发展。“十三五”时期，青海要实现“131”总目标，关键在于实施创新驱动，而创新驱动实质上是人才驱动。广播电视大学的开放教育要做的就是为学生搭建一个学习平台，营造一个学习圈，用知识创新来改变他们的命运。一是抓好开放教育各种教育类型的工作。主动适应“互联网+”背景下社会发展状况，找准“区位”，不断抓好教育创新和创新教育，优化专业设置和课程组织，为各方面创新提供知识、技术和人才支撑。二是建立并逐步完善终身教育公共服务平台。促进学历教育和非学历继续教育协调发展，职业教育和普通教育相互沟通，职前教育和职后教育有效衔接，实现全体公民学有所教、学有所成、学有所用，从而形成整体和谐稳定、结构合理、相互促进的各种类型教育协调发展格局。

第三，挖掘教育红利，增强社会发展后劲。近年来，我国相继提出“大众创业、万众创新”“互联网+”的战略和“一带一路”的倡议，特别是随着供给侧结构性改革的不断深化，社会对劳动力人力资本提出了更高的要求。这样的人才需求，普通大学和企业大学都无法提供可持续、全覆盖的教育和培训。在我省经济发展方式正在加快转变，经济增长将更多依靠人力资本的层次和水平的趋势之下，开放教育多元办学、协调发展的路子能够有效对接经济社会发展的趋势，努力为经济提速换挡、转型升级、服务“三区”建设提供有效的智力支持和有力的人才支撑，加快积累人力资本红利，有力推动我省经济社会发展。电大将不断扩大优质教育资源的覆盖面，为全民学习、终身学习提供全面的教育公共服务，让更多的人在教育改革发展中有更多的获得感，为加快建设“人人皆学、处处可学、时时能学、样样有学”的学习型社会贡献力量。

（刊载于2016年5月5日《青海学习报》）

图书在版编目(CIP)数据

闲思录/杨自沿著.—合肥:合肥工业大学出版社,2017.9
ISBN 978-7-5650-3538-8

Ⅰ.①闲… Ⅱ.①杨… Ⅲ.①散文集—中国—当代②政论—中国—现代—文集 Ⅳ.①I267②D602-53

中国版本图书馆 CIP 数据核字(2017)第 220487 号

闲思录

杨自沿 著　　责任编辑 朱移山 张 慧

出 版	合肥工业大学出版社	版 次	2017 年 9 月第 1 版
地 址	合肥市屯溪路 193 号	印 次	2017 年 11 月第 1 次印刷
邮 编	230009	开 本	710 毫米×1000 毫米 1/16
电 话	总 编 室:0551-62903038	印 张	15.75
	市场营销部:0551-62903198	字 数	258 千字
网 址	www.hfutpress.com.cn	印 刷	合肥现代印务有限公司
E-mail	hfutpress@163.com	发 行	全国新华书店

ISBN 978-7-5650-3538-8　　定价:40.00 元